派文庫 26

岡本かの子
上村松園

新学社

装幀　友成　修

カバー画
パウル・クレー『ふたつの果実—風景Ⅱ』一九三五年
個人蔵（スイス）
協力　日本パウル・クレー協会

河井寛次郎　作画

目次

と画題／花筐と岩倉村／母への追慕／四条通附近／孟母断機／軽女／税所敦子孝養図／簡潔の美／砂書きの老人／屏風祭

岡本かの子

かろきねたみ

女なればか

力など望まで弱く美しく生れしまゝの男にてあれ

甲斐なしや強げにものを言ふ眼より涙落つるも女なればか

血の色の爪に浮くまで押へたる我が三味線の意地強き音

前髪も帯の結びも低くしてゆふべの街をしのび来にけり

天地を鳴らせど風のおほいなる空洞《うつろ》なる声淋しからずや

朝寒の机のまへに開きたる新聞紙の香高き朝かな

我が髪の元結ひもやゝゆるむらむ温《あたたか》き湯に身をひたす時

かろきねたみ

捨てむなど邪おもふ時に君いそ〳〵と来ぬなど捨て得むや
ともすればかろきねたみのきざし来る日かなかなしくものなど縫はん
三度ほど酒をふくみてあたゝかくほどよくうるむさかづきの肌
淋しさに鏡にむかひ前髪に櫛をあつればあふるゝ涙
生へ際のすこし薄きもこのひとの優しさ見えてうれしかりけり
悲しさをじつと堪えてかたはらの燈をばみつめてもだせるふたり
をとなしく病後のわれのもつれがみときし男のしのばるゝ秋

袷の襟

垢すこし付きて痿《な》へたる絹物の袷の襟こそなまめかしけれ
君なにか思ひ出でけむ杯を手にしたるまゝふと眼を伏せぬ
むづがゆく薄らつめたくやゝ痛きあてこすりをば聞く快さ
ちら〳〵と君が面に酔ひの色見えそむる頃かはほりのとぶ
唇を打ちふるはして黙《もだ》したるかはゆき人をかき抱かまし

昂ぶりし心抑へて黒繻子の薄き袖口揃へても見つ

いつしかに歔欷《すすり》てありぬ唄ひつゝ柳並木を別れ来にしが

暗の手ざはり

美しくたのまれがたくゆれやすき君をみつめてあるおもしろさ

たま〳〵にかろき心となれるとき明るき空に鳥高く飛ぶ

春の夜の暗の手ざはりぼと〳〵と黒びろふどのごとき手ざはり

君のみを咎《とが》め暮せしこの日頃かへりみてふと淋しくなりぬ

脣をかめばすこしく何物かとらえ得しごと心やはらぐ

めづらしく弱き姿と君なりて病みたまふこそうれしかりけれ

いとしさと憎さとなかば相寄りしおかしき恋にうむ時もなし

旧作のうちより

橋なかば傘めぐらせば川下に同じ橋あり人と馬行く

ひとつふたつ二人のなかに杯を置くへだたりの程こそよけれ

ゆるされてやや寂しきはしのび逢ふ深きあはれを失ひしこと

愛らしき男よけふもいそ〳〵と妻待つ門へよくぞかへれる
折々は君を離れてたそがれの静けさなども味ひて見む
うなだれて佐久の平の草床にものおもふ身を君憎まざれ
山に来て二十日経ぬれどあたたかく我をば抱く一樹だになし

いばらの芽

あざやかに庭の面の土の色よみがへれるが朝の眼に沁む
我が門のいばらの芽などしめやかにむしりて過ぐる人あるゆふべ
くれなゐの苺の実もてうるましぬひねもすかたく結びし唇
行き暮れて灯影へ急ぐ旅人のかなしく静けき心となりたや
君がふと見せし情に甲斐なくもまた一時はいそ〳〵としぬ
一度はわがため泣きし男なりこの我儘もゆるし置かまし
この人のかばかり折れてしほらしくかりにも見ゆることのうれしさ

むなおしろい

なめらかにおしろい延《の》びてあまりにもとりすましたる顔のさびしさ

眼の下にすこしのこれる寝おしろい朝の鏡にうつるわびしさ

泣くことの楽しくなりぬみづからにあまゆるくせのいつかつきけむ

ひとり居て泣き度きこころのたそかれをあやにく君のしのび来しかな

そのなかにまれにありつる空言《そらごと》も憎ふはあらじ思ひ出つれば

なまめかし胸《むな》おしろいを濃く見せて子に乳をやる若き人妻

君はたと怒りの声を止めしときはら〱と来ぬ夜のさつき雨

淡黄の糸

菊の花冷たくふれぬめづらしく素顔となりし朝の我頬に

あけがたの薄き光を宿したる大鏡こそ淋しかりけり

静なる朝の障子の破れ目より菊の花など覗くもかはゆ

おとなしき心となりて眼を閉ぢぬか丶る夜な〱続けとぞ願ふ

三味線の淡黄の糸の切はしの一すじ散れるたそがれの部屋

春の風広き額にやはらかき髪なびかせし人をしぞ思ふ

捨てられし人のごとくに独り居て髪などとかす夜の淋しさ

ひるの湯の底

やふやくに橋のあたりの水黒み静に河はたそがれて行く
ほろ〳〵と涙あふれぬあふれ来る若き力の抑へかねつも
菊などをむしるがごとく素直なる君を故なくまたも泣かせぬ
君よりか我より止《や》めしいさかひかくだちて夜の静なるかな
貝などのこぼれしごとく我が足の爪の光れる昼の湯の底
彼の折に無理強《むりし》いされし酒の香をふとなつかしく思ひ出しかな
おしろい気なき襟元へしみ〳〵と沁み渡るかな夜の冷たさ

みづのこころ

多摩川の清く冷くやはらかき水のこころを誰に語らむ
一杯の水をふくめば天地の自由を得たる心地こそすれ
美しさ何か及ばむなみ〳〵と玻璃の器にたゝえたる水
水はみな紺青色に描かれし広重《ひろしげ》の絵のかたくなをめづ
東京の街の憂ひの流るるや隅田の川は灰いろに行く

人妻をうばはむほどの強さをば持てる男のあらば奪《と》られむ

偉《おほい》なる力のごとく避けがたき美しさもて君せまり来ぬ

東海道五十三次

風俗史専攻の主人が、殊に昔の旅行風俗や習慣に興味を向けて、東海道に探査の足を踏み出したのはまだ大正も初めの一高の生徒時代だつたといふ。私はその時分のことは知らないが大学生時代の主人が屢〻そこへ行くことは確に見てゐたし、一度などは私も一緒に連れて行つて貰つた。念の為め主人と私の関係を話して置くと、私の父は幼時に維新の匆騒《そうさう》を越えて来たアマチュアの有職故実家《いうそくこじつか》であつたが、斯道《しだう》に熱心で、研究の手伝《てだす》けのため一人娘の私に絵画を習はせた。私は十六七の頃にはもう濃く礬水《どうさ》をひいた薄美濃紙を宛てがつて絵巻物の断片を謄《す》き写しすることも出来たし、残存の兜《かぶと》の錣《しころ》を、比較を間違へず写生することも出来た。だが、自分の独創で何か一枚画を描いてみようとなるとそれは出来なかつた。

主人は父の邸へ出入りする唯一の青年といつてよかつた。他に父が交際してゐる人も無いことはなかつたが、みな中年以上か老人であつた。その頃は「成功」なぞといふ言葉が特に取出されて流行し、娘たちはハイカラ髷《まげ》といふ洋髪を結つてゐる時代で虫食ひの図書遺品を漁《あさ》るといふのはよく〳〵向きの変つた青年に違ひなかつた。けれども父は

「近頃、珍らしい感心な青年だ」と褒めた。

主人は地方の零落した旧家の三男で、学途には就いたものの、学費の半《なかば》以上は自分で都合しなければならなかつた。主人は、好きな道を役立てて歌舞伎の小道具方の相談相手になり、デパートの飾人形の衣裳を考証してやつたり、それ等から得る多少の報酬で学費を補つてゐた。かなり生活は苦しさうだつたが、服装はきちんとしてゐた。

「折角の学問の才を切れ端にして使ひ散らさないやうに――」

と始終忠告してゐた父が、その実意からしても死ぬ少し前、主人を養子に引取つて永年苦心の蒐集品と、助手の私を主人に譲つたのは道理である。

私が主人に連れられて東海道を始めてみたのは結婚の相談が纏まつて間もない頃である。

今まで友だち附き合ひの青年を、急に夫として眺めることは少し窮屈で擽《こそ》ばゆい気もしたが、私には前から幾分さういふ予感が無いわけでもなかつた。狭い職分や交際範囲の中に同じやうな空気を呼吸して来た若い男女が、どのみち一組になりさうなことは池の中の魚のやうに本能的に感じられるものである。私は照れるやうなこともな

く言葉もさう改めず、この旅でも、たゞ身のまはりの世話ぐらゐは少し遠慮を除けてしてあげるぐらゐなものであつた。

私たちは静岡駅で夜行汽車を降りた。すぐ駅の俥を雇つて町中を曳かれて行くと、ほの〲明けの靄の中から大きな山葵漬《わさびづけ》の看板や鯛でんぶの看板がのそつと額の上に現はれて来る。旅慣れない私はこゝろの弾む思ひがあつた。

まだ、戸の閉つてゐる二軒のあべ川餅屋の前を通ると直ぐ川瀬の音に狭霧《さぎり》を立てて安倍川が流れてゐる。轍《わだち》に踏まれて躍る橋板の上を曳かれて行くと、夜行で寝不足の瞼が涼しく拭はれる気持がする。

町ともつかず村ともつかない鄙《ひな》びた家並がある。こゝは重衡《しげひら》の東下りのとき、鎌倉で重衡に愛された遊女千手《せんじゅ》の前《まへ》の生れた手越の里だといふ。重衡斬られて後、千手は尼となつて善光寺に入り、歿したときは二十四歳。かういふ由緒を簡単に、主人は前の俥から話し送つて呉れる。さういへば山門を向き合つて双方、名灸所と札をかけてゐる寺など何となく古雅なものに見られるやうな気がして来た私は、気を利かして距離を縮めてゆる〱走つて呉れる俥の上から訊く。

「昔の遊女はよく貞操的な恋愛をしたんですわね」

「みんなが、みんなさうでもあるまいが、――その時分に貴賓の前に出るやうな遊女になると相当生活の独立性が保てたし、一つは年齢の若い遊女にさういふロマンスが多いですね」

「ぢや、千手もまだ重衡の薄倖な運命に同情できるみづみづしい情緒のある年頃だつたといふわけね」

「それにね、当時の鎌倉といふものは新興都市には違ひないが、何といつても田舎で文化に就ては何かと京都をあこがれてゐる。三代実朝時代になつてもまだそんなふうだつたから、この時代の鎌倉の千手の前が都会風の洗練された若い公達に会つて参つたのだらうし、多少はさういふ公達を恋の目標にすることに自分自身誇りを感じたのぢやないでせうか」

私はもう一度、何となく手越の里を振返つた。

私と主人はかういふ情愛に関係する話はお互ひの間は勿論、現代の出来事を話題としても決して話したことはない。さういふことに触れるのは私たちのやうな好古家の古典的な家庭の空気を吸つて来たものに取つて、生々しくて、或る程度の嫌味にさへ感じた。たゞ歴史の事柄を通しては、かういふ風にたまには語り合ふことはあつた。それが二人の間に幾らか温かい親しみを感じさせた。

如何にも街道といふ感じのする古木の松並木が続く。それが尽きるとぱつと明るくなつて、丸い丘が幾つも在る間の開けた田畑の中の道を俥は速力を出した。小さい流れに板橋の架かつてゐる橋のたもとの右側に茶店風の藁屋の前で俥は梶棒を卸した。

「はい。丸子へ参りました」

なるほど障子に名物とろゝ汁と、書いてある。

「腹が減つたでせう。ちよつと待つてらつしやい」

さういつて主人は障子を開けて中へ入つた。

それは多分、四月も末か、五月に入つたとしたら、まだいくらも経たない時分と記憶する。

静岡辺は暖かいからといふので私は薄着の綿入れで写生帳とコートは手に持つてゐた。そこら辺りにやしほの花が鮮《あざやか》に咲き、丸味のある丘には一面茶の木が鶯餅を並べたやうに萌黄《もえぎ》の新芽で装はれ、大気の中にまでほの〴〵とした匂ひを漂はしてゐた。

私たちは奥座敷といつても奈良漬色の畳にがた〳〵障子の嵌《はま》つてゐる部屋で永い間、とろゝ汁が出来るのを待たされた。少し細目に開けた障子の隙間から畑を越して平凡な裏山が覗かれる。老鶯が鳴く。丸子の宿の名物とろゝ汁の店といつてもうそれを食べる人は少ないので、店はたゞの腰掛け飯屋になつてゐるらしく耕地測量の一行らしい器械を携へた三四名と、表に馬を繋《つな》いだ馬子とが、消し残しの朝の電燈の下で高笑ひを混へながら食事をしてゐる。

主人は私に退屈させまいとして懐《ふところ》から東海道分間《ぶんま》図絵を出して頁をへぐつて説明して呉れたりした。地図と鳥瞰図《てうかんづ》の合の子のやうなもので、平面的に書き込んである里程や距離を胸に入れながら、自分の立つ位置から右に左に見ゆる見当のまゝ、山や神社仏閣や城が、およその見ゆる形に側面の略図を描いてある。勿論、改良美濃紙の複刻本であつたが、原図の菱川師宣《もろのぶ》のあの暢艶《ちやうえん》で素雅な趣はちらり〳〵味へた。しかし、自然の実感といふものは全くなかつた。

「昔の人間は必要から直接に発明したから、こんな便利で面白いものが出来たんですね。つまり観念的な理窟に義理立てしなかつたから——今でもかういふものを作つたら便利だと思ふんだが」

はじめ、かなり私への心遣ひで話しかけてゐるつもりでも、いつの間にか自分独りだけで古典思慕に入り込んだ独り言になつてゐる。好古家の学者に有り勝ちなこの癖を始終私は父に見てゐるのであまり怪しまなかつたけれども、二人で始めての旅で、殊にかういふ場所で待たされつゝあるときの相手の態度としては、寂しいものがあつた。私は気を紛らす為めに障子を少し開けひろげた。

午前の陽は流石《さすが》に眩しく美しかつた。老婢が「とろゝ汁が出来ました」と運んで来た。別に変つた作り方でもなかつたが、炊き立ての麦飯の香ばしい湯気に神仙の土のやうな匂ひのする自然薯《じねんじよ》は落ち付いたおいしさがあつた。私は香りを消さぬやうに薬味の青海苔を撒《ふ》らずに椀を重ねた。

主人は給仕をする老婢に「皆川老人は」「ふじのや連は」「歯磨き屋は」「彦七は」と

妙なことを訊き出した。老婢はそれに対して、消息を知つてゐるのもあるし知らないのもあつた。話の様子では、この街道を通りつけの諸職業の旅人であるらしかつた。主人が「作楽井《さくらゐ》さんは」と訊くと

「あら、いま、さきがた、この前を通つて行かれました。あなた等も峠へか丶られるなら、どこかでお逢ひになりませう」

と答へた。主人は

「峠へか丶るにはか丶るが、廻り道をするから——なに、それに別に会ひ度いといふわけでもないし」

と話を打ち切つた。

私たちが店を出るときに、主人は私に「この東海道には東海道人種とでも名付くべき面白い人間が沢山ゐるんですよ」と説明を補足した。

細道の左右に叢々たる竹藪が多くなつて、やがて二つの小峰が目近く聳え出した。天柱山に吐月峰といふのだと主人が説明した。私の父は潔癖家で、毎朝、自分の使ふ莨盆《たばこぼん》の灰吹を私に掃除させるのに、灰吹の筒の口に素地《きぢ》の目が新しく肌を現はすまで砥石《といし》の裏に何度も水を流しては擦らせた。朝の早い父親は、私が眠い眼を我慢して砥石で擦つて持つて行く灰吹を、座敷に坐り煙管《きせる》を膝に構へたまま、黙つて待つてゐる。

私は気が気でなく急いで持つて行くと、父は眉を皺めて、私に戻す。私はまた擦り直す。その時逆にした灰吹の口の近く指に当るところに磨滅した烙印で吐月峰と捺してあるのがいつも眼についた。春の陽ざしが麗《うら》らかに拡がつた空のやうな色をした竹の皮膚にのんきに据つてゐるこの意味の判らない書体を不機嫌な私は憎らしく思つた。

灰吹の口が綺麗に擦れて父の気に入つたときは、父は有難うと言つてそれを莨盆にさし込み、煙草を燻《くゆ》らしながら言つた。

「おかげでおいしい朝の煙草が一服吸へる」

父はそこで私に珍らしく微笑みかけるのであつた。

母の歿したのちは男の手一つで女中や婆あやや書生を使ひ、私を育てて来た父には生甲斐として考証詮索の楽しみ以外には無いやうに見えたが、やはり寂しいらしかつた。だが、情愛の発露の道を知らない昔人はどうも仕方なかつたらしい。掃き浄めた朝の座敷で幽寂閑雅な気分に浸る。それが唯一の自分の心を開く道で、この機会に於てのみ娘に対しても素直な愛情を示す微笑も洩らせた。私は物ごころついてから父を憐れなものに思ひ出して来て、出来るだけ灰吹を綺麗に掃除してあげることに努めた。そして灰吹に烙印してある吐月峰といふ文字にも、何かさういつた憐れな人間の息抜きをする意味のものが含まれてゐるのではないかと思ふやうになつた。

父は私と主人との結婚話が決まると、その日から灰吹掃除を書生に代つてやらせた。

私は物足らなく感じて「してあげますわ」と言つても「まあい、」と言つてどうしてもやらせなかつた。参考の写生も縮写もやらせなくなつた。恐らく、娘はもう養子のものと譲つた気持ちからであらう。私は昔風な父のあまりに律儀な意地強さにちよつと暗涙を催したのであつた。

まはりの円味がかつた平凡な地形に対して天柱山と吐月峰は突兀《とつこつ》として秀でてゐる。けれども矗《ちく》とか峻《しゆん》とかいふ峙《そばだ》ちやうではなく、どこまでも撫で肩の柔かい線である。この不自然さが二峰を人工の庭の山のやうに見せ、その下のところに在る藁葺の草堂諸共《もろとも》、一幅の絵になつて段々近づいて来る。

柴の門を入ると瀟洒《せうしや》とした庭があつて、寺と茶室を折衷したやうな家の入口にさびた聯がかかつてゐる。聯の句は

幾若葉はやし初の園の竹

山桜思ふ色添ふ霞かな

主人は案内を知つてゐると見え、柴折戸《しをりど》を開けて中庭へ私を導き、そこから声をかけながら庵の中に入つた。一室には灰吹を造りつゝある道具や竹材が散らばつてゐるだけで人はゐなかつた。

主人は関《かま》はず中へ通り、棚に並べてある宝物に向つて、私にこれを写しとき給へと

命じた。それは一休の持つたといふ鉄鉢と、頓阿弥の作つたといふ人丸の木像であつた。

　私が、矢立の筆を動かしてゐると、主人はそこらに転がつてゐた出来損じの新らしい灰吹を持つて来て巻煙草を燻《くゆ》らしながら、ぽつぽつ話をする。

　此の庵の創始者の宗長は、連歌は宗祇《そうぎ》の弟子で禅は一休に学んだといふが、連歌師としての方が有名である。もと、これから三つ上の宿の島田の生れなので、晩年、斎藤加賀守の庇護を受け、京から東に移つた。そしてこゝに住みついた。庭は銀閣寺のものを小規模ながら写してあるといつた。

「室町も末になつて、乱世の間に連歌なんといふ閑文字が弄ばれたといふことも面白いことですが、これが東国の武士の間に流行つたのは妙ですよ。都から連歌師が下つて来ると、最寄最寄の城から招いて連歌一座所望したいとか、発句一首ぜひとか、而《しか》もそれがあす合戦に出かける前日に城内から所望されたなどといふ連歌師の書いた旅行記がありますよ。日本人は風雅に対して何か特別の魂を持つてるんぢやないかな」

　連歌師の中にはまた職掌を利用して京都方面から関東へのスパイや連絡係を勤めたものもあつたといふから幾分その方の用事もあつたには違ひないが、太田道灌はじめ東国の城主たちは熱心な風雅擁護者で、従つて東海道の風物はかなり連歌師の文章で当時の状況が遺されてゐると主人は語つた。

私はそれよりも宗長といふ連歌師が東国の広漠たる自然の中に下つてもなほ廃残の京都の文化を忘れ兼ね、やつとこの上方の自然に似た二つの小峰を見つけ出してその蔭に小さな蝸牛《かたつむり》のやうな生活を営んだことを考へてみた。少女の未練のやうなものを感じていぢらしかつた。で、立去り際にもう一度、銀閣寺うつしといふ庭から天柱、吐月の二峰をよく眺め上げようと思つた。

主人は新らしい灰吹の中へなにがしかの志の金を入れて、工作部屋の入口の敷居に置き

「万事灰吹で間に合せて行く。これが禅とか風雅といふものかな」

と言つて笑つた。

「さあ、これからが宇津の谷峠。業平《なりひら》の、駿河なるうつの山辺のうつゝにも夢にも人にあはぬなりけり、あの昔の宇都の山ですね。登りは少し骨が折れませう。持ちものはこつちへお出しなさい。持つてゝあげますから」

鉄道の隧道《トンネル》が通つてゐて、折柄、通りかゝつた汽車に一度現代の煙を吐きかけられた以後は、全く時代とは絶縁された峠の旧道である。左右から木立の茂つた山の崖裾の間をくねつて通つて行く道は、とき〴〵梢の葉の密閉を受け、行手が小暗くなる。さういふところへ来ると空気はひやりとして、右側に趨《はし》つてゐる瀬川の音が急に音を高めて来る。何とも知れない鳥の声が、瀬戸物の破片を擦り合すやうな鋭い叫声を立

てゐる。

私は芝居で見る黙阿弥作の「蔦紅《つた》葉宇都谷峠」のあの文弥殺しの場面を憶ひ起して、婚約中の男女の初旅にしては主人はあまりに甘くない舞台を選んだものだと私は少し脅《おび》えながら主人のあとについて行つた。

主人はとき〴〵立停まつて「これ、どきなさい」と洋傘で弾《は》ねてゐる。大きな蟇《がま》が横腹の辺に朽葉を貼りつけて眼の先に蹲《うづくま》つてゐる。私は脅えの中にも主人がこの旧峠道にかゝつてから別人のやうに快活になつて顔も生々して来たのに気付かないわけには行かなかつた。洋傘を振り腕を拡げて手に触れる熊笹を毟《むし》つて行く。それは少年のやうな身軽さでもあり、自分の持地に入つた園主のやうな気儘さでもある。そしてときどき私に

「いゝでせう、東海道」

と同感を強ひた。私は

「まあね」と答へるより仕方がなかつた。

ふと、私は古典に浸る人間には、どこかその中からロマンチックのものを求める本能があるのではあるまいかなど考へた。あんまり突如として入つた別天地に私は草臥《くた》ぶれるのも忘れて、たゞせつせと主人について歩いて行くうちどのくらゐたつたか、こゝが峠だといふ展望のある平地へ出て、家が二三軒ある。

「十団子も小粒になりぬ秋の風といふ許六の句にあるその十団子を、もとこの辺で売つてたのだが」

主人はさう言ひながら、一軒の駄菓子ものを並べて草鞋《わらぢ》など吊つてある店先へ私を休ませた。私たちがおかみさんの運んで来た渋茶を飲んでゐると、古障子を開けて呉絽《ごろ》の羽織を着た中老の男が出て来て声をかけた。

「いよう、珍らしいところで逢つた」

「や、作楽井《さくらゐ》さんか、まだこの辺にゐたのかね。もつとも、さつき丸子では峠にかゝつてゐるとは聞いたが」

と主人は応へる。

「坂の途中で、江尻へ忘れて来た仕事のこと思ひ出してさ。帰らなきやなるまい。いま、奥で一ぱい飲みながら考へてゐたところさ」

中老の男はじろ〳〵私を見るので主人は正直に私の身元を紹介した。中老の男は私には叮嚀に、

「自分も絵の端くれを描きますが、いや、その他、何やかや八百屋でして」

男はちよつと軒端から空を見上げたが
「どうだ、日もまだ丁度ぐらゐだ。奥で僕と一ぱいやつてかんかね。昼飯も食うてつたらどうです」

と案内顔に奥へ入りかけた。主人は青年ながら家で父と晩酌を飲む口なので、私の顔をちよつと見た。私は作楽井といふこの男の人なつかしさうな眼元を見ると、反対するのが悪いやうな気がしたので

「私は構ひませんわ」と言つた。

粗壁の田舎家の奥座敷で主人と中老の男の盃の献酬がはじまる。裏の障子を開けた外は重なつた峰の岨《そば》が見開きになつて、その間から遠州の平野が見晴せるのだらうが濃い霞が澱んでかゝり、金色にやゝ透けてゐるのは菜の花畑らしい。覗きに来る子供を叱りながらおかみさんが斡旋する。私はどこまで旧時代の底に沈ませられて行くか多少の不安と同時に、これより落着きやうもない静な気分に魅せられて、傍で茹で卵など剝《む》いてゐた。

「この間、島田で、大井川の川越しに使つた蓮台《れんだい》を持つてる家を見付けた。あんたに逢つたら教へて上げようと思つて――」

それから、酒店のしるしとして古風に杉の玉を軒に吊つてゐる家が、まだ一軒石部の宿に残つてゐることやら、お伊勢参りの風俗や道中唄なら関の宿の古老に頼めば知つてゐて教へて呉れることだの、主人の研究の資料になりさうなことを助言してゐたが、私の退屈にも気を配つたと見え

「奥さん、東海道といふところは一度や二度来てみるのは珍らしくて目保養にもなつ

てい丶ですが、うつかり嵌《はま》り込んだら抜けられませんぜ。気をつけなさいまし」

嵌り込んだら最後、まるで飴にか丶つた蟻のやうになるのであると言つた。「さう言つちや悪いが、御主人なぞもだいぶ足を粘り取られてる方だが」

酒は好きだがさう強くはない性質らしく、男は赭《あか》い顔に何となく感情を流露さす声になつた。

「この東海道といふものは山や川や海がうまく配置され、それに宿々がい丶工合な距離に在つて、景色からいつても旅の面白味からいつても滅多に無い道筋だと思ふのですが、しかしそれより自分は五十三次が出来た慶長頃から、つまり二百七十年ばかりの間に幾百万人の通つた人間が、旅といふもので嘗《な》める寂しみや幾らかの気散じや、さういつたものが街道の土にも松並木にも宿々の家にも浸み込んでゐるものがある。その味が自分たちのやうな、情味に脆《もろ》い性質の人間を痺《しび》らせるのだらうと思ひますよ」

強ひて同感を求めるやうな語気でもないから、私は何とも返事しやうがない気持をたゞ微笑に現はして頷いてだけゐた。すると作楽井は独り感に入つたやうに首を振つて
「御主人は、よく知つてらつしやるが、考へてみれば自分なぞは――」

と言つて、身の上話を始めるのであつた。

家は小田原在に在る穀物商で、妻も娶り兄妹三四人の子供もできたのだが、三十四

の歳にふと商用で東海道へ足を踏み出したのが病みつきであつた。それから、家に腰が落着かなくなつた。こゝの宿を朝立ちして、晩はあの宿に着かう。その間の孤独で動いて行く気持ち、前に発つた宿には生涯二度と戻るときはなく、行き着く先の宿は自分の目的の唯一のものに思はれる。およそ旅といふものにはかうした気持ちは附きものだが、この東海道ほどその感を深くさせる道筋はないと言ふのである。それは何度通つても新らしい風物と新らしい感慨にいつも自分を浸すのであつた。こゝから東の方だけ言つても

程ケ谷と戸塚の間の焼餅坂に権太坂

箱根旧街道

鈴川、松並木の左富士

この宇津の谷

かういふ場所は殊にしみぐ〵させる。西の方には尚多いと言つた。

それに不思議なことはこの東海道には、京へ上るといふ目的意識が今もつて旅人に働き、泊り重ねて大津へ着くまでは緊張してゐて常にうれしいものである。だが、大津へ着いたときには力が落ちる。自分たちのやうな用事もないものが京都へ上つたとて何にならう。

そこで、また、汽車で品川へ戻り、そこから道中双六のやうに一足一足、上りに向

つて足を踏み出すのである。何の為めに？　目的を持つ為めに。これを近頃の言葉では何といふでせうか。憧憬、なるほど、その憧憬を作る為めに。

自分が再々家を空けるので、妻は愛想を尽かしたのも無理はない。妻は子供を連れたまゝ実家へ引取つた。実家は熱田附近だがさう困る家でもないので、心配はしないやうなものの、流石《さすが》にときどきは子供に学費ぐらゐは送つてやらなければならぬ。

作楽井は器用な男だつたので、表具やちよつとした建具左官の仕事は出来る。自分で襖《ふすま》を張り替へてそれに書や画もかく。こんなことを生業として宿々に知り合ひが出来るとなほこの街道から脱けられなくなり、家を離散してから二十年近くも東海道を住家として上り下りしてゐると語つた。

「かういふ人間は私一人ぢやありませんよ。お仲間がだいぶありますね」

やがて

「これから大井川あたりまでご一緒に連れ立つて、奥さんを案内してあげたいんだが何しろ忘れて来た用事といふのが壁の仕事でね、乾き工合もあるので、これから帰りませう。まあ、御主人がついてらつしやれば、たいがいの様子はご存じですから」

私たちは簡単な食事をしたのち、作楽井と西と東に訣《わか》れた。暗い隧道がどこかに在つたやうに思ふ。

私たちはそれから峠を下つた。軒の幅の広い脊の低い家が並んでゐる岡部の宿へ出目立つてゐた。茶どきと見え青い茶が乾してあつたり、茶師の赤銅色の裸体が燻《くす》んだ色の町に立つてゐた。私たちは藤枝の宿で、熊谷蓮生坊が念仏を抵当に入れたといふその相手の長者の邸跡が今は水田になつてゐて、早苗《さなへ》がやさしく風に吹かれてゐるのを見に寄つたり、島田では作楽井の教へて呉れた川越しの蓮台を蔵してゐる家を尋ねて、それを写生したりして、大井川の堤に出た。見晴らす広漠とした河原に石と砂との無限の展望。初夏の明るい陽射しも消し尽せぬ人間の憂愁の数々に思はれる。堤が一髪を横たへたやうに見える。こゝで名代なのは朝顔眼あきの松で、二本になつてゐる。私たちはその夜、島田から汽車で東京へ帰つた。

結婚後も主人は度々東海道へ出向いた中に私も二度ほど連れて行つて貰つた。もうその時は私も形振《なりふり》は関はず、たゞ燻んでひやりと冷たいあの街道の空気に浸り度い心が急《せ》いた。私も街道に取憑《とりつ》かれたのであらうか。そんなに寂れてゐながらあの街道には、蔭に賑やかなものが潜んでゐるやうにも感じられた。

一度は藤川から出発し岡崎で藤吉郎の矢矧《やはぎ》の橋を見物し、池鯉鮒《ちりふ》の町はづれに在る八つ橋の古趾を探ねようといふのであつた。大根の花も莢《さや》になつてゐる時分であつた。そこはやゝ湿地がかつた平野で、田圃と多少の高低のある沢地がだるく入り混つてゐた。畦川《あぜがは》が流れてゐて、濁つた水に一ひらの板橋がかゝつてゐた。悲しいくらゐ周囲は眼を遮るものもない。土地より高く河が流れてゐるらしく、やゝ高い堤の上に点を打つたやうに枝葉を刈り込まれた松並木が見えるだけであつた。「こゝを写生しとき給へ」と主人が言ふので、私は矢立を取出したが、標本的の画ばかり描いてゐる私にはこの自然も蒔絵《まきゑ》の模様のやうにしか写されないので途中で止めてしまつた。

三河と美濃の国境だといふ境橋を渡つて、道はだん〳〵丘陵の間に入り、この辺が桶狭間の古戦場だといふ田圃みちを通つた。戦場にしては案外狭く感じた。

鳴海はもう名物の絞りを売つてゐる店は一二軒しかない。並んでゐる邸宅風の家々はむかし鳴海絞りを売つて儲けた家だと倬夫が言つた。池鯉鮒よりで気の付いたことには、家の造りが破風を前にして東京育ちの私には横を前にして建ててあるやうに見えた。主人は「この辺から伊勢造りになるんです」

と言つた。その日私たちは熱田から東京に帰つた。

木枯しの身は竹斎に似たるかな

十一月も末だつたので主人は東京を出がけに、こんな句を口誦《くちずさ》んだ。それは何ですと私が訊くと
「東海道遍歴体小説の古いものの一つに竹斎物語といふのがあるんだよ。竹斎といふのは小説の主人公の藪医者の名さ。それを芭蕉が使つて吟じたのだな。確か芭蕉だと

思つた」

「では私たちは男竹斎に女竹斎ですか」

「まあ、そんなところだらう」

私たちの結婚も昂揚時代といふものを見ないで、平々淡々の夫婦生活に入つてゐた。父はこのときもう死んでゐた。

そのときの目的は鈴鹿を越してみようといふことであつた。亀山まで汽車で来て、それから例の通り俥に乗つた。枯桑の中に石垣の膚を聳え立たしてゐる亀山の城。関のさびれた町に入つて主人は作楽井が昨年話して呉れた古老を尋ね、話を聞きながらそこに持ち合せてゐる伊勢詣りの浅黄の脚絆や道中差しなど私に写生させた。福蔵寺に小まんの墓。

関の小まんが米かす音は一里聞えて二里響く
仇打の志があつた美女の小まんはまた大力でもあつたのでかういふ唄が残つてゐるといつた。

関の地蔵尊に詣でて、私たちは峠にかゝつた。

満目粛殺の気に充ちて旅のうら寂しさが骨身に徹《とほ》る。

「あれが野猿の声だ」

主人はにこ〳〵して私に耳を傾けさした。私はまたしてもかういふところへ来ると生々して来る主人を見て浦山《うらやま》しくなつた。

「ありたけの魂をすつかり投げ出して、どうでもして下さいと言ひたくなるやうな寂しさですね」

「この底に、ある力強いものがあるんだが、まあ君は女だからね」

小唄に残つてゐる間《あひ》の土山《つちやま》へひよつこり出る。屋根附の中風薬の金看板なぞ見える小さな町だが、今までの寒山枯木に対して、血の通ふ人間に逢ふ歓びは覚える。

風が鳴つてゐる三上山の麓を車行して、水無口から石部の宿を通る。なるほど此処の酒店で、作楽井が言つたやうに杉の葉を玉に丸めてその下に旗を下げた看板を軒先に出してゐる家がある。主人は仰いで「はあ、これが酒店のしるしだな」と言つた。

琵琶湖の水が高い河になつて流れる下を隧道に掘つて通つてゐる道を過ぎて私たちは草津のうばが餅屋に駆け込んだ。硝子戸の中は茶釜をかけた竈《かまど》の火で暖かく、窓硝子の光線をうけて鉢の金魚は鱗を七彩に閃めかしながら泳いでゐる。外を覗いてみると比良も比叡も遠く雪雲を冠つてゐる。

「この次は大津、次は京都で、作楽井に言はせると、もう東海道でも上りの憧憬の力が弱まつてゐる宿々だ」

主人は餅を食べながら笑つて言つた。私は
「作楽井さんは、この頃でも何処かを歩いてらつしやるでせうか、かういふ寒空にも」

と言つて、漂浪者の身の上を想つてみた。

それから二十年余り経つ。私は主人と一緒に名古屋へ行つた。主人はそこに出来た博物館の頼まれ仕事で。私はまた、そこの学校へ赴任してゐる主人の弟子の若い教師の新家庭を見舞ふために。

その後の私たちの経過を述べると極めて平凡なものであつた。主人は大学を出ると美術工芸学校やその他二三の勤め先が出来た上、類の少ない学問筋なので何やかや世間から相談をかけられることも多く、忙しいまゝ、東海道行きは、間もなく中絶してしまつた。たゞとき〴〵小夜の中山を越して日坂の蕨餅《わらびもち》を食つてみたいとか、御油《ごゆ》、赤阪の間の松並木の街道を歩いてみたいとか、譫言《うはごと》のやうに言つてゐたが、その度もだん〳〵少なくなつて、最近では東海道にいくらか縁のあるのは何か手の込んだ調べものがあると、蒲郡《がまごほり》の旅館へ一週間か十日行つて、その間、必要品を整へるため急いで豊橋へ出てみるぐらゐなものである。

私はまた、子供たちも出来てしまつてからは、それどころの話でなく、標本の写生も、別に女子美術出の人を雇つて貰つて、私はすつかり主婦の役に髪を振り乱してしまつた。たゞ私が今も残念に思つてゐることは、絵は写すことばかりして、自分の思つたことが描けなかつたことである。子供の中の一人で音楽好きの男の子があるのを幸ひに、これを作曲家に仕立てて、優劣は別としても兎に角、自分の胸から出るものを思ふまゝ表現できる人間を一人作り度いと骨折つてゐるのである。

さてそんなことで、主人も私も東海道のことはすつかり忘れ果て、二人ともめい〳〵の用向きに没頭して、名古屋での仕事もほゞ片付いた晩に私たちはホテルの部屋で番茶を取り寄せながら雑談してゐた。するとふと主人は、こんなことを言ひ出した。

「どうだ、二人で旅へ出ることも滅多にない。一日帰りを延して久し振りにどつか近くの東海道でも歩いてみようぢやないか」

私は、はじめ何をこの忙しい中に主人が言ふのかと問題にしないつもりでゐたが、考へてみると、もうこの先、いつの日に、いつまた来られる旅かと思ふと、主人の言葉に動かされて来た。

「さうですね。ぢや、まあ、ほんとに久し振りに行つてみませうか」

と答へた。さう言ひかけてゐると私は初恋の話をするやうに身の内の熱くなるのを感じて来た。初恋もない身で、初恋の場所でもないところの想ひ出に向つて、それは妙であつた。私たちは翌朝汽車で桑名へ向ふことにした。

朝、ホテルを出発しようとすると、主人に訪問客があつた。小松といふ名刺を見て主人は心当りがないらしく、ボーイにもう一度身元を聞かせた。するとボーイは「何でもむかし東海道でよくお目にかゝつた作楽井の息子と言へばお判りでせうと仰つしやいますが」

主人は部屋へ通すやうに命じて私に言つた。

「おい、むかしあの宇津で君も会つたらう。あの作楽井の息子ださうだ。苗字《めうじ》は違つてゐるがね」

入つて来たのは洋服の服装をきちんとした壮年の紳士であつた。私は殆ど忘れて思ひ出せなかつたが、あの作楽井氏の人懐《ひとなつ》つこい眼元がこの紳士にもあるやうな気がした。紳士は叮嚀に礼をして、自分がこの土地の鉄道関係の会社に勤めて技師をしてゐるといふことから、昨晩、倶楽部へ行つてふと、亡父が死前に始終その名を口にしてゐたその人が先頃からこの地へ来てNホテルに泊つてゐることを聴いたので、早速訪ねて来た顛末《てんまつ》を簡潔に述べた。小松といふのは母方の実家の姓だと言つた。彼は次男なので、その方に子が無いまゝ実家の後を嗣《つ》いだのであつた。

「すると作楽井さんは、もうお歿くなりになりましたか。それはそれは。だが、年齢から言つてもだいぶにおなりだつたでせうからな」

「はあ、生きてをれば七十を越えますが、一昨年歿くなりました。七八年前まで元気でをりまして、相変らず東海道を往来してをりましたが、神経痛が出ましたので流石《さすが》の父も、我《が》を折つて私の家へ落着きました」

小松技師の家は熱田に近い処に在つた。そこからは腰の痛みの軽い日は、杖に縋《すが》りながらでも、笠寺観音から、あの附近に断続して残つてゐる低い家並に松株が挟まつてゐる旧街道の面影を尋ねて歩いた。これが作楽井をして小田原から横浜市へ移住した長男の家にかゝるよりも熱田住みの次男の家へかゝらしめた理由なのであつた。

「私もとき〴〵父に附添つて歩くうちに、どうやら東海道の面白味を覚えました。この頃は休暇毎には必ず道筋のどこかへ出かけるやうにしてをります」

小松技師は作楽井氏に就ていろ〳〵のことを話した。作楽井氏も晩年には東海道ではちよつと名の売れた画家になつて表具や建具仕事はしなくなつたことや、私の主人に、まだその後街道筋で見付けた参考になりさうな事物を教へようとて作楽井氏が帳面につけたものがあるから、それをいづれは東京の方へ送り届けようといふことや、作楽井氏の腰の神経痛がひどくなつて床についてから同じ街道の漂泊人仲間を追憶したが、遂に終りをよくしたものが無い中にも、私の主人だけは狡《ずる》くて、途中に街道から足を抜いたため、珍らしく出世したと述懐してゐたことやを述べて主人を散々に苦笑させた。話はつい永くなつて十時頃になつてしまつた。

小松技師は帰りしなに、少し改つて

「実はお願ひがあつて参りましたのですが」

と言つて、暫く黙つてゐたが、主人が気さくな顔をして応《う》けてゐるのを見て安心して言つた。

「私もいさゝかこの東海道を研究してみましたのですが、御承知の通り、こんなに自然の変化も都会や宿村の生活も、名所や旧蹟も、うまく配合されてゐる道筋はあまり他にはないと思ふのです。で、もしこれに手を加へて遺すべきものは遺し、新しく加ふべき利便はこれを加へたなら、将来、見事な日本の一大観光道筋にならうと思ひます。この仕事はどうも私には荷が勝つた仕事ですが、いづれ勤先とも話がつきましたら専心この計画にかゝつて私の生涯の事業にしたいと思ひますので」

その節は、亡父の誼《よし》みもあり、東海道愛好者としても呉々も一臂《び》の力を添へるやう主人に今から頼んで置くといふのであつた。

主人が「及ばずながら」と引受けると、人懐つこい眼を輝かしながら頻りに感謝の言葉を述べるのであつた。そして、これから私たちの行先が桑名見物といふことを聞取つて

「あすこなら、私よく存じてゐる者もをりますから、御便宜になるやう直ぐ電話で申送つて置きませう」

と言つて帰つて行つた。

小松技師が帰つたあと、しばらく腕組をして考へてゐた主人は、私に言つた。

「憧憬といふ中身は変らないが、親と子とはその求め方の方法が違つて来るね。やつぱり時代だね」

主人のこの言葉によつて私は、二十何年か前、作楽井が常に希望を持つ為めに、憧憬を新らしくする為めに東海道を大津まで上つては、また、発足点へ戻つてこれを繰返すといふ話を思ひ出した。私は

「やつぱり血筋ですかね。それとも人間はそんなものでせうか」

と、言つた。

汽車の窓から伊勢路の山々が見え出した。冬近い野は農家の軒のまはりにも、田の畦《あぜ》にも大根が一ぱい干されてゐる。空は玻璃《はり》のやうに澄み切つて陽は照つてゐる。

私は身体を車体に揺られながら自分のやうな平凡に過した半生の中にも二十年となれば何かその中に、大まかに脈をうつものが気付かれるやうな気のするのを感じてゐた。それはたいして縁もない他人の脈ともどこかで触れ合ひながら。私は作楽井とその息子の時代と、私の父と私たちと私たちの息子の時代のことを考へながら急ぐ心もなく桑名に向つてゐた。主人は快げに居眠りをしてゐる。少し見え出したつむじの白髪が弾《は》ねて光る。

老妓抄

平出園子といふのが老妓の本名だが、これは歌舞伎俳優の戸籍名のやうに当人の感じになづまないところがある。さうかといつて職業上の名の小そのとだけでは、だん〳〵素人《しろうと》の素朴な気持ちに還らうとしてゐる今日の彼女の気品にそぐはない。

こゝではたゞ何となく老妓といつて置く方がよからうと思ふ。

人々は真昼の百貨店でよく彼女を見かける。

目立たない洋髪に結び、市楽《いちらく》の着物を堅気風につけ、小女一人連れて、憂鬱な顔をして店内を歩き廻る。恰幅《かつぷく》のよい長身に両手をだらりと垂らし、投出して行くやうな足取りで、一つところを何度も廻り返す。さうかと思ふと、紙凧《たこ》の糸のやうにすつとのして行つて、思ひがけないやうな遠い売場に佇む。彼女は真昼の寂しさ以外、何も意識してゐない。

かうやつて自分を真昼の寂しさに憩はしてゐる、そのことさへも意識してゐない。

ひよつと目星《めぼし》い品が視野から彼女を呼び覚すと、彼女の青みがかつた横長の眼がゆつたりと開いて、対象の品物を夢のなかの牡丹のやうに眺める。唇が娘時代のやうに捲《まく》れ気味に、片隅へ寄ると其処に微笑が泛《うか》ぶ。また憂鬱に返る。

だが、彼女は職業の場所に出て、好敵手が見つかるとはじめはちよつと呆《ほ》けたやうな表情をしたあとから、いくらでも快活に喋《しやべ》舌り出す。

新喜楽のまへの女将の生きてゐた時分に、この女将と彼女と、もうひとり新橋のひさごあたりが一つ席に落合つて、雑談でも始めると、この社会人の耳には典型的と思はれる、機智と飛躍に富んだ会話が展開された。相当な年配の芸妓たちまで「話し振りを習はう」といつて、客を捨てて老女たちの周囲に集つた。

彼女一人のときでも、気に入つた若い同業の女のためには、経歴談をよく話した。何も知らない雛妓《おしやく》時代に、座敷の客と先輩との間に交される露骨な話に笑ひ過ぎて畳の上に粗相をして仕舞ひ、座が立てなくなつて泣き出してしまつたことから始めて、囲《かこ》ひもの時代に、情人と逃げ出して、旦那におふくろを人質にとられた話や、もはや抱妓《かかへつこ》の二人三人も置くやうな看板ぬしになつてからも、内実の苦しみは、五円の現金を借りるために横浜往復十二円の月末払ひの俥に乗つて行つたことや、彼女は相手の若い妓たちを笑ひでへと〳〵に疲らせずには措《お》かないまで、話の筋は同じでも、趣向は変へて、その迫り方は彼女に物の怪がつき、われ知らずに魅惑の爪を相手の女に突き立てて行くやうに見える。若さを嫉妬して、老いが狡猾な方法で巧みに責め苛んでゐるやうにさへ見える。

若い芸妓たちは、とう〳〵髪を振り乱して、両脇腹を押へ喘《あへ》いでいふのだつた。

「姐《ねえ》さん、頼むからもう止してよ。この上笑はせられたら死んでしまふ」

老妓は、生きてる人のことは決して語らないが、故人で馴染のあつた人については一皮剝《む》いた彼女独特の観察を語つた。それ等の人の中には思ひがけない素人も芸人もあつた。

中国の名優の梅蘭芳《メイランファン》が帝国劇場に出演しに来たとき、その肝煎《きもい》りをした某富豪に向つて、老妓は「費用はいくらかゝつても関《かま》ひませんから、一度のをりをつくつて欲しい」と頼み込んで、その富豪に宥《なだ》め返されたといふ話が、嘘か本当か、彼女の逸話の一つになつてゐる。

笑ひ苦しめられた芸妓の一人が、その復讐のつもりもあつて

「姐さんは、そのとき、銀行の通帳を帯揚げから出して、お金ならこれだけありますと、その方に見せたといふが、ほんたうですか」

と訊く。

すると、彼女は

「ばか〳〵しい。子供ぢやあるまいし、帯揚げのなんのつて……」

こどものやうになつて、ぷん〳〵怒るのである。その真偽はとにかく、彼女からかういふうぶな態度を見たいためにも、若い女たちはしば〳〵訊いた。

「だがね。おまへさんたち」と小そのは総てを語つたのちにいふ、「何人男を代へてもつゞまるところ、たつた一人の男を求めてゐるに過ぎないのだね。いまかうやつて思ひ出して見て、この男、あの男と部分々々に牽かれるものの残つてゐるところは、その求めてゐる男の一部々々の切れはしなのだよ。だから、どれもこれも一人では永くは続かなかつたのさ」

「そして、その求めてゐる男といふのは」と若い芸妓たちは訊き返すと
「それがはつきり判れば、苦労なんかしやしないやね」それは初恋の男のやうでもあり、また、この先、見つかつて来る男かも知れないのだと、彼女は日常生活の場合の憂鬱な美しさを生地《きぢ》で出して云つた。

「そこへ行くと、堅気さんの女は羨しいねえ。親がきめて呉れる、生涯ひとりの男を持つて、何も迷はずに子供を儲けて、その子供の世話になつて死んで行く」

ここまで聴くと、若い芸妓たちは、姐さんの話もいゝがあとが人をくさらしていけないと評するのであつた。

小そのが永年の辛苦で一通りの財産も出来、座敷の勤めも自由な選択が許されるや

うになつた十年ほど前から、何となく健康で常識的な生活を望むやうになつた。芸者屋をしてゐる表店と彼女の住《すま》つてゐる裏の蔵附の座敷とは隔離してしまつて、しかもたや風の出入口を別に露地から表通りへつけるやうに造作したのも、その現はれの一つであるし、遠縁の子供を貰つて、養女にして女学校に通はせたのもその現はれの一つである。彼女の稽古事が新時代的のものや知識的のものに移つて行つたのも、或はまたその現はれの一つと云へるかも知れない。この物語を書き記す作者のもとへは、下町のある知人の紹介で和歌を学びに来たのであるが、そのとき彼女はかういふ意味のことを云つた。

芸者といふものは、調法ナイフのやうなもので、これと云つて特別によく利くこともいらないが、大概なことに間に合ふものだけは持つてゐなければならない。どうかその程度に教へて頂き度い。この頃は自分の年恰好から、自然上品向きなお客さんのお相手をすることが多くなつたから。

作者は一年ほどこの母ほども年上の老女の技能を試みたが、和歌は無い素質ではなかつたが、むしろ俳句に適する性格を持つてゐるのが判つたので、やがて女流俳人の某女に紹介した。老妓はそれまでの指導の礼だといつて、出入りの職人を作者の家へ寄越して、中庭に下町風の小さな池と噴水を作つて呉れた。

彼女が自分の母屋を和洋折衷風に改築して、電化装置にしたのは、彼女が職業先の料亭のそれを見て来て、負けず嫌ひからの思ひ立ちに違ひないが、設備して見て、彼女はこの文明の利器が現す働きには、健康的で神秘なものを感ずるのだつた。

水を口から注ぎ込むとたちまち湯になつて栓口から出るギザーや、煙管《きせる》の先で圧《お》すと、すぐ種火が点じて煙草に燃えつく電気莨盆《たばこぼん》や、それらを使ひながら、彼女の心は新鮮に慄へるのだつた。

「まるで生きものだね、ふーム、物事は万事かういかなくつちや……」

その感じから想像に生れて来る、端的で速力的な世界は、彼女に自分のして来た生涯を顧みさせた。

「あたしたちのして来たことは、まるで行燈《あんどん》をつけては消し、消してはつけるやうなまどろい生涯だつた」

彼女はメートルの費用の嵩《かさ》むのに少からず辟易しながら、電気装置をいぢるのを楽しみに、しばらくは毎朝こどものやうに早起した。

電気の仕掛けはよく損じた。近所の蒔田《まきた》といふ電気器具商の主人が来て修繕した。彼女はその修繕するところに附纏《つきまと》つて、珍らしさうに見てゐるうちに、彼女にいくらかの電気の知識が摂り入れられた。

「陰の電気と陽の電気が合体すると、そこにいろ〳〵の働きを起して来る。ふーむ、こりや人間の相性とそつくりだねえ」

彼女の文化に対する驚異は一層深くなつた。

女だけの家では男手の欲しい出来事がしば〳〵あつた。それで、この方面の方便も兼ねて蒔田が出入してゐたが、あるとき、蒔田は一人の青年を伴つて来て、これから電気の方のことはこの男にやらせると云つた。名前は柚木《ゆずき》といつた。快活で事もなげな青年で、家の中を見廻しながら「芸者屋にしちやあ、三味線がないなあ」などと云つた。度々来てゐるうち、その事もなげな様子と、それから人の気先《きさき》を撥ね返す颯爽とした若い気分が、いつの間にか老妓の手頃な言葉仇《ことばがたき》となつた。

「柚木君の仕事はチャチだね。一週間と保《も》つた試しはないぜ」彼女はこんな言葉を使ふやうになつた。

「そりやさうさ、こんなつまらない仕事は。パッションが起らないからねえ」

「パッションて何だい」

「パッションかい。はゝゝ、さうさなあ、君たちの社会の言葉でいふなら、うん、さうだ、いろ気が起らないといふことだ」

ふと、老妓は自分の生涯に憐みの心が起つた。パッションとやらが起らずに、ほとんど生涯勤めて来た座敷の数々、相手の数々が思ひ泛べられた。

「ふむ、さうかい。ぢや、君、どういふ仕事ならいろ気が起るんだい」

青年は発明をして、専売特許を取つて、金を儲けることだといつた。

「なら、早くそれをやればいゝぢやないか」

柚木は老妓の顔を見上げたが

「やればいゝぢやないかつて、さう事が簡単に……（柚木はこゝで舌打をした）だから君たちは遊び女といはれるんだ」

「いやさうでないね。かう云ひ出したからには、こつちに相談に乗らうといふ腹があるからだよ。食べる方は引受けるから、君、思ふ存分にやつてみちやどうだね」

かうして、柚木は蒔田の店から、小そのが持つてゐる家作の一つに移つた。老妓は柚木のいふまゝに家の一部を工房に仕替へ、多少の研究の機械類も買つてやつた。

小さい時から苦学をしてやつと電気学校を卒業はしたが、目的のある柚木は、体を縛られる勤人になるのは避けて、ほとんど日傭《ひようとり》取り同様の臨時雇ひになり、市中の電気器具店廻りをしてゐたが、ふと蒔田が同郷の中学の先輩で、その上世話好きの男なのに絆《ほだ》され、しばらくその店務を手伝ふことになつて住み込んだ。だが蒔田の家には子供が多いし、こま〳〵した仕事は次から次とあるし、辟易してゐた矢先だつたのですぐに老妓の後援を受け入れた。しかし、彼はたいして有難いとは思はなかつた。散々あぶく銭を男たちから絞つて、好き放題なことをした商売女が、年老いて良心への償ひのため、誰でもこんなことはしたいのだらう。こつちから恩恵を施してやるのだといふ太々しい考は持たないまでも、老妓の好意を負担には感じられなかつた。生れて始めて、日々の糧《かて》の心配なく、専心に書物の中のことと、実験室の成績と突き合せながら、使へる部分を自分の工夫の中へ糅《なめ》し取つて、世の中にないものを創り出して行かうとする静かで足取りの確かな生活は幸福だつた。柚木は自分ながら壮軀と思はれる身体に、麻布のブルーズを着て、頭を鏝《こて》で縮らし、椅子に斜に倚つて、煙草を燻《く》ゆらしてゐる自分の姿を、柱かけの鏡の中に見て、前とは別人のやうに思ひ、また若き発明家に相応《ふさ》はしいものに自分ながら思つた。工房の外は廻り縁になつてゐて、矩形《くけい》の細長い庭には植木も少しはあつた。彼は仕事に疲れると、この縁へ出て仰向けに寝転び、都会の少し淀んだ青空を眺めながら、いろ〳〵の空想をまどろみの夢に移し入れた。

小そのは四五日目毎に見舞つて来た。ずらりと家の中を見廻して、暮しに不自由さうな部分を憶えて置いて、あとで自宅のものの誰かに運ばせた。

「あんたは若い人にしちや世話のかゝらない人だね。いつも家の中はきちんとしてゐるし、よごれ物一つ溜めてないね」

「そりやさうさ。母親が早く亡くなつちやつたから、あかんぼのうちから襁褓《おむつ》を自分で洗濯して、自分で当てがつた」

老妓は「まさか」と笑つたが、悲しい顔附きになつて、かう云つた。

「でも、男があんまり細かいことに気のつくのは偉くなれない性分ぢやないのかい」

「僕だつて、根からこんな性分でもなさ相だが、自然と慣らされてしまつたのだね。ちつとでも自分にだらしがないところが眼につくと、自分で不安なのだ」

「何だか知らないが、欲しいものがあつたら、遠慮なくいくらかでもさうお云ひよ」

初午《はつうま》の日には稲荷鮨など取寄せて、母子のやうな寛《くつろ》ぎ方で食べたりした。

養女のみち子の方は気紛れであつた。来はじめると毎日のやうに来て、柚木を遊び相手にしようとした。小さい時分から情事を商品のやうに取扱ひつけてゐるこの社会に育つて、いくら養母が遮断したつもりでも、商品的な情事が心情に染《し》みないわけはなかつた。早くからマセて仕舞つて、しかも、それを形式だけに覚えて仕舞つた。青春などは素通りして仕舞つて、心はこどものまゝ固つて、その上皮にほんの一重大人の分別がついてしまつた。柚木は遊び事には気が乗らなかつた。興味が弾まないまゝみち子は来るのが途絶えて、久しくしてからまたのつそりと来る。自分の家で世話をしてゐる人間に若い男が一人ゐる、遊びに行かなくちや損だといふくらゐの気持ちだつた。老母が縁もゆかりもない人間を拾つて来て、不服らしいところもあつた。

みち子は柚木の膝の上へ無造作に腰をかけた。様式だけは完全な流眄《ながしめ》をして
「どのくらゐ目方があるかを量つてみてよ」

柚木は二三度膝を上げ下げしたが

「結婚適齢期にしちやあ、情操のカンカンが足りないね」

「そんなことはなくつてよ、学校で操行点はＡだつたわよ」

みち子は柚木のいふ情操といふ言葉の意味をわざと違へて取つたのか、本当に取り違へたものか――

柚木は衣服の上から娘の体格を探つて行つた。それは栄養不良の子供が一人前の女の嬌態をする正体を発見したやうな、をかしみがあつたので、彼はつい失笑した。

「ずゐぶん失礼ね」

「どうせあなたは偉いのよ」みち子は怒つて立ち上つた。

「まあ、せい〴〵運動でもして、おつかさん位な体格になるんだね」

みち子はそれ以後何故とも知らず、しきりに柚木に憎みを持つた。


半年ほどの間、柚木の幸福感は続いた。しかし、それから先、彼はなんとなくぼんやりして来た。目的の発明が空想されてゐるうちは、確に素晴らしく思つたが、実地に調べたり、研究する段になると、自分と同種の考案はすでにいくつも特許されてゐてたとへ自分の工夫の方がずつと進んでゐるにしても、既許のものとの牴触《ていしよく》を避けるため、かなり模様を変へねばならなくなつた。その上かういふ発明器が果して社会に需要されるものやらどうかも疑はれて来た。実際専門家から見ればいゝものなのだが、一向社会に行はれない結構な発明があるかと思へば、ちよつとした思付きのもので、非常に当ることもある。発明にはスペキュレーションを伴ふといふことも、柚木は兼ね〴〵承知してゐることではあつたが、その運びがこれほど思ひどほり素直に行かないものだとは、実際にやり出してはじめて痛感するのだつた。

しかし、それよりも柚木にこの生活への熱意を失はしめた原因は、自分自身の気持ちに在つた。前の人に使はれて働いてゐた時分は、生活の心配を離れて、専心に工夫に没頭したら、さぞ快いだらうといふ、その憧憬から日々の雑役も忍べてゐたのだが、その通りに朝夕を送れることになつてみると、単調で苦渋なものだつた。とき〴〵あまり静で、その上全く誰にも相談せず、自分一人だけの考を突き進めてゐる状態は、何だか見当違ひなことをしてゐるため、とんでもない方向へ外れてゐて、社会から自分一人が取り残されたのではないかといふ脅えさへ屢々起つた。

金儲けといふことについても疑問が起つた。この頃のやうに暮しに心配がなくなりほんの気晴らしに外へ出るにしても、映画を見て、酒場へ寄つて、微酔を帯びて、円タクに乗つて帰るぐらゐのことで充分すむ。その上その位な費用なら、さう云へば老妓は快く呉れた。そしてそれだけで自分の慰楽は充分満足だつた。柚木は二三度職業仲間に誘はれて、女道楽をしたこともあるが、売もの、買ひもの以上に求める気は起らず、それより、早く気儘の出来る自分の家へ帰つて、のび〳〵と自分の好みの床に寝たい気がしきりに起つた。彼は遊びに行つても外泊は一度もしなかつた。彼は寝具だけは身分不相応なものを作つてゐて、羽根蒲団など、自分で鳥屋から羽根を買つて来て器用に拵《こしら》へてゐた。

いくら探してみてもこれ以上の慾が自分に起りさうもない、妙に中和されて仕舞つた自分を発見して柚木は心寒くなつた。

これは、自分等の年頃の青年にしては変態になつたのではないかしらんとも考へた。それに引きかへ、あの老妓は何といふ女だらう。憂鬱な顔をしながら、根に判らない逞ましいものがあつて、稽古ごと一つだつて、次から次へと、未知のものを貪り食つて行かうとしてゐる。常に満足と不満が交る交る彼女を押し進めてゐる。

小そのがまた見廻りに来たときに、柚木はこんなことから訊く話を持ち出した。

「フランスレビュウの大立者の女優で、ミスタンゲットといふのがあるがね」

「あゝ、そんなら知つてるよ。レコードで……あの節廻しはたいしたもんだね」

「あのお婆さんは体中の皺を足の裏へ、括《くゝ》つて溜めてゐるといふ評判だが、あんたなんかまだその必要はなささうだなあ」

老妓の眼はぎろりと光つたが、すぐ微笑して

「あたしかい、さあ、もうだいぶ年越の豆の数も殖えたから、前のやうには行くまいが、まあ試しに」といつて、老妓は左の腕の袖口を捲つて柚木の前に突き出した。

「あんたがだね。こゝの腕の皮を親指と人差指で力一ぱい抓《つね》つて圧《おさ》へててご覧」

柚木はいふ通りにしてみた。柚木にさうさせて置いてから老妓はその反対側の腕の皮膚を自分の右の二本の指で抓つて引くと、柚木の指に挟まつてゐた皮膚はじいわり滑り抜けて、もとの腕の形に納まるのである。もう一度柚木は力を籠めて試してみたが、老妓にひかれると滑り去つて抓り止めてゐられなかつた。鰻の腹のやうな靭《つよ》い滑かさと、羊皮紙のやうな神秘な白い色とが、柚木の感覚にいつまでも残つた。

「気持ちの悪い……。だが、驚いたなあ」

老妓は腕に指痕の血の気がさしたのを、縮緬《ちりめん》の襦袢の袖で擦り散らしてから、腕を納めていつた。

「小さいときから、打つたり叩かれたりして踊りで鍛へられたお蔭だよ」

だが、彼女はその幼年時代の苦労を思ひ起して、暗澹とした顔つきになつた。

「おまへさんは、この頃、どうかおしかえ」

と老妓はしばらく柚木をじろ〳〵見ながらいつた。

「いゝえさ、勉強しろとか、早く成功しろとか、そんなことをいふんぢやないよ。まあ、魚にしたら、いきが悪くなつたやうに思へるんだが、どうかね。自分のことだけだつて考へ剰《あま》つてゐる筈の若い年頃の男が、年寄の女に向つて年齢のことを気遣ふのなども、もう皮肉に気持ちがこづんで来た証拠だね」

柚木は洞察の鋭さに舌を巻きながら、正直に白状した。

「駄目だな、僕は、何も世の中にいろ気がなくなつたよ。いや、ひよつとしたら始めからない生れつきだつたかも知れない」

「そんなこともなからうが、しかし、もしさうだつたら困つたものだね。君は見違へるほど体など肥つて来たやうだがね」

事実、柚木はもとよりいゝ体格の青年が、ふーつと膨《ふく》れるやうに脂肪がついて、坊ちやんらしくなり、茶色の瞳の眼の上瞼の腫《は》れ具合や、顎が二重に括《くび》れて来たところに艶めいたいろさへつけてゐた。

「うん、体はとてもいゝ状態で、たゞかうやつてゐるだけで、とろとろしたいゝ気持ちで、よつぽど気を張り詰めてゐないと、気にかけなくちやならないことも直ぐ忘れてゐるんだ。それだけ、また、ふだん、いつも不安なのだよ。生れてこんなこと始めてだ」

「麦とろの食べ過ぎかね」老妓は柚木がよく近所の麦飯ととろゝを看板にしてゐる店から、それを取寄せて食べるのを知つてゐるものだから、かうまぜつかへしたが、すぐ真面目になり「そんなときは、何でもいゝから苦労の種を見付けるんだね。苦労もほど〱の分量にや持ち合せてゐるもんだよ」

それから二三日経つて、老妓は柚木を外出に誘つた。連れにはみち子と老妓の家の抱へでない柚木の見知らぬ若い芸妓が二人ゐた。若い芸妓たちは、ちよつとした盛装をしてゐて、老妓に

「姐《ねえ》さん、今日はありがたう」と叮嚀に礼を云つた。

老妓は柚木に

「今日は君の退屈の慰労会をするつもりで、これ等の芸妓たちにも、ちやんと遠出の費用を払つてあるのだ」と云つた。「だから、君は旦那になつたつもりで、遠慮なく愉快をすればいゝ」

なるほど、二人の若い芸妓たちは、よく働いた。竹屋の渡しを渡船に乗るときには年下の方が柚木に「おにいさん、ちよつと手を取つて下さいな」と云つた。そして船の中へ移るとき、わざとよろけて柚木の背を抱へるやうにして掴つた。柚木の鼻に香油の匂ひがして、胸の前に後襟の赤い裏から肥つた白い首がむつくり抜き出て、ぼんの窪の髪の生え際が、青く霞めるところまで、突きつけたやうに見せた。顔は少し横向きになつてゐたので、厚く白粉をつけて、白いエナメルほど照りを持つ頬から中高の鼻が彫刻のやうにはつきり見えた。

老妓は船の中の仕切りに腰かけてゐて、帯の間から煙草入れとライターを取出しかけながら「いゝ景色だね」と云つた。

円タクに乗つたり、歩いたりして、一行は荒川放水路の水に近い初夏の景色を見て廻つた。工場が殖え、会社の社宅が建ち並んだが、むかしの鐘ケ淵や、綾瀬の面かげは石炭殻の地面の間に、ほんの切れ端になつてところ〴〵に残つてゐた。綾瀬川の名物の合歓《ねむ》の木は少しばかり残り、対岸の蘆洲《あしす》の上に船大工だけ今もゐた。

「あたしが向島の寮に囲はれてゐた時分、旦那がとても嫉妬家《やきもちやき》でね、この界隈から外へは決して出して呉れない。それであたしはこの辺を散歩すると云つて寮を出るし、男はまた鯉釣りに化けて、この土手下の合歓の並木の陰に船を繋《もや》つて、そこでいまいふランデヴウをしたものさね」

夕方になつて合歓の花がつぼみかゝり、船大工の槌の音がいつの間にか消えると、青白い河靄がうつすり漂ふ。

「私たちは一度心中の相談をしたことがあつたのさ。なにしろ舷《ふなばた》一つ跨げば事が済むことなのだから、ちよつと危かつた」

「どうしてそれを思ひ止つたのか」と柚木はせまい船のなかをのし〳〵歩きながら訊いた。

「いつ死なうかと逢ふ度毎に相談しながら、のび〳〵になつてゐるうちに、ある日川の向うに心中態《てい》の土左衛門が流れて来たのだよ。人だかりの間から熟《つく》ゞ《〴〵》眺めて来て男は云つたのさ。心中つてものも、あれはざまの悪いものだ。やめようつて」

「あたしは死んで仕舞つたら、この男にはよからうが、あとに残る旦那が可哀想だといふ気がして来てね。どんな身の毛のよだつやうな男にしろ、嫉妬《やきもち》をあれほど妬かれるとあとに心が残るものさ」

若い芸妓たちは「姐さんの時代ののんきな話を聴いてゐると、私たちけふ日の働き方が熟〻がつ〳〵におもへて、いやんなつちやふ」と云つた。

すると老妓は「いや、さうでないねえ」と手を振つた。

「この頃はこの頃でいゝところがあるよ。それにこの頃は何でも話が手取り早くて、まるで電気のやうでさ、そしていろ〳〵の手があつて面白いぢやないか――」

さういふ言葉に執成《とりな》されたあとで、年下の芸妓を主に年上の芸妓が介添《かいぞへ》になつて、頻《しき》りに艶めかしく柚木を取持つた。

みち子はといふと何か非常に動揺させられてゐるやうに見えた。

はじめは軽蔑した超然とした態度で、一人離れて、携帯のライカで景色など撮してゐたが、にはかに柚木に慣れ〳〵しくして、柚木の歓心を得ることにかけて、芸妓たちに勝越さうとする態度を露骨に見せたりした。

さういふ場合、未成熟《なま》の娘の心身から、利かん気を僅かに絞り出す、病鶏のさゝ身ほどの肉感的な匂ひが、柚木には妙に感覚にこたへて、思はず肺の底へ息を吸はした。だが、それは刹那的のものだつた。心に打ち込むものはなかつた。

若い芸妓たちは、娘の挑戦を快くは思はなかつたらしいが、大姐《おほねえ》さんの養女のことではあり、自分達は職業的に来てゐるのだから、無理な骨折りを避けて、娘が努めるうちは媚びを差控へ、娘の手が緩むと、またサーヴィスする。みち子にはそれが自分の菓子の上にたかる蠅のやうにうるさかつた。

何となくその不満の気持ちを晴らすらしく、みち子は老妓に当つたりした。老妓はすべてを大して気にかけず、悠々と土手でカナリヤの餌のはこべを摘んだり菖蒲園できぬかつぎを肴にビールを飲んだりした。

夕暮になつて、一行が水神《すゐじん》の八百松へ晩餐をとりに入らうとすると、みち子は、柚木をじろり眺めて

「あたし、和食のごはんたくさん、一人で家に帰る」と云ひ出した。芸妓たちが驚いて、では送らうといふと、老妓は笑つて

「自動車に乗せてやれば、何でもないいよ」といつて通りがかりの車を呼び止めた。

自動車の後姿を見て老妓は云つた。

「あの子も、おつな真似をすることを、ちよんぼり覚えたね」

柚木にはだん〳〵老妓のすることが判らなくなつた。むかしの男たちへの罪滅しのために若いものの世話でもして気を取直すつもりかと思つてゐたが、さうでもない。

近頃この界隈に噂が立ちかけて来た、老妓の若い燕といふそんな気配はもちろん、老妓は自分に対して現はさない。

　何で一人前の男をこんな放胆な飼ひ方をするのだらう。柚木は近頃工房へは少しも入らず、発明の工夫も断念した形になつてゐる。そして、そのことを老妓はとくに知つてゐる癖に、それに就いては一言も云はないだけに、いよ〳〵パトロンの目的が疑はれて来た。縁側に向いてゐる硝子窓から、工房の中が見えるのを、なるべく眼を外《そ》らして、縁側に出て仰向けに寝転ぶ。夏近くなつて庭の古木は青葉を一せいにつけ、池を埋めた渚の残り石から、いちはつやつゝじの花が虻《あぶ》を呼んでゐる。空は凝つて青く澄み、大陸のやうな雲が少し雨気で色を濁しながらゆる〳〵移つて行く。隣の乾物《ほしもの》の陰に桐の花が咲いてゐる。

　柚木は過去はいろ〳〵の家の仕事のために出入りして、醤油樽の黴臭い戸棚の隅に首を突込んで窮屈な仕事をしたことや、主婦や女中に昼の煮物を分けて貰つて弁当を使つたことや、その頃は嫌だつた事が今ではむしろなつかしく想ひ出される。蒔田の狭い二階で、注文先からの設計の予算表を造つてゐると、子供が代る代る来て、頸筋が赤く腫れるほど取りついた。小さい口から嘗《な》めかけの飴玉を取出して、涎《よだれ》の糸をひいたまゝ自分の口に押し込んだりした。

　彼は自分は発明なんて大それたことより、普通の生活が欲しいのではないかと考へ始めたりした。ふと、みち子のことが頭に上つた。老妓は高いところから何も知らない顔をして、鷹揚に見てゐるが、実は出来ることなら自分をみち子の婿にでもして、ゆく〳〵老後の面倒でも見て貰はうとの腹であるのかも知れない。だがまたさうとばかり判断も仕切れない。あの気嵩《きがさ》な老妓がそんなしみつたれた計画で、ひとに好意をするのでないことも判る。

みち子を考へる時、形式だけは十二分に整つてゐて、中身は実が入らず仕舞ひになつた娘、柚木はみなし茹《ゆ》で栗の水つぽくぺちやぺちやな中身を聯想して苦笑したが、この頃みち子が自分に憎みのやうなものや、反感を持ちながら、妙に粘つて来る態度が心にとまつた。

彼女のこの頃の来方は気紛れでなく、一日か二日置き位な定期的なものになつた。みち子は裏口から入つて来た。彼女は茶の間の四畳半と工房が座敷の中に仕切つて拵へてある十二畳の客座敷との襖を開けると、そこの敷居の上に立つた。片手を柱に凭《もた》せ体を少し捻《ねぢ》つて嬌態を見せ、片手を拡げた袖の下に入れて写真を撮るときのやうなポーズを作つた。俯向き加減に眼を不機嫌らしく額越しに覗かして

「あたし来てよ」と云つた。

縁側に寝てゐる柚木はたゞ「うん」と云つただけだつた。

みち子はもう一度同じことを云つて見たが、同じやうな返事だつたので、本当に腹

を立て
「何て不精たらしい返事なんだらう、もう二度と来てやらないから」と云つた。
「仕様のない我儘娘だな」と云つて、柚木は上体を起上らせつゝ、足を胡坐《あぐら》に組みながら
「ほゝう、今日は日本髪か」とじろ〳〵眺めた。
「知らない」といつて、みち子はくるりと後向きになつて着物の背筋に拗ねた線を作つた。柚木は、華やかな帯の結び目の上はすぐ、突襟のうしろ口になり、頸の附根を真つ白く富士形に覗かせて誇張した媚態を示す物々しさに較べて、帯の下の腰つきから裾は、一本花のやうに急に削《そ》げてゐて味もそつけもない少女のまゝなのを異様に眺めながらこの娘が自分の妻になつて、何事も自分に気を許し、何事も自分に頼りながら、小うるさく世話を焼く間柄になつた場合を想像した。それでは自分の一生も案外小ぢんまりした平凡に規定されて仕舞ふ寂寞の感じはあつたが、しかし、また何かさうなつて見ての上のことでなければ判らない不明な珍らしい未来の想像が、現在の自分の心情を牽きつけた。
　柚木は額を小さく見せるまでたわゝに前髪や鬢《びん》を張り出した中に整ひ過ぎたほど型通りの美しい娘に化粧したみち子の小さい顔に、もつと自分を夢中にさせる魅力を見出したくなつた。

「もう一ぺんこつちを向いてご覧よ、とても似合ふから」

みち子は右肩を一つ揺つたが、すぐくるりと向き直つて、ちよつと手を胸と鬢へやつて掻い繕つた。「うるさいのね、さあ、これでいゝの」彼女は柚木が本気に自分を見入つてゐるのに満足しながら、薬玉《くすだま》の簪《かんざし》の垂れをピラ〱させて云つた。

「ご馳走を持つて来てやつたのよ。当ててご覧なさい」

柚木はこんな小娘に嬲《なぶ》られる甘さが自分に見透かされたのかと、心外に思ひながら
「当てるの面倒臭い。持つて来たのなら、早く出し給へ」と云つた。

みち子は柚木の権柄《けんぺい》づくにたちまち反抗心を起して「人が親切に持つて来てやつたのを、そんなに威張るのなら、もうやらないわよ」と横向きになつた。

「出せ」と云つて柚木は立上つた。彼は自分でも、自分が今、しかゝる素振りに驚きつゝ、彼は権威者のやうに「出せと云つたら、出さないか」と体を嵩張《かさば》らせて、のそ〱とみち子に向つて行つた。

自分の一生を小さい陥穽《かんせい》に嵌め込んで仕舞ふ危険と、何か不明の牽引力の為めに、危険と判り切つたものへ好んで身を挺して行く絶体絶命の気持ちとが、生れて始めての極度の緊張感を彼から抽き出した。自己嫌悪に打負かされまいと思つて、彼の額から脂汗がたら〱と流れた。

みち子はその行動をまだ彼の冗談半分の権柄づくの続きかと思つて、ふざけて軽蔑

するやうに眺めてゐたが、だいぶ模様が違ふので途中から急に恐ろしくなつた。

　彼女はやゝ茶の間の方へ退《すさ》りながら
「誰が出すもんか」と小さく呟いてゐたが、柚木が彼女の眼を火の出るやうに見詰めながら、徐々に懐中から一つづつ手を出して彼女の肩にかけると、恐怖のあまり「あつ」と二度ほど小さく叫び、彼女の何の修装もない生地の顔が感情を露出して、眼鼻や口がばらばらに配置された。「出し給へ」「早く出せ」その言葉の意味は空虚で、柚木の腕から太い戦慄が伝つて来た。柚木の大きい咽喉仏がゆつくり生唾を飲むのが感じられた。

　彼女は眼を裂けるやうに見開いて「ご免なさい」と泣声になつて云つたが、柚木はまるで感電者のやうに、顔を痴呆にして、鈍く蒼ざめ、眼をもとのやうに据ゑたまゝたゞ戦慄だけをいよ〳〵激しく両手からみち子の体に伝へてゐた。

　みち子はつひに何ものかを柚木から読み取つた。普段「男は案外臆病なものだ」と養母の言つた言葉がふと思ひ出された。

　立派な一人前の男が、そんなことで臆病と戦つてゐるのかと思ふと、彼女は柚木が人のよい大きい家畜のやうに可愛ゆく思へて来た。

　彼女はばら〳〵になつた顔の道具をたちまちまとめて愛嬌したゝるやうに媚びの笑顔に造り直した。

「ばか、そんなにしないだつて、ご馳走あげるわよ」

柚木の額の汗を掌でしゆつと払ひ捨ててやり
「こつちにあるから、いらつしやいよ。さあね」

ふと鳴つて通つた庭樹の青嵐を振返つてから、柚木のがつしりした腕を把《と》つた。

さみだれが煙るやうに降る夕方、老妓は傘をさし、玄関横の柴折戸《しをりど》から庭へ入つて来た。渋い座敷着を着て、座敷へ上つてから、褄《つま》を下ろして坐つた。

「お座敷の出がけだが、ちよつとあんたに云つとくことがあるので寄つたんだがね」

莨《たばこ》入れを出して、煙管で煙草盆代りの西洋皿を引寄せて
「この頃、うちのみち子がしよつちゆう来るやうだが、なに、それについて、とやかく云ふんぢやないがね」

若い者同士のことだから、もしやといふことも彼女は云つた。

「そのもしやもだね」

本当に性が合つて、心の底から惚れ合ふといふのなら、それは自分も大賛成なのである。

「けれども、もし、お互ひが切れつぱしだけの惚れ合ひ方で、たゞ何かの拍子で出来合ふといふことでもあるなら、そんなことは世間にはいくらもあるし、つまらない。必ずしもみち子を相手取るにも当るまい。私自身も永い一生そんなことばかりで苦労

して来た。それなら何度やつても同じことなのだ」

仕事であれ、男女の間柄であれ、混り気のない没頭した一途《いちづ》な姿を見たいと思ふ。

私はさういふものを身近に見て、素直に死に度いと思ふ。

「何も急いだり、焦つたりすることはいらないから、仕事なり恋なり、無駄をせず、一撲《いつき》で心残りないものを射止めて欲しい」と云つた。

柚木は「そんな純粋なことは今どき出来もしなけりや、在るものでもない」と磊落《らいらく》に笑つた。老妓も笑つて
「いつの時代だつて、心懸けなきや滅多にないさ。だから、ゆつくり構へて、まあ、好きなら麦とろでも食べて、運の籤《くじ》の性質をよく見定めなさいといふのさ。幸ひ体がいゝからね。根気も続きさうだ」

車が迎へに来て、老妓は出て行つた。


柚木はその晩ふら〳〵と旅に出た。

老妓の意志はかなり判つて来た。それは彼女に出来なかつたことを自分にさせようとしてゐるのだ。しかし、彼女が彼女に出来なくて自分にさせようとしてゐることなぞは、彼女とて自分とて、またいかに運の籤のよきものを抽《ぬ》いた人間とて現実では出来ない相談のものなのではあるまいか。現実といふものは、切れ端は与へるが、全部

はいつも眼の前にちらつかせて次々と人間を釣つて行くものではなからうか。

自分はいつでも、そのことについては諦めることが出来る。しかし彼女は諦めといふことを知らない。その点彼女に不敏なところがあるやうだ。だがある場合には不敏なものの方に強味がある。

たいへんな老女がゐたものだ、と柚木は驚いた。何だか甲羅《かふら》を経て化けかゝつてゐるやうにも思はれた。悲壮な感じにも衝《う》たれたが、また、自分が無謀なその企てに捲き込まれる嫌な気持ちもあつた。出来ることなら老女が自分を乗せかけてゐる果しも知らぬヱスカレーターから免れて、つんもりした手製の羽根蒲団のやうな生活の中に潜り込み度いものだと思つた。彼はさういふ考へを裁くために、東京から汽車で二時間ほどで行ける海岸の旅館へ来た。そこは蒔田の兄が経営してゐる旅館で、蒔田に頼まれて電気装置を見廻りに来てやつたことがある。広い海を控へ雲の往来の絶えない山があつた。かういふ自然の間に静思して考へを纏《まと》めようといふことなど、彼には今までにつひぞなかつたことだ。

体のよいためか、こゝへ来ると、新鮮な魚はうまく、潮を浴びることは快かつた。しきりに哄笑が内部から湧き上つて来た。

第一にさういふ無限な憧憬にひかれてゐる老女がそれを意識しないで、刻々のちまく〳〵した生活をしてゐるのがをかしかつた。それからある種の動物は、たゞその周囲の地上に圏《わ》の筋をひかれただけで、それを越し得ないといふそれのやうに、柚木はこゝへ来ても老妓の雰囲気から脱し得られない自分がをかしかつた。その中に籠められてゐるときは重苦しく退屈だが、離れるとなると寂しくなる。それ故に、自然と探し出して貰ひ度い底心の上に、判り易い旅先を選んで脱走の形式を採つてゐる自分の現状がをかしかつた。

みち子との関係もをかしかつた。何が何やら判らないで、一度稲妻のやうに掠《かす》れ合つた。

滞在一週間ほどすると、電気器具店の蒔田が、老妓から頼まれて、金を持つて迎へに来た。蒔田は「面白くないこともあるだらう。早く収入の道を講じて独立するんだね」と云つた。

柚木は連れられて帰つた。しかし彼はこの後、たび〳〵出奔癖がついた。

「おつかさんまた柚木さんが逃げ出してよ」

運動服を着た養女のみち子が、蔵の入口に立つてさう云つた。自分の感情はそつちのけに、養母が動揺するのを気味よしとする皮肉なところがあつた。「ゆんべもをととひの晩も自分の家へ帰つて来ませんとさ」

新日本音楽の先生の帰つたあと、稽古場にしてゐる土蔵の中の畳敷の小ぢんまりした部屋になほひとり残つて、復習直《さらひ》しをしてゐた老妓は、三味線をすぐ下に置くと、内心口惜しさが漲りかけるのを気にも見せず、けろりとした顔を養女に向けた。
「あの男。また、お決まりの癖が出たね」
長煙管で煙草を一ぷく喫つて、左の手で袖口を摑み展《ひら》き、着てゐる大島の男縞が似合ふか似合はないか検《ため》してみる様子をしたのち
「うつちやつてお置き、さう〳〵はこつちも甘くなつてはゐられないんだから」
そして膝の灰をぽん〳〵〳〵と叩いて、楽譜をゆつくり仕舞ひかけた。いきり立ちでもするかと思つた期待を外された養母の態度にみち子は詰らないといふ顔をして、ラケットを持つて近所のコートへ出かけて行つた。すぐそのあとで老妓は電気器具屋に電話をかけ、いつもの通り蒔田に柚木の探索を依頼した。遠慮のない相手に向つて放つその声には自分が世話をしてゐる青年の手前勝手を詰《なじ》る激しい鋭さが、発声口から聴話器を握つてゐる自分の手に伝はるまでに響いたが、彼女の心の中は不安な脅えがやゝ情緒的に醗酵して寂しさの微醺《ほろよい》のやうなものになつて、精神を活潑にしてゐた。
電話器から離れると彼女は
「やつぱり若い者は元気があるね。さうなくちや」呟きながら眼がしらにちよつと袖口を当てた。彼女は柚木が逃げる度に、柚木に尊敬の念を持つて来た。だがまた彼女は、柚木がもし帰つて来なくなつたらと想像すると、毎度のことながら取り返しのつ

かない気がするのである。
真夏の頃、すでに某女に紹介して俳句を習つてゐる筈の老妓からこの物語の作者に珍らしく、和歌の添削の詠草が届いた。作者はそのとき偶然老妓が以前、和歌の指導の礼に作者に拵へて呉れた中庭の池の噴水を眺める縁側で食後の涼を納れてゐたので、そこで取次ぎから詠草を受取つて、池の水音を聴き乍ら、非常な好奇心をもつて久しぶりの老妓の詠草を調べてみた。その中に最近の老妓の心境が窺へる一首があるので紹介する。もつとも原作に多少の改削を加へたのは、師弟の作法といふより、読む人への意味の疏通をより良くするために外ならない。それは僅に修辞上の箇所にとゞまつて内容は原作を傷けないことを保証する。

年々にわが悲しみは深くして
いよゝ華やぐいのちなりけり

雛妓

なに事も夢のやうである。わたくしはスピードののろい田舎の自動車で街道筋を送られ、眼にまぼろしの都大路に入つた。わが家の玄関へ帰つたのは春のたそがれ近くである。花に匂ひもない黄楊《つげ》の枝が触れてゐる呼鈴を力なく押す。

老婢が出て来て桟の多い硝子戸を開けた。わたくしはそれとすれ違ひさま、いつもならば踏石の上にのつて、催促がましく吾妻《あづま》下駄をかん〲と踏み鳴らし、二階に向つて「帰つてよ」と声をかけるのである。

すると二階にゐる主人の逸作は、画筆を擱《お》くか、うた〵寝の夢を掻きのけるかして、急いで出迎へて呉れるのである。「無事に帰つて来たか、よしよし」

この主人に対する出迎への要求は子供つぽく、また、失礼な所作なのではあるまいか。わたくしはとき〲それを考へないことはない。しかし、かうして貰はないと、わたくしはほんとに帰りついた気がしないのである。わが家がわが家のあた〵かい肌身にならない。

もし相手が条件附の好意なら、いかに懐《なつ》き寄り度い心をも押し伏せて、たゞ寂しく黙つてゐる。もし相手が無条件を許すならば暴君と見えるまで情を解き放つて心を相手に浸み通らせようとする。とかくに人に対して中庸を得てないわたくしの血筋の性格である。生憎《あいにく》とそれをわたくしも持ち伝へてその一方をこゝにも現はすのかと思ふとわたくしは悲しくなる。けれども逸作は、却つてそれを悦ぶのである。「俺がしたいと思つて出来ないことを、おまへが代つてして呉れるだけだ」

かういふとき逸作の眼は涙を泛《うか》べてゐる。

けふは踏石を吾妻下駄で踏み鳴らすことも「帰つてよ」と叫ぶこともしないで、すご〳〵と玄関の障子を開けて入るわたくしの例外の姿を不審がつて見る老婢をあとにして、わたくしは階段を上つて逸作の部屋へ行つた。

十二畳ほどの二方硝子窓の洋間に畳が敷詰めてある。描きさしの画の傍に逸作は足座《あぐら》をかき茶菓子の椿餅の椿の葉を剝がして黄昏《たそがれ》の薄光に頻りに色を検《あらた》めて見てゐた。

「これほどの色は、とても絵の具では出ないぞ」

ひとり言のやうに言ひながら、その黒光りのする緑の椿の葉から用心深くわたくしの姿へ眼を移し上げて来て、その眼がわたくしの顔に届くと吐息をした。

「やつぱり、だめだつたのか——さうか」と言つた。

わたくしは頷いて見せた。そして、もうそのときわたくしは敷居の上へじわ〳〵と坐り蹲《しやが》んでゐた。頭がぼんやりしてゐて涙は零《こぼ》さなかつた。

わたくしは心配性の逸作に向つて、わたくしが父の死を見て心悸を亢進させ、実家の跡取りの弟の医学士から瀉血されたことも、それから通夜の三日間静臥してゐたことも、逸作には話さなかつた。たゞ父に就いては、

「七十二になつても、まだ髪は黒々としてゐましたわ。死にたくなささうだつたやうですわ」

それから、父は隠居所へ隠居してから謙譲を守つて、足袋や沓下《くつした》は息子の穿《は》き古しよりしか穿かなかつたことや、後のものに迷惑でもかけるといけないと言つて、どうしても後妻の籍を入れさせなかつたことや、多少、父を逸作に取成すやうな事柄を話した。逸作は腕組をして聴いてゐたが、

「あの平凡で気の弱い大家の旦那にもそれがあつたかなあ。やつぱり旧家の人間というものにはひと節あるなあ」

と、感じて言つた。わたくしは、なほ自分の感想を述べて、

「気持はこれで相当しつかりしてゐるつもりですが。身体《からだ》がいふことを聞かなくなつて……。これはたましひよりも何だか肉体に浸み込んだ親子の縁のやうに思ひますわ」

と言つた。
するとと逸作は腕組を解いて胸を張り拡げ、

「つまらんことを言ふのは止せよ。それよか、疲れてなければ、おい、これから飯を食ひに出掛けよう。服装はそれでい丶のか」

と言つて立ち上つた。わたくしは、これも、なにかの場合に機先を制してそれとなくわたくしの頽勢を支へて呉れるいつもの逸作の気配りの一つと思ひ、心で逸作を伏し拝みながら、さすがに気がついて「一郎は」と、息子のことを訊いてみた。

逸作はたちまち笑み崩れた。

「まだ帰つて来ない。あいつ、研究所の帰りに銀座へでも廻つて、また鼻つまりの声で友達とピカソでも論じてるのだらう」

弁天堂の梵鐘が六時を撞く間、音があまりに近いのでわたくしは両手で耳を塞いでゐた。

こ丶は不忍《しのばず》の池の中ノ島に在る料亭、蓮中庵の角《かど》座敷である。水に架け出されてゐて、一枚だけ開けひろげてある障子の間から、その水を越して池の端のネオンの町並が見渡せる。

逸作は食卓越しにわたくしの腕を揺り、

「鐘の音は、もう済んだ」と言つて、手を離したわたくしの耳を指さし、「歌を詠む参考に水鳥の声をよく聞いときなさい。もう、鴨も雁も鵜も北の方へ帰る時分だから」と言つた。

逸作がご飯を食べに連れて行くといつて、いつもの銀座か日本橋方面へは向はず、山の手からは遠出のこの不忍の池へ来たのには理由があつた。いまから十八年前、画学生の逸作と娘歌人のわたくしとは、同じ春の宵に不忍池を観月橋の方から渡つて同じくこの料亭のこの座敷でご飯を食べたのであつた。逸作はそれから後、猛然とわたくしの実家へ乗り込んでわたくしの父母に強引にわたくしへの求婚をしたのであつた。

「あのとき、こゝでした君との話を覚えてゐるか。いまのこの若き心を永遠に失ふまいといふことだつたぜ」

父の死によつて何となく身体に頽勢の見えたわたくしを気遣ひ逸作は、この料亭のこの座敷でした十八年前の話の趣旨をわたくしの心に蘇らせようとするのであつた。わたくしもその誓ひは今も固く守つてゐる。だが、

「うつかりすると、すぐ身体が腑が抜けたやうになるんですもの――」

わたくしは逸作に護られてゐるのを知ると始めて安心して、歿くなつた父に対する涙をさめ〲と流すことが出来た。

父は大家の若旦那に生れついて、家の跡取りとなり、何の苦労もないうちに、郷党

の銀行にたゞ名前を貸しといただけで、その銀行の破綻の責を一家に引受け、預金者に対して蔵屋敷まで投げ出したが、郷党の同情が集まり、それほどまでにしなくともといふことになり、息子の医者の代にはほゞ家運を挽回するやうになつた。

しかしその間は七八年間にもせよ、父のこの失態の悔は強かつた。父はこの騒ぎの間に愛する妻を失ひ、年頃前後の子供三人を失つてゐる。何《いづ》れもこの騒ぎの影響を多少とも受けてゐるであらう。家によつてのみ生きてゐる旧家の人間が家を失ふことの怯《おび》えは何かの形で生命に影響しないわけはなかつた。晩年、父の伎倆としては見事過ぎるほどの橋を奔走して自町のために造り、その橋によつてせめて家名を郷党に刻まうとしたのも、この悔を薄める手段に外ならなかつた。

逸作は肉親関係に対しては気丈な男だつた。

「芸術家は作品と理解者の外に肉親はない。芸術家は天下の孤児だ」さう言つて親戚から孤立を守つてゐた。しかしわたくしの実家の者に対しては「一たいに人が良過ぎら」と言つて、秘かに同情は寄せてゐた。

「俺はおまへを呉れると先に口を切つたおふくろさんの方が好きなんだが、さうかなあ、矢張り娘は父親に懐《なつ》くものかなあ」

さう言つて、この際、充分に泣けよとばかりわたくしを泣かして置いて呉れた。わたくしはおろ〳〵声で、

「さうばかりでもないんだけれど、今度の場合は」と言つて、なほも手巾《はんけち》を眼に運んでゐた。食品が運ばれ出した。私は口に味もない箸を採りはじめる。木の芽やら海胆《うに》やら、松露やら、季節ものの匂ひが食卓のまはりに立ち籠めるほど、わたくしはいよ〳〵感傷的になつた。十八年の永い間、逸作に倣《なら》つてわたくしは実家のいかな盛衰にもあらはな情を見せまいとし、父はまた、父の肩に剰《あま》る一家の浮沈に力足らず、わたくしの喜憂に同ずることが出来なかつた。若き心を失ふまいと誓つたわたくしと逸作との間にも、その若さと貧しさとの故に嘗て陥つた魔界の暗さの一ときがあつた。それを身にも心にも歎き余つて、たつた一度、わたくしは父に取り縋りに行つた。すると父は玄関に立ちはだかつたまゝ「え――どうしたのかい」と空々《そらぐ》しく言つて、困つたやうに眼を外《そ》らし、あらぬ方を見た。わたくしはその白眼がちの眼を見ると、絶望のまゝ何にも言はずに、すぐ、当時、灰のやうに冷え切つたわが家へ引き返したのであつた。

それが、通夜の伽《とぎ》の話に父の後妻がわたくしに語つたところに依ると、

「おとうさんはお年を召してから、あんたの肉筆の短冊を何処かで買ひ求めて来なさつて、とき〴〵取り出しては人の自慢に見せたり自分でも溜息をついては見ていらつしやいました。わたしがあのお子さんにおつしやつたら幾らでもぢかに書いて下さいませうにと申しましたら、いや、俺はあの娘には何にも言へない。あの娘がひとりで

あれだけになつたのだから、この家のことは何一つ頼めない。たゞ、蔭で有難いと思つてゐるだけで充分だ」と洩らしたさうである。

こんな事柄さへ次々と想ひ出されて来た。食品を運んで来る女中は、わたくしたち中年前後の夫妻が何か内輪揉めで愁歎場を演じてるとでも思つたのか、なるべくわたくしに眼をつけないやうにして襖《ふすま》からの出入りの足を急いだ。

七時のときの鐘よりは八時の鐘は、わたくしの耳に慣れて来た。今は耳に手を当てるまでもなく静かに聞き過された。一枚開けた障子の隙から、漆のやうな黒い水に、枯れ蓮の茎や葉が一層くろ〴〵と水面に伏さつてゐるのが窺はれる。その起伏のさまは、伊香保の湯の宿の高い裏欄干から上《かみ》つ毛《け》野《ぬ》、下《しも》つ毛野に蟠《わだかま》る連山の頂上を眺め渡すやうだつた。そのはろ〴〵と眺め渡して行く起伏の末になると、枯蓮の枯葉は少くなり、たゞ撓《たわ》み曲つた茎だけが、水上の形さながらに水面に落す影もろとも、いろ〳〵に歪みを見せたOの字の姿を池に並べ重ねてゐる。わたくしはむかし逸作がこの料亭での会食以前、美術学校の生徒時代に、彼の写生帳を見ると全頁悉くこの歪んだOの字の蓮の枯茎しか写生してないのを発見した。そしてわたくしは「あんたは懶《なま》けものなの」と訊いた。すると逸作は答へた。「違ふ。僕は人生が寂しくつて、こんな楽書みたいなものの外、スケッチする張合ひもないのです」わたくしは訊《たづ》ね返した。

「おとうさんはどうしてらつしやるの。おかあさんはどうしてらつしやるの。そして、ごきやうだいは」逸作は答へた。「それを訊かないで下さい。よし、それ等があるとしたところで僕はやつぱり孤児の気持です」逸作はその孤児なる理由は話さなかつたが、わたくしにはどうやら感じられた。「可哀さうな青年」

何に愕《おど》いてか、屋後の池の方で水鳥が、くわ、くわ、と鳴き叫び、やがて三四羽続けて水を蹴つて立つ音が聞える。

わたくしは淋しい気持に両袖で胸を抱いて言つた。

「今度こそ二人とも事実正銘の孤児になりましたのね」

「うん、なつた。――だが」

こゝでちよつと逸作は眼を俯向けてゐたが何気なく言つた。

「一郎だけは、二人がゐなくなつた後も孤児の気持にはさしたくないものだ」

わたくしは再び眼を上げて、蓮の枯茎の〇の字の並べ重なるのを見る。怱忙《そうばう》として脳裡に過ぎる十八年の歳月。

ふと気がついてみると、わたくしの眼に蓮の枯茎が眼について来たのには理由があつた。

夜はやゝ更けて、天地は黒い塀を四壁に立てたやうに静まり閉すにつれ、真向ふの池の端の町並の肉色で涼しい窓々の灯、軒や屋根に色の光のレースを冠せたやうなネオンの明りはだん〱華やいで来た。町並で山下通の電車線路の近くは、表町通の熾烈なネオンの光を受け、まるで火事の余焔を浴びてゐるやうである。池の縁を取りまいて若い並木の列がある。町並の家総体が一つの発光体となつた今は、それから射出する夜の灯で、これらの並木は影くろぐ〵と生ける人の列のやうにも見える。並木に浸み剰《あま》つた灯の光は池の水にも明るく届いて、さてはその照り返しで枯蓮の茎の〇の字をわたくしの眼にいちじるしく映じさすのであつた。更に思ひ廻らされて来るこれから迎へようとする幾歳かの茫漠とした人生。

水鳥はもう寝たのか、障子の硝子戸を透してみると上野の森は深夜のやうである。それに引代へ廊下を歩く女中の足音は忙しくなり、二つ三つ隔てた座敷から絃歌の音も聞え出した。料亭持前の不夜の営みはこれから浮き上りかけて来たやうである。そのとき遠くの女中の声がして、

「かの子さーん」

と呼ぶのが聞えた。それはわたくしと同名の呼名である。わたくしと逸作は、眼を円くして見合ひ、含み笑ひを唇できつと引き結んだ。

もう一度、

「かの子さーん」と聞えた。すると、襖の外の廊下で案外近く、わざとあどけなく気取らせた小娘の声で、

「はーい。ただ今」

そして、これは本当のあどけない足取りでばた〳〵と駆けて行くのが聞えた。

「お雛妓《しやく》だ」

「さうねえ」

（筆者はこゝで、ちよつとお断りして置かねばならない事柄がある。こゝに現れ出たこの物語の主人公雛妓《すうぎ》かの子は、この物語の副主人公わたくしといふ人物とも、また、物語を書く筆者とも同名である。このことは作品に於ける芸術上の議論に疑惑を惹き起し易い。また、なにか為にするところがあるやうにも取られ易い。これを思ふと筆はちよつと臆する。それで筆者は幾度か考へ直すに努めて見たものの、これを更へてしまつては、全然この物語を書く情熱を失つてしまふのである。そこでいつもながらの捨身の勇気を奮ひ気の弱い筆を叱つて進めることにした。よしやわざくれ、作品のモチーフとなる切情に殉ぜんかなと）

からし菜、細根大根、花菜漬、かういつた旬の青味のお漬物でご飯を勧められても、わたくしは、ほんの一口しか食べられなかつた。

電気ストーヴをつけて部屋を暖かくしながら、障子をもう一枚開け拡げて、月の出に色も潤《うる》みだしたらしい不忍の夜の春色でわたくしの傷心を引立たせようとした逸作も遂に匙を投げたかのやうに言つた。

「それぢや葬式の日まで、君の身体が持つか持たんか判らないぜ」

逸作はしばらく術《すべ》無げに黙つてゐたが、ふと妙案のやうに、

「どうだ一つ、さつきのお雛妓の、あの若いかの子さんでも聘《よ》んで元気づけに君に見せてやるか」

逸作は人生の寂しさを努めて紛らすために何か飄逸な筆つきを使ふ画家であつた。都会児の洗煉透徹した機智は生れ付きのものだつた。だが彼は邪道に陥る惧《おそ》れがあるとて、ふだんは滅多にそれを使はなかつた。ごく稀に彼はそれを画にも処世上にも使つた。意表に出るその働きは水際立つて功を奏した。

わたくしはそれを知つてゐる故に、彼の思ひ付きに充分な信頼を置くものの、お雛妓を聘ぶなどといふことは何ぼ何でも今夜の場合にはぢやらけた気分に感じられた。それに今までそんなことを嘗てしたわたくししたちでもなかつた。

「いけません。いけません。それはあんまりですよ」

わたくしの声は少し怒気を帯びてゐた。

「ばか。おまへは、まだ、あのおやぢのこゝろをほんとによく知つてゐないのだ」

そこで逸作は、七十二になる父が髪黒々としつゝ、そしてなほ生に執したことから説いて、

「おやぢは古《ふ》り行く家に、必死と若さを欲してゐたのだ。あれほど愛してゐたお前のお母さんが歿くなつて間もなく、いくら人に勧められたからとて、聖人と渾名される

ほどの人間が直ぐ若い後妻を貰つたなぞはその証拠だ」と言つた。

父はまた、長男でわたくしの兄に当る文学好きの青年が大学を出ると間もなく夭死した、その墓を見事に作つて、学位の文学士といふ文字を墓面に大きく刻み込み、毎日毎日名残り惜しさうにそれを眺めに行つた。

「何百年の間、武蔵相模の土に亘つて逞しい埋蔵力を持ちながら、匍《は》ひ松のやうに横に延びただけの旧家の一族に付いてゐる家霊が、何一つ世間へ表現されないのをおやぢは心魂に徹して歎いてゐたのだ。おやぢの遺憾はたゞそれ許りなのだ。おやぢ自身はそれをはつきり意識に上《のぼ》す力はなかつたかも知れない。けれど晩年にはやはりそれに促されて、何となくおまへ一人の素質を便りにしてゐたのだ。この謎はおやぢの晩年を見るときそれはあまりに明かである。しかし望むものを遂におまへに対して口に出して言へる父親ではなかつた以上、おまへの方からそれを察してやらなければならないのだ。この謎を解いてやれ。そしてあのおやぢに現はれた若さと家霊の表現の意志を継いでやりなさい。それでなけりや、あんまりお前の家のものは可哀想だ。家そのものが可哀想だ」

逸作はこゝへ来て始めて眼に涙を泛べた。

わたくしは「あゝ」と言つて身体を震《ゆす》つた。もう逸作に反対する勇気はなかつた。わたくしはあまりに潔癖過ぎる家伝の良心に虐《さいな》まれることが度々ある。そのときその良心の苛責さへ残らず打明けて逸作に代つて担つて貰ふこともある。で、今の場合にも言つた。

「任せるわ、ぢや、いゝやうにしてよ」

「それがい〻。お前は今夜たゞ、気持を取り直す工夫だけをしなさい」

逸作は、もしこのことで不孝の罰が当るやうだつたら俺が引受けるなどと冗談のやうに言つて、それから女中に命じて雛妓かの子を聘することを命じた。幸ひに、かの女はまだ帰らないで店にゐたので、女中はその座敷へ「貰ひ」といふものをかけて呉れた。

「今晩は」

襖が開いて閉つて、そこに絢爛な一つくねの絹布れがひれ伏した。紅紫と卵黄の色彩の喰《は》み合ひはまだ何の模様とも判らない。大きく結んだ背中の帯と、両方へ捌き拡げた両袖とが、ちよつと三番叟《さんばそう》の形に似てゐるなと思ふ途端に、むくりと、その色彩の喰み合ひの中から操り人形のそれのやうに大桃割れに結つて白い顔が擡《もた》げ上げられた。そして、左の手を膝にしやんと立て、小さい右の手を前方へ突き出して恰も相手に掌の中を検《あらた》め見さすやうなモーションをつけると同時に男の声に擬して言つた。

「やあ、君、失敬」

眼を細眼に開けてはゐるが、何か眩しいやうな眼瞼を震はせ、瞳の焦点は座敷を抜けて遥か池の彼方の水先に放つてゐる。それは小娘ながらも臆した人の偽りを言ふときの眼の遣り所に似てゐる。かの女はこの所作を終へると、自分のしたことを自分で興がるやうに、また抹殺するやうに、きやら〱と笑つて立ち上つた。きやら〱と笑ひ続けて逸作の傍の食卓の角へ来て、ぺたりと坐つた。

「お酌しませうよ」

わたくしはこの間に、ほんの四つ五つの型だけで全身を覆ふほどの大矢羽根が紅紫の鹿の子模様で埋り、余地の卵黄色も赤白の鹿の子模様で埋まつてゐるのを見て、この雛妓の所作のどこやら場末臭いもののあるのに比して、案外着物には抱主は念を入れてゐるなと見詰めてゐた。

雛妓はわたくしたちの卓上が既に果《くだ》ものの食順にまで運んでゐるのを見て、

「あら、もうお果ものなの。お早いのね。では、お楊枝《やうじ》」

と言つて、とき色の鹿の子絞りの帯上げの間からやはり鹿の子模様の入つてゐる小楊枝入れを出し、扇形に開いてわたくしたちに勧めた。

「お手拭きなら、こゝよ」

「なんて、ませたやつだ」

座敷へ入つて来てから、こゝまでの所作を片肘つき、頰を支へて、ちやうどモデルでも観察するやうに眼を眇《すが》めて見てゐた逸作は、かう言ふと、身体を揺り上げるやうにして笑つた。

雛妓は、逆らひもせず、にこりと媚びの笑ひを逸作に送つて、「でせう」と言つた。

わたくしはまた雛妓に向つて「きれいなお衣裳ね」と言つた。

逸作は身体を揺り上げながら笑つてゐる間に画家らしく、雛妓の顔かたちを悉皆観察して取つたらしく、わたくしに向つて、

「名前ばかりでなく、顔もなんだかお前に似てるぜ。こりや不思議だ」と言つた。

着物の美しさに見惚れてゐる間にもわたくしもわたくしのどこかの一部で、これは誰やらに、そしてどこやらが似てゐると頻りに思ひ当てることをせつくものがあつた。そしてやつと逸作の言葉でわたくしのその疑ひは助け出された。

「まあ、ほんとに」

わたくしの気持は茲《ここ》でちよつと呆れ返り、何故か一度、悄気《しよげ》返りさへしてゐるうちに、もうわたくしの小さい同名に対する慈《いつく》しみはぐん〳〵雛妓に浸み向つて行つた。

わたくしは雛妓に言つた。

「かの子さん。今夜は、もう何のお勤めもしなくてい丶のよ。ただ、遊んで行けばい丶のよ」

先程からわたくしたち二人の話の遣り取りを眼を大きく見開いてピンポンの球の行

き交ひのやうに注意してゐた雛妓は「あら」と言つて、逸作の側を離れて立ち上り、今度はわたくしの傍へ来て、手早くお叩頭《じぎ》をした。

「知つてますわ。かの子夫人でいらつしやるんでせう。歌のお上手な」

そして、世間に自分と同名な名流歌人がゐることをお座敷でも聴かされたことがあつたし、雑誌の口絵で見たことがあると言つた。

「一度お目にかゝり度いと思つてたのに、お目にかゝれて」

こゝで今までの雛妓らしい所作から離れてまるで生娘のやうに技巧を取り払つた顔つきになり、わたくしを長谷の観音のやうに恭ゝ《うや〳〵》しげに高く見上げた。

「想像よりは少し肥つていらつしやるのね」

わたくしは笑ひながら、

「さうを、そんなにすらりとした女に思つてたの」と言ふときわたくしの親しみの手はひとりでに雛妓の肩にかゝつてゐた。

「お座敷辛いんでせう。お客さまは骨が折れるんでせう。夜遅くなつて眠かなくつて」

それはまるでわたくしの胸のうちに用意されでもしてゐた聯句のやうに、すら〳〵と述べ出された。すると雛妓は再び幼い商売女の顔になつて、

「あら、ちつともそんなことなくてよ。面白いわ——」

とまで言つたが、それではあまり同情者に対してまともに弾ね返し過ぎるとでも思

つたのか、

「なんだか知らないけれど、あたし、まだ子供でせう。だから大概のことはみなさんから大目に見て戴けるらしい気がしますのよ。それに、姐《ねえ》さんたちも、もしまじめに考へたら、この商売は出来ないつて言ふし――」

　雛妓は両手でわたくしのあいた方の手を取り、自分の掌を合せて見て、僅かしかない大きさの差を珍らしがつたり、何歳になつてもわたくしの手の甲に出来てゐる子供らしいおちよぼの窪みを押したり、何か言ふことのませ方と、することの無邪気さとの間にちぐはぐなところを見せてゐたが、ふと気がついたやうに逸作の方へ向いた。

「おにいさん――」

　しかしその言葉はわたくしに対して懸念がありと見て取ると、かの女は「ほい」と言つて直ぐ、先生と言ひ改めた。

「先生。何か踊らなくてもいゝの。踊るんなら、誰か、うちで遊んでる姐さんを聘んで欲しいわ」

　さう言つてつか〳〵と逸作の方へ立つて行つた。煙草を喫ひながらわたくしと雛妓との対談を食卓越しに微笑して傍観してゐた逸作は、かう言はれて、

「このお嬢さんは、売れ残りのうちの姐さんのためにだいぶ斡旋するね」

と言葉で逃げたが、雛妓はなか〳〵許さなかつた。逸作のそばに坐つたかの女は、

身体を「く」の字や「つ」の字に曲げ、「ねえ、先生、よつてば」「い、でせう、先生」と腕に取り縋つたり髪の毛の中に指を突き入れたりした。だがその所作よりも、大きな帯や大きな袖に覆はれてはゐるものの、流石に年頃前の小娘の肩から胴、脇、腰へかけて、若やいだ円味と潤ひと生々しさが陽炎《かげろふ》の様に立騰《たちのぼ》り立騰つては逸作へ向けてときめき纏《もつ》れるのを、わたくしは見逃すわけにはゆかなかつた。わたくしは幾分息を張り詰めた。逸作の少年時代は、この上野谷中切つての美少年だつた。だが、鑿《う》ち出しものの壺のやうに外側ばかり鮮やかで、中はうつろに感じられる少年だつた。少年は自分でもそのうつろに堪へないで、この界隈を酒を飲み歩いた。女たちは美少年の心のうつろを見過してたゞ形の美しさだけを寵した。逸作は世間態にはまづ充分な放蕩児だつた。逸作とわたくしは幼友達ではあるが、それはほんのちよつとの間で、双方年頃近くになり、この上野の森の辺で初対面のやうに知り合ひになつたときは、逸作はその桜色の顔に似合はず市井老人のやうなこゝろになつてゐた。わたくしが、あんまり青年にしては晒《さら》され過ぎてると言ふと、彼は薩摩絣《さつまがすり》の着物に片手を内懐に入れて、「十四から酒飲み慣れてけふの月です」と、それが談林の句であるとまでは知らないらしく、たゞこの句の投げ遣りのやうな感慨を愛して空を仰いで言つた。

結婚から逸作の放蕩時代の清算、次の魔界の一ときが過ぎて、わたくしたちは、息も絶え絶えのところから蘇生の面持で立ち上つた顔を見合した。それから逸作はび、として笑ひを含みながら画作に向ふ人となつた。「俺は元来うつろの人間で人から充たされる性分だ。おまへは中身だけの人間で、人を充たすやうに出来てる。やつと判つた」とその当時言つた。

　それから十余年の歳月はしづかに流れた。逸作は四十二の厄歳も滞りなく越え、画作に油が乗りかけてゐる。「おとなしい男。あたくしのために何もかも尽して呉れる男――」だのにわたくしは、何をしてやつただらう。小取り廻しの利かないわたくしは、何の所作もなく、たゞ魂をば愛をば、体当りにぶつけることよりしかしなかつた。例へそれを逸作は「俺がしたいと思つて出来ないことを、おまへが代つてして呉れるだけだ」と悦ぶにしても、ときには世の常の良人《をつと》が世の常の妻にサーヴィスされるあのまめまめしさを、逸作の中にある世の常の男の性は欲してゐないだらうか。わたくしはとき〴〵そんなことを思つた。

　酒をやめてから容貌も温厚となり、あの青年時代のきらびやかな美しさは艶消しとなつた代りに、今では中年の威がついて、髪には一筋二筋の白髪も光りはじめて来てゐる。

　わたくしは、その逸作に、雛妓が頻りに、ときめきかけ、縺れかけてゐる小娘の肉体の陽炎を感ずると、今までの愁ひの雲はいつの間にか押し払はれ、わたくしの心にも若やぎ華やぐ気持の蕾がちらほら見えはじめた。それは嫉妬とか競争心とかいふ激しい女の情焰を燃えさすには到らなかつた。相手があまりにあどけなかつたからだ。そしてこちらからうち見たところ多少腕白だつたと言はれるわたくしの幼な姿にも似通へる節のある雛妓の腕働きでもある。それが逸作に縺れてゐる。わたくしはこれを眺めて、ほんのり新茶の香りにでも酔つた気持で笑ひながら見てゐる。雛妓は、どうしてもうんと言はない逸作に向つて、首筋の中へ手を突込んだり、横に引倒しかけたりする。遂に煩はしさに堪へ兼ねた逸作は、雛妓を弾《は》ねのけて居ずまひを直しながらきつぱり言つた。

「何と言つても今夜は駄目だ。踊つたり謡つたりすることは出来ない。僕たちはいま父親の忌中なのだから」

その言ひ方が相当に厳粛だつたので、雛妓も諦めて逸作のそばを離れると今度はわたくしのところへ来て、そしてわたくしの膝へ手をかけ、

「奥さんにお願ひしますわ。今度また、ぜひ聘んでね。そして、そのときは屹度《きつと》うちの姐さんもぜひ聘んでね」

と言つた。わたくしは惘《あは》れを覚えて、「えーえー、い、ですよ」と約束の言葉を番《つが》へた。

すると安心したもののやうに雛妓はしばらくぽかんとそこに坐つてゐたが、急に腕を組んで首をかしげひとり言のやうに、

「これぢや、あんまりお雛妓さんの仕事がなさ過ぎるわ。お雛妓さん失業だわ」と、わたくしたちを笑はせて置いてから、小さい手で膝をちよんと叩いた。

「いゝことがある。あたし按摩上手よ。よく年寄のお客さんで揉んで呉れつて方があるのよ。奥さん、いかゞですの」

と言つてわたくしの後へ廻つた。わたくしは興を催し、「まあまあ先生から」と言つて雛妓を逸作の方へ押しやつた。

十時の鐘は少し冴え返つて聞えた。逸作は懐手をして雛妓に肩を叩いて貰ひながら眼を眠さうにうつとりしてゐる。わたくしはそれを眺めながら、つひに例の癖の、息子の一郎に早くこのくらゐの年頃の娘を貰つて置いて、嫁に仕込んでみたら——そして、その娘が親孝行をして父親の肩を叩く図はおよそこんなものではあるまいかなぞ勝手な想像を働かせてゐた。

わたくしたちが帰りかけると、雛妓は店先の敷台まで女中に混つて送つて出て、そこで、朧夜になつた月の夜影を踏んで遠ざかり行くわたくしたちの影に向つて呼んだ。

「奥さまのかの子さーん」

わたくしも何だか懐しく呼んだ。

「お雛妓さんのかの子さーん」

松影に影は距てられながらもまだ、

「奥さまのかの子さーん」

「お雛妓さんのかの子さーん」

つひに、

「かの子さーん」

「かの子さーん」

わたくしは嘗て自分の名を他人にして呼んだ経験はない。いま呼んでみて、それは思ひの外なつかしいものである。身のうちが竦《すく》むやうな恥かしさと同時に、何だか自分の中に今まで隠れてゐた本性のやうなものが呼び出されさうな気強い作用がある。まして、さう呼ばせる相手はわたくしに似て而も小娘の若き姿である。


声もかすかに呼びつれ呼び交すうちに、ふとわたくしはあのお雛妓のかの子さんの若さになりかける。あゝ、わたくしは父の死によつて神経を疲労さしてゐるためであらうか。

葬儀の日には逸作もわたくしと一緒に郷家へ行つて呉れた。彼は快く岳父の棺側を護る役の一人を引受け、菅笠を冠り藁草履を穿いて黙々と附いて歩いた。わたくしの眼には彼が、この親の遺憾としたところのものを受け継いで、まさに闘ひ出さうとする娘に如何に助太刀すべきか、なほも棺輿の中の岳父にその附嘱のささやきを聴きつゝ歩む昔風の義人の婿の姿に見えた。

若さと家霊の表現。わたくしがこの言葉を逸作の口から不忍の蓮中庵で解説されたときは、左程のことゝも思はなかつた。しかし、その後、けふまでの五日間にこのヱスプリのたちまちわたくしの胎内に蔓《はびこ》り育つたことはわれながら愕くべきほどだつた。それはわたくしの意識をして、今にして夢より覚めたやうに感ぜしめ、また、新たなる夢に入るもののやうにも感ぜしめた。肉体の銷沈などはどこかへ押し遣られてしまつた。食べものさへ、このテーマに結びつけて執拗に力強く糸歯で嚙み切つた。

「そーら、またお母さんの凝り性が始つたぞ」

息子の一郎は苦笑して、とき〴〵様子を見に来た。

「今度は何を考へ出したか知らないが、お母さん、苦しいだらう。もつとあつさりしなさいよ」

と、はら〳〵しながら忠告するほどであつた。

葬列は町の中央から出て町を一巡りした。町並の人々は、自分たちが何十年か聖人と渾名して敬愛してゐた旧家の長老のために家先に香炉を備へて焼香した。多摩川に沿つて近頃三業組合まで発達した東京近郊のF——町は見物人の中に脂粉の女も混つて、一時祭りのやうな観を呈した。葬列は町外れへ出て、川に架つた長橋を眺め渡される堤の地点で、ちよつと棺輿を停めた。

春にしては風のある寒い日である。けれども長堤も対岸の丘もかなり青み亘り、その青みの中に柔かいうす紅や萌黄の芽出しの色が一面に漉《す》き込まれてゐる。漉き込み剰《あま》つて強い塊りの花の色に吹き出してゐるところもある。川幅の大半を埋めてゐる小石の大河原にも若草の叢《くさむら》の色が和みかけてゐる。

動きの多い空の雲の隙間から飴色の春陽が、はだら〳〵に射しおろす。その光の中に横たへられたコンクリートの長橋。父が家霊に対して畢生《ひつせい》の申訳に尽力して架した長橋である。

父の棺輿はしばし堤の若草の上に佇《たゝず》んで、寂寞としてこの橋を眺める。橋はまた巨鯨の白骨のやうな姿で寂寞として見返す。はだら〳〵に射しおろす春陽の下で。なべて人の世に相逢ふといふこと、頷き合ふといふこと、それ等は、結局、この形に於てのみ真の可能なのではあるまいか。寂寞の姿と無々の眼と――。

何の生もない何の情緒もない、枯骨と灰石の対面ではあるが、いのちといふものは不思議な径路を取つて、その死灰の世界から生と情緒の世界へ生れ代らうとするもののやうである。わたくしが案外、冷静なのに、見よ、逸作が慟哭《どうこく》してゐる激しい姿を。わたくしが急いで近寄つて編笠の中を覗くと、彼はせぐり上げ〳〵して来る涙を、胸の喘ぎだけでは受け留めかねて、赤くした眼からたら〳〵流してゐる。わたくしは逸作のこんなに泣いたのを見るのは始めてだつた。わたくしは袖から手巾《はんけち》を出してやり

ながら、

「やつぱり、男は、男の事業慾といふものに同情するの」

と訊くと、逸作は苦しみに締めつけられたやうに少し狂乱の態とも見えるほどあたり構はず切ない声を振り絞つた。

「いや、さうぢやない。さうぢやない」

そして、わたくしの肩をぐさと摑み、生唾《なまつば》を土手の若草の上に吐いて喘ぎながら言つた。

「おやぢが背負ひ残した家霊の奴め、この橋くらゐでは満足しないで、大きな図体の癖に今度はまるで手も足もない赤児のやうなお前によろ〳〵と倚りかゝらうとしてゐる。今俺にそれが現実に感じられ出したのだ。その家霊も可哀さうならおまへは一層可哀さうだ。それを思ふと俺は切なくてやり切れなくなるのだ」

こゝで、逸作は橋詰の茶店に向つて水を呼んで置いてから、喘ぎを続けた。

「俺が手の中の珠にして、世界で一番の幸福な女に仕立ててみようと思つたお前を、おまへの家の家霊は取り戻さうとしてゐるのだ。畜生ツ。生ける女によつて描かうとした美しい人生のまんだらをつひに引裂かうとしてゐる。畜生ツ。畜生ツ。家霊の奴め」

わたくしの肩は逸作の両手までがかゝつて力強く揺るのを感じた。

「だが、こゝに、たゞ一筋の道はある。おまへは、決して臆してはならない。負けてはならないぞ。そしてこの重荷を届けるべきところにまで驀地《まつしぐら》に届けることだ。わき見をしては却つて重荷に押し潰されて危いぞ。家霊は言つてるのだ――わたくしを若しわたくしの望む程度まで表現して下さつたなら、わたくしは三つ指突いてあなた方にお叩頭《じぎ》します。あとは永くあなた方の実家をもあなた方の御子孫をも護りませう――と。いゝか。苦悩はどうせこの作業には附きものだ。俺も出来るだけその苦悩をば分担してやるけれどお前自身決して逃れてはならないぞ。苦悩を突き詰めた先こそ疑ひもない美だ。そしてお前の一族の家霊くらゐおしやれで、美しいものの好きな奴はないのだから――」

読書もさう好きでなし、思索も面倒臭がりやの逸作にどうして、こんないのちの作略に関する言葉が閃《ひらめ》き出るのであらうか。うつろの人には却つていのちの素振りが感じられるものなのだらうか。わたくしはそれにも少し怖れを感じたけれども、眼の前の現実に襲つて来た無形の大磐石のやうな圧迫にはなほ恐怖を覚えて慄へ上つた。思はず逸作に取り縋つて家の中で逸作を呼び慣はしの言葉の、

「パパウ！　パパウ！」

と泣き喚く顔を懸命に逸作の懐へにじり込ませてゐた。

「コップを探してましたもんでね、どうも遅くなりました」と言つて盆に水を運んで

来た茶店の老婆は、逸作が水を飲み干す間、二人の姿をと見かう見しながら、

「さうですとも、娘さんとお婿さんとでたんと泣いてお上げなさいましよ。それが何よりの親御さんへのお供養ですよ」

と、さもしたり顔に言つた。

他のときと場合ならわたくしたちの所作は芝居染みてゐて、随分妙なものに受取られただらうが、しかし場合が場合なので、棺輿の担ぎ手も、親戚も、葬列の人も、みな茶店の老婆と同じ心らしく、子供たち以外は遠慮がちにわたくしたちの傍を離れてゐて呉れて、わたくしたちの悲歌劇の一所作が滞りなく演じ終るまで待つてゐて呉れた。そして逸作が水を飲み終へてコップを盆に返すのをきつかけに葬列は寺へ向つて動き出した。

菩提寺の寺は、町の本陣の位置に在るわたくしの実家の殆ど筋向ふである。あまり近い距離なので、葬列は町を一巡りしたといふ理由もあるが、兎に角、わたくしたちは寺の葬儀場へ辿《たど》りついた。

わたくしは葬儀場の光景なぞ今更、珍らしさうに書くまい。ただ、葬儀が営まれ行く間に久しぶりに眺めた本尊の厨子《づし》の脇段に幾つか並べられてゐる実家の代々の位牌に就いて、こどものときから目上の人たちに聞かされつけた由緒の興味あるものだけを少しく述べて置かうと思ふ。

権之丞といふのは近世、実家の中興の祖である。その財力と才幹は江戸諸大名の藩政を動かすに足りる力があつたけれども、身分は帯刀御免の士分に過ぎない。それすら彼は抑下《よくげ》して、一生、草鞋《わらぢ》穿きで駕籠へも乗らなかつた。

その娘二人の位牌がある。絶世の美人だつたが姉妹とも躄《あしなへ》だつた。権之丞は、構内奥深く別構へを作り、秘かに姉妹を茲《ここ》に隠して朝夕あはれな娘たちの身の上を果敢《はか》なみに訪れた。

伊太郎といふ三四代前の当主がある。幕末に際し、実家に遁入して匿まはれた多くの幕士の中の一人だが、美男なので実家の娘に想はれ、結婚して当主に直つた人であつた。生来気の弱い人らしく、畢生《ひつせい》の望みはどうかして一度、声を出して唄を謡つてみたいといふことであつた。或る人が彼に、多摩川の河原へ出て人のゐないところで謡ひなさいと進言した。伊太郎は勧めに従つてひとり河原に出てはみたものの、つひに口からよう謡ひ出ずに戻つて来た。

蔵はいろは四十八蔵あり、三四里の間にわが土地を踏まずには他出できなかつたといふ。天保銭は置き剰《あま》つて縄に繋いで棟々の床下に埋めた。かういふ逞しい物質力を持ちながら、何とその持主の人間たちに憐れにも蝕まれた影の多いことよ。そしてその蝕まれるものの、また何と美しいものに縁があることよ。

逸作はいしくも指摘した。「おまへの家の家霊はおしやれで美しいものが好きだ」と。

そしてまた言つた。「その美なるものは、苦悩を突き詰めることによつてのみその本体は摑み得られるのだ」と。あゝ、わたくしは果してそれに堪へ得る女であらうか。

こゝに一つ、おかのさんと呼ばれてゐる位牌がある。わたくしたちのいま葬儀しつゝある父と、その先代との間に家系も絶えんとし、家運も傾きかけた間一髪の際に、族中より選み出されて家の危きを既倒に廻し止めた女丈夫だといふ。わたくしの名のかの子は、この女丈夫を記念する為につけたのだといふ。しかも何と、その女丈夫を記念するには、相応《ふさは》しからぬわたくしの性格の非女丈夫的なことよ。わたくしは物心づいてからこの位牌をみると、いつもこの名を愛しその人を尊敬しつゝも、わたくし自らを苦笑しなければならなかつた。

読経は進んで行つた。会葬者は、座敷にも縁にも並み余り、本堂の周囲の土に立つてゐる。わたくしは会葬者中の親族席を見廻す。そしてわたくしは茲にも表現されずして鬱屈してゐる一族の家霊を実物証明によつて見出すのであつた。

北は東京近郊の板橋かけて、南は相模厚木辺まで蔓延してゐて、その土地々々では旧家であり豪家である実家の親族の代表者は悉く集まつてゐる。

その中には年々巨万の地代を挙げながら、代々の慣習によつて中学卒業程度で家督を護らせられてゐる壮年者もある。横浜開港時代に土地開発に力を尽し、儒学と俳諧にも深い造詣を持ちながら一向世に知られず、その子をしてたゞ老獪《らうくわい》の一手だけを処世の金科玉条として資産を増殖さしてゐる老爺もある。

蓄妾に精力をスポイルして家産の安全を図つてゐる地方紳士もある。

だが、やはり、こゝにも美に関るものは附いて離れなかつた。在々所々のそれ等の家に何々小町とか何々乙姫とか呼ばれる娘は随分生れた。しかし、それが縁付くとなると、草莽《さうまう》の中に鄙《ひな》び、多産に疲れ、たゞどこそこのお婆さんの名に於ていつの間にか生を消して行く。それはいかに、美しいもの好きの家霊をして力を落させ歎かしめたことであらう。

葬儀は済んだ。父に身近の肉親親類たちだけが棺に付き添うて墓地に向つた。わたくしはこゝの場面も悉《くは》しく説明することを省く。わたくしは、たゞ父の遺骸を埋め終つてから、逸作がわたくしの母の墓前に永い間額づき合掌して何事かを語るが如く祈るが如くしつゝあるのを見て胸が熱くなるのを感じたことを記す。

母はわたくしを十四五の歳になるまで、この子はいぢらしいところが退《の》かぬ子だと言つて抱き寝をしてくれた。そして逸作はこの母により逸早く許し与へられることによつてわたくしを懐にし得た。放蕩児の名を冒しても母がその最愛の長女を与へたことを逸作はどんなに徳としたことであらう。わたくしはたゞ裸子のやうに世の中のたつきも知らず懐より懐へ乳房を探るやうにして移つて来た。その生みの母と、育ての父のやうな逸作と、二人はいまわたくしに就いて何事を語りつゝあるのであらうか。

わたくしはその間に、妹のわたくしを偏愛して男の気ならば友人の手紙さへ取り上げて見せなかつた文学熱心の兄の墓に詣で、一人の弟と一人の妹の墓にも花と香花《かうげ》を分けた。

その弟は、学校を出て船に務めるやうになり、乗船中、海の色の恍惚に牽かれて、海の底に趨《はし》つた。

その妹は、たまさか姉に遇《あ》うても涙よりしか懐しさを語り得ないやうな内気な娘であつた。生よりも死の床を幾倍か身に相応しいものに思ひ做して、うれしさうに病み死んだ。

風は止んだ。多摩川の川づらには狭霧が立ち籠め生あたゝかくたそがれて来た。ほろ〳〵と散る墓畔の桜。わたくしは逸作の腕に支へられながら、弟の医者にちよつと脈を検《たしか》められ、「生きの身の」と、歌の頭字の五文字を胸に思ひ泛べただけで急いで帰宅の俥に乗り込んだだけを記して、早くこの苦渋で憂鬱な場面の記述を切り上げよう。

「奥さまのかの子さーん」

夏もさ中にかゝりながらわたくしは何となく気鬱加減で書斎に床は敷かず枕だけつけて横になつてゐた。わたくしにしては珍らしいことであつた。その枕の耳へ玄関からこの声が聞えて来た。お雛妓のかの子であることが直ぐ思ひ出された。わたくしは起き上つて、急いで玄関へ下りてみた。お雛妓のかの子は、わたくしを見ると、老婢に、

「それ、ごらんなさい。奥さまはいらつしやるぢやありませんか。嘘つき」

と、小さい顎を出し、老婢がこれに対し何かあらがふ様子を尻眼にかけながら、

「あがつてもいゝでせう。ちよつと寄つたのよ」

とわたくしに言つた。

わたくしは老婢が見ず知らずの客を断るのは家の慣《なら》はしで咎め立てするものではありませんと雛妓を軽くたしなめてから、「さあさあ」と言つてかの子を二階のわたくしの書斎へ導いた。

雛妓は席へつくと、お土産といつて折箱入りの新橋小萩堂の粟餅を差し出した。

「もつとも、これ、園遊会の貰ひものなんだけれど、お土産に融通しちまふわ」

さう言つて、まづわたくしの笑ひを誘ひ出した。わたくしが、まあ綺麗ねと言つて例の女の癖の雛妓の着物の袖を手に取つてうち見返す間に雛妓はけふ、こゝから直ぐ斜裏のK――伯爵家に園遊会があつて、その家へ出入りの谷中住ひの画家に頼まれて、姐さん株や同僚七八名と手伝ひに行つたことを述べ、帰りにその門前で訊くと奥さまの家はすぐ近くだといふので、急に来たくなり、仲間に訣《わか》れて寄つたのだと話した。

「夏の最中の園遊会なんて野暮でせう。けど、何かの記念日なんだから仕方ないんですつて。幹事さんの中には冬のモーニングを着て、汗だくでふう〳〵言ひながらビールを飲んでた方もあつたわ」

お雛妓らしい観察を縷々《るる》述べ始めた。わたくしがかの女に何か御馳走の望みはないかと訊くと、

「では、あの、ざく〳〵掻いた氷水を、たゞ水《すゐ》といふのよ。もしご近所にあつたら、ほんとに済みません」

と俄《にはか》に小心になつてねだつた。

わたくしの実家の父が歿くなつてから四月は経つ。わたくしのこゝろは、葬儀以来、三十五日、四十九日、百ケ日と過ぐるにつれ、薄らぐともなく歎きは薄らいで行つた。何といつても七十二といふ高齢は、訣れを諦め易くしたし、それと、生前、わたくしが多少なりとも世間に現してゐる歌の業績を父は無意識にもせよ家霊の表現の一つに数へて、わたくしは知らなかつたにもせよ日頃慰んでゐて呉れたといふことは、いよいよわたくしをして気持を諦め易くした。勿論わたくしに取つてはさういふ性質の仕事の歌ではなかつたのだけれども。それでも、まあ無いよりはいゝ。

で、その方は気がたいへん軽くなつた。それ故にこそ百ケ日が済むと、嘗て父の通夜過ぎの晩に不忍池の中ノ島の蓮中庵で、お雛妓かの子に番《つが》へた言葉を思ひ出し、わ

なくては、その日は嬉しくない。

	一郎は、蒔絵《まきゑ》やうな小さなことには凝らないで、あたまは大まかな方であつた。しかしはしたなさに長じて、意外な蒔絵の好みだつた。「蒔絵は高い」などは、わたくしは思ふ。

たくしの方から逸作を誘ひ出すやうにして、かの女を聘《あ》げてやりに行つた。「そんな約束にまで、お前の馬鹿正直を出すもんぢやない」と逸作は一応はわたくしをとめてみたが、わたくしが「そればかりでもなささうなのよ」と言ふと、怪訝な顔をして「さうか」と言つたきり、一しよについて行つて呉れた。息子の一郎は「どうも不良マダムになつたね」と言ひながら、わたくしの芸術家にしては窮屈過ぎるためにどのくらゐ生きるに不如意であるかわからぬ性質の一部が、こんなことで捌けでもするやうに、好感の眼で見送つて呉れた。

　蓮中庵では約束通りかの女を聘んで、言葉で番へたやうに、かの女のうちで遊んでゐる姐さんを一人ならず聘んでやつた。それ等の姐さんの三味線でかの女は踊りを二つ三つ踊つた。それは小娘ながら水際立つて鮮やかなものであつた。わたくしが褒めると、「なにせ、この子の実父といふのが少しは名の知れた舞踊家ですから」と姐さん芸妓は洩らした。すると、かの女は自分の口へ指を当てて「しつ」といつて姐さんにまづ沈黙を求めた。それから芝居の仕草も混ぜて「これ、こゑが高い、ふなが安い」と月並な台詞の洒落を言つた。

　姐さんたちは、自分たちをお客に聘ばせて呉れた恩人のお雛妓の顔を立てて、ばつを合せるやうにきやあ〳〵と甲高く笑つた。しかし、雛妓のその止め方には、その巫《ふ》山戯《ざけ》方の中に何か本気なものをわたくしは感じた。

その夜は雛妓は、貰はれるお座敷があつて、わたくしたちより先へ帰つた。夏のことなので、障子を開けひろげた窓により、わたくしは中之島が池畔へ続いてゐる参詣道に気をつけてゐた。松影を透して、女中の箱屋を連れた雛妓は木履《ぽつくり》を踏石に当て鳴らして帰つて行くのが見えた。わたくしのゐる窓に声の届きさうな恰好の位置へ来ると、かの女は始めた。

「奥さまのかの子さーん」

わたくしは答へる。

「お雛妓さんのかの子さーん」

そして嘗ての夜の通り、

「かの子さーん」

「かの子さーん」

かう呼び交ふところまでに至つたとき、かの女の白い姿が月光の下に突き飛ばされ、女中の箱屋に罵られてゐるのが聞えた。

「なにを、ぼや〳〵してるのよ、この子は。それ裾が引きずつて、だらしがないぢやありませんか」

はつきり判らぬが、多分そんなことを言つて罵つたらしく、雛妓は声はなくして、裾を高々と捲り上げ、腰から下は醜い姿となり、なほも、女中の箱屋に背中をせつかれせつかれして行く姿がやがて丈高い蓮の葉の葉群れの蔭で見えなくなつた。

その事が気になつてわたくしは一週間ほど経つと堪へ切れず、また逸作にねだつて蓮中庵へ連れて行つて貰つた。

「少しお雛妓マニヤにか丶つたね」

苦笑しながら逸作はさう言つたが、わたくしが近頃、歌も詠めずに鬱してゐるのを知つてるものだから、庇《かば》つてついて来て呉れた。

風もなく蒸暑い夜だつた。わたくしたち二人と雛妓はオレンヂヱードをジョッキーで取り寄せたものを飲みながら頻りに扇風器に当つた。逸作がまた、おまへのうちのお茶ひき連を聘んでやらうかと言ふと、雛妓は今夜は暑くつて踊るの嫌だからたくさんと言つた。

わたくしが臆しながら、先夜の女中の箱屋がかの女に惨《むご》たらしくした顛末《てんまつ》に就いて遠廻しに訊《たづ》ねかけると、雛妓は察して
「あんなこと、しよつちゆうよ。その代り、こつちだつて、ときどき絞つてやるから、負けちやゐないわ」

と言下にわたくしの懸念を解いた。

わたくしが安心もし、張合抜けもしたやうな様子を見て取り、雛妓は、こ丶が言ひ出すによき機会か、たゞしは未だしきかと、大きい袂の袖口を荒掴みにして尋常科の

女生徒の運針の稽古のやうなことをしながら考へ廻らしてゐたらしいが、次にこれだけ言つた。

「あんなことなんにも辛いことないけど――」

あとは謎にして俯向き、鼻を二つ三つ啜つた。逸作はひよんな顔をした。

わたくしは、わたくしの気の弱い弱味に付け込まれて、何か小娘に罠を構へられたやうな嫌気もしたが、行きがゝりの惰勢で次を訊かないではゐられなかつた。

「他に何か辛いことあるの。言つてごらんなさいな。あたし聴いてあげますよ」

すると雛妓は殆ど生娘の様子に還り、もぢ〳〵してゐたが、

「奥さんにお目にかゝつてから、また、いろ〳〵な雑誌の口絵の花嫁や新家庭の写真を見たりして、あたし今に堅気のお嫁さんになり度くなつたの。でも、こんなことしてゐて、真面目なお嫁さんになれるか知ら――それが」

言ひさして、そこへ、がばと突き伏した。

逸作はわたくしの顔をちらりと見て、ひよんな顔を深めた。

わたくしは、いくら相手が雛妓でも、まさか「そんなこともありません。よい相手を摑まへて落籍《ひか》して貰へば立派なお嫁さんにもなれます」とは言ひ切れなかつた。それで、たゞ、

「さうねえ――」

とばかり考へ込んでしまつた。

すると、雛妓は、この相談を諦めてか、身体を擡げると、すーつと座敷を出た。逸作は腕組を解き、右の手の拳で額を叩きながら、「や、くさらせるぞ」と息を吐《つ》いてる暇に、洗面所で泣顔を直したらしく、今度入つて来たときの雛妓は再びあでやかな顔になつてゐた。座につくとしをらしく畳に指をつかへ、「済みませんでした」と言つた。直ぐそこにあつた絵団扇を執つて、けろりとして二人に風を送りにかゝつた。その様子はたゞ鞣《なめ》された素直な家畜のやうになつてゐた。

今度は、わたくしの方が堪らなくなつた。いらつしやいいらつしやいと雛妓を膝元へ呼んで、背を撫でてやりながら、その希望のためには絶対に気落ちをしないこと、自暴自棄を起さないこと、諄々と言ひ聞かした末に言つた。

「なにかのときには、また、相談に乗つてあげようね、決して心細く思はないやうに、ね」

そして、そのときであつた、雛妓が早速あの小さい化粧鞄の中から豆手帳を取り出してわたくしの家の処書きを認めたのは。

その夜は、わたくしたちの方が先へ出た。いつもの通り女中に混つて敷台へ送りに出た雛妓とわたくしの呼び交はす声には、一層親身の響きが籠つたやうに手応へされた。

「奥さまのかの子さーん」

「お雛妓さんのかの子さーん」

「かの子さーん」

「かの子さーん」

わたくしたちは池畔の道を三枚橋通へ出ようと歩いて行く。重い温気《うんき》が籠つた闇夜である。歩きながら逸作は言つた。

「あんなに話を深入りさしてもいゝのかい」

わたくしは、多少後悔に噛まれながら「すみません」と言つた。しかし、かう弁解はした。

「あたし、何だか、この頃、精神も肉体も変りかけてゐるやうで、する事、なす事、取り止めありませんの。しかし考へてみますのに、もしあたしたちに一人でも娘があつたら、こんなにも他所《よそ》の娘のことで心を痺《しび》らされるやうなこともないと思ひますが――」

逸作は「ふーむ」と、太い息をしたのち、感慨深く言つた。「なる程、娘をな」

以前に、かういふ段階があるものだから、今もわたくしは、雛妓が氷水でも飲み終へたら、何か身の上ばなしか相談でも切り出すのかと、心待ちに待つてゐた。しかし

雛妓にはそんな様子もなくて、頻りに家の中を見廻して、くゝみ笑ひをしながら、

「洒落れてるけど、案外小つちやなお家ね」

と言つて、天井の板の柾目を仰いだり、裏小路に向く欄干に手をかけて、直ぐ向ひ側の小学校の夏季休暇で生徒のゐない窓を眺めたりした。

わたくしの家はまだこの時分は雌伏時代に属してゐた。嘗て魔界の一ときを経歴したあと、芝の白金でも、今里でも、隠逸の形を取つた崖下であるとか一樹の蔭であるとかいふ位置の家を選んだ。洞窟を出た人が急に陽の目に当るときは眼を害する惧《おそ》れから、手で額上を覆つてゐるといふ心理に似たものがあつた。今こゝの青山南町の家は、もはや、心理の上にその余翳《よえい》は除けたやうなものの、まだ住ひを華やがす気持にはならなかつた。

それと逸作は、この数年来、わたくしを後援し出した伯母と称する遠縁の婦人と共々、諸事を詰めて、わたくしの為に外遊費を準備して呉れつゝあつた。この外遊といふことに就いては、わたくしが嘗て魔界の一ときの中に於て、食も絶え、親しむ人も絶え、望みも絶えながら、匍《は》ひ出し盛りの息子一郎を遊ばし兼ねて、神気朦朧とした中に、謡ふやうに言つた。

「今に巴里《パリ》へ行つて、マロニヱの花を見ませうねえ。シャンゼリゼーで馬車に乗りませうねえ」

それは自分でさへ何の意味か判らないほど切ないまぎれの譫言《うはこと》のやうなものであつた。頑是ない息子は、それでも「あい、——あい」と聴いてゐた。

この話を後に聴いて、逸作は後悔の念と共に深く心に決したものがあるやうであつた。「おまへと息子には、屹度《きつと》巴里を見せてやるぞ」と言つた。恩怨の事柄は必ず報ゆる町奴《まちやつこ》風の昔気質の逸作が、かう思ひ立つた以上、いつかそれが執り行はれることは明かである。だが、すべてが一家三人数珠繋《じゆずつな》がりでなければ何事にも興味が持てなくなつてゐるわたくしたちの家の海外移動の準備は、金の事だけでも生やさしいものではなかつた。それを逸作は油断なく而も事も無げに取計らひつゝあつた。

「いつ行かれるか判らないけれど、ともかくそのための佗住居よ」

わたくしは雛妓に訳をざつと説明してから家の中を見廻して、

「ですからこゝは借家よ」と言つた。

すると雛妓は、

「あたしも、洋行に一緒に行き度い。ぜひよ。ねえ、奥さん。先生に頼んでよ」

と、両手でわたくしの袂を取つて、懸命に左右へ振つた。

この雛妓は、この前は真面目な嫁になつて身の振り方をつけ度いことを望み、けふはわたくしたちと一緒に外遊を望む。言ふことが移り気で、その場限りの出来心に過ぎなく思へた。やつぱりお雛妓はお雛妓だけのものだ。もはや取るに足らない気がして、わたくしはたゞ笑つてゐた。しかし、かうして、一先づ関心を打切つて、離れた目で眺める雛妓は、眼もあやに美しいものであつた。

備後表の青畳の上である。水色ちりめんのごり〳〵した地へもつて来て、中身の肉体を圧倒するほど沢瀉《おもだか》とくわんぜ水が墨と代赭《たいしや》の二色で屈強に描かれてゐる。そしてよく見ると、それ等の模様は描くといふよりは、大小無数の疋田の鹿の子絞りで埋めてあるだけに、疋田の粒と粒とは配し合ひ消し合ひ、衝《う》ち合つて、量感のヴァイヴレーションを起してゐる。この夏の水草と、渦巻く流れとを自然以上に生き〳〵としたものに盛り上らせてゐる。

あだかも、その空に飛ぶやうに見せて、銀地に墨くろ〴〵と四五ひきの蜻蛉《とんぼ》が帯の模様によつて所を得させられてゐる。

滝の姿は見えねど、滝壺の裾の流れの一筋として白絹の帯上げの結び目は、水沫の如く奔騰して、そのみなかみの鞺々《たうく》の音を忍ばせ、そこに大小三つほどの水玉模様が撥《は》ねて、物憎さを感ぜしむるほどの気の利いた図案である。

かうは見て来るものの、しかし、この衣裳に覆はれた雛妓の中身も決して衣裳に負けてゐるものではなかつた。わたくしは襟元から顔を見上げて行く。

永遠に人目に触れずしてかつ降り、かつ消えてはまた降り積む、あの北地の奥のしら雪のやうに、その白さには、その果敢《はか》なさの為に却つて弛めやうもない究極の勁い張りがあつた。つまんだ程の顎尖《あごさき》から、丸い体の半へかけて、人をたばかつて、人は寧ろそのたばかられることを歓ぶやうな、上質の蠱惑《こわく》の影が控目にさし覗いてゐる。澄ましてゐても何となく微笑の俤《おもかげ》があるのは、豊かだがうひ〳〵しい朱の唇が、やゝ上弦の月に傾いてゐるせゐでもあらうか。それは微笑であるが、しかし、微笑以前の微笑である。

鼻稜はやゝ顔面全体に対して負けてゐた。けれどもかゝる小娘が今更に、女だてら、あの胸悪い権力や精力をこの人間の中心の目標物に於て象徴せずとも世は過して行けさうに思はれる。雛妓のそれは愛くるしく親しみ深いものに見えた。

眼よ。西欧の詩人はこれを形容して星といふ。東亜の詩人は青蓮に譬へる。一々の諱《いみな》は汝の附くるに任せる。希《ねが》はくはその実を逸脱せざらんことを。わたくしの観る如くば、それは真夏の際の湖水である。二つが一々主峰の影を濃くひたして空もろ共に凝つてゐる。けれども秋のやうに冷やかではない。見よ、眄視《べんし》、流目《りうもく》の間に艶やかな煙霞《えんか》の気が長い睫毛《まつげ》を連ねて人に匂ひかゝることを。

眉へ来て、わたくしは、はたと息詰まる気がする。それは左右から迫り過ぎてゐて、その上、型を当てて描いたもののやうに濃く整ひ過ぎてゐる、何となく薄命を想はせる眉であつた、額も美しいが狭まつてゐた。

けふは、髪の前をちよつとカールして、水髪のやうに捌《さば》いた洋髪に結つてゐた。

心なしか、わたくしが、父の通夜明けの春の宴に不忍の蓮中庵ではじめて会つた雛妓かの子とは殆ど見違へるほど身体にしなやかな肉の力が盛り上り、年頃近い本然の艶めきが、坐つてゐるだけの物腰にも扮飾を透けて潤んでゐる。わたくしは思ふ、これは商売女のいろ気ではない。雛妓はわたくしに会つてから、ふとした弾みで女の歎きを覚え、生の憂愁を味はひ出したのではあるまいか。女は憂ひを持つことによつてのみ真のいろ気が出る。雛妓はいま将に生娘の情に還りつゝあるのではあるまいか。わたくしは、と見かう見して、とき〴〵は、その美しさに四辺を忘れ、青畳ごと、雛妓とわたくしはいつの時世いづくの果とも知らず、たつた二人きりで揺蕩《えうたう》と漂ひ歩く気持をさせられてゐた。

　雛妓ははじめ商売女の得意とも義務ともつかない、しらばくれた態度で姿かたちをわたくしの見検《たしか》めるまゝに曝《さら》してゐたが、夏のたそがれ前の斜陽が小学校の板壁に当つて、その屈折した光線が、この世のものならずフォーカスされて窓より入り、微妙な明るさに部屋中を充たした頃から、雛妓は何となく夢幻の浸蝕を感じたらしく、態度にもだん〳〵鯱《しやつちよこ》張《ば》つた意識を抜いて来て、持つて生れた女の便りなさを現はして来た。眼はうつろに斜め上方を見ながら謡ふやうな小声で呟き出した。

「奥さまのかの子さーん」

　わたくしは不思議とこれを唐突な呼声とも思はず、木霊のやうに答へた。

「お雛妓さんのかの子さーん」

二三度呼び交はしたのち、雛妓とわたくしはだん〳〵声を幽《ひそ》めて行つた。

「かの子さーん」

「かの子さーん」

そして、その声がわたくしの嘗て触れられなかつた心の一本の線を震はすと、わたくしは思はず雛妓の両手を取つた。雛妓も同じこゝろらしく執られた両手を固く握り返した。手を執り合つたまゝ、雛妓もわたくしも今は惜しむところなく涙を流した。

「かの子さーん」

「かの子さーん」

涙を拭ひ終つて、息をたつぷり吐いてからわたくしは懐し気に訊いた。

「あんたのお父さんはどうしてるの。お母さんはどうしてゐるの。そしてきやうだいは」

すると雛妓は、胸を前へくたりと折つて、袖をまさぐりながら、

「奥さま、それをどうぞ訊かないでね。どうせお雛妓なんかは、なつたときから孤児なんですもの――」

わたくしは、この答へが殆ど逸作の若いときのそれと同じものであることに思ひ当り、うたゝ悵然《ちやうぜん》とするだけであつた。そしてどうしてわたくしには、かう孤独な寂し

い人間ばかりが牽《ひ》かれて来るのかと、おのれの変つた魅力が呪はしくさへなつた。
「いゝですく〳〵。これからは、何でもあたしが教へたり便りになつてあげますから、このうちもあんたの花嫁学校のやうなつもりで暇ができたら、いつでもいらつしやいよ」

するとと雛妓は言つた。

「あたくしね、正直のところは、死んでもいゝから奥さまとご一緒に暮したいと思ひますのよ」

わたくしは、今はこの雛妓がまことの娘のやうに思はれて来た。わたくしはそれに対して、わたくしの実家の系譜によるわたくしの名前の由来を語り、それによれば例へあんたのは芸名にもせよお互の名前には女丈夫の筋があることを話して力を籠めて言つた。

「心を強くしてね。きつとわたくしたちは望み通りになれますよ」

日が陰つて、そよ風が立つて来た。隣の画室で逸作が昼寝から覚めた声が聞える。

「おい、一郎、起きろ。夕方になつたぞ」

父の副室を居室にして、そこで昼寝してゐた一郎も起き上つたらしい。

二人は襖を開けて出て来て、雛妓を見て、好奇の眼を瞠《みは》つた。雛妓は叮嚀に挨拶した。

逸作が「い、人でも出来たので、その首尾を奥さんに頼みに来たのかい」なぞと揶揄《からか》つてゐる間に、無遠慮に雛妓の身の周りを眺め歩いた一郎は、抛《はふ》り出すやうに言つた。

「けつ、こいつ、おかあさんを横に潰《つぶ》したやうな膨れた顔をしてやがら」

するど雛妓は、

「はい、はい膨れた顔でもなんでもようございます。いまにお母さんにお願ひして、坊つちやんのお嫁さんにして戴くんですから」

この挨拶には流石に堅気の家の少年は一堪りもなく捻られ、少し顔を赧らめて、

「なんでい、こいつ――」

と言つただけで、あとはもぢ〳〵するだけになつた。

雛妓は、それから長袖を帯の前に挟み、老婢に手伝つて金盥の水や手拭を運んできて、二階の架け出しの縁側で逸作と息子が顔を洗ふ間をまめ〳〵しく世話を焼いた。それは再び商売女の雛妓に還つたやうに見えたけれども、わたくしは最早かの女の心底を疑ふやうなことはしなかつた。

暗くならないまへ、雛妓は、これから帰つて急いでお風呂に行きお夜食を済ましてお座敷のかゝるのを待つのだと告げたので、逸作はなにがしかの祝儀包を与へ、車を呼んで乗せてやつた。

わたくしたちは、それから息子の部屋へデッサンの描きさしを見に行つた。モデルに石膏の彫像を据ゑて息子は研究所の夏休みの間、自宅で美術学校の受験準備の実技の練習を継続してゐるのであつた。電灯を捻つて、

「こゝのところは形が違つてら、かう直せよ」

逸作が、消しパンで無造作に画の線を消しにかゝると、息子はその手に取り付いて、

「あ、あ、だめだよ、だめだよ、お父さんみたいにさう無闇に消しちや」

消させぬと言ふ、消すと言ふ。肉親の教師と生徒の間に他愛もない腕づくの教育が始まる。

わたくしはこれを世に美しいものと眺めた。

それから、十日経つても二十日経つても雛妓は来ない。わたくしは雛妓が、商売女に相応しからぬ考へを起したのを抱主に見破られでもして、わたくしの家との間を塞がれてでもゐるのではないかと心配し始めた。わたくしは逸作に訴へるやうに言つた。

「結局、あの娘を、あゝいふ社会へは永く置いとけませんね」

「といふと」逸作は問ひ返したが、すぐ彼のカンを働かして、

「思ひ切つて、うちで、落籍でもしちまはうと言ふのか」

それから眼瞼《まぶた》を二つ三つうち合はして分別を纏めてゐたが、

「よからう。俺がおまへに娘を一人生ませなかつた詫だと思へば何でもない。仕儀に

よつたらそれをやらう」

　逸作は、かういふ桁外れの企てには興味さへ湧かす男であつた。

「外遊を半年も延ばしたらその位の金は生み出せる」

　二人の腹はさう決めて、わたくしたちは蓮中庵へ行つてもう一度雛妓に会つてみることにした。そのまへ、念のためかの女が教へて置いた抱主の芸妓家へ電話をかけてみる用意を怠らなかつた。すると、雛妓は病気だといつて実家へ帰つたといふ。その実家を訊きたゞして手紙を出してみると、移転先不明の附箋が附いて返つて来た。

　しかし、わたくしは決して想ひを絶たなかつた。あれほど契《ちぎ》つた娘には、いつかどこかで必ず廻り合へる気がして仕方がないのであつた。わたくしは、その想ひの糸を片手に持ちながら、父の死以来、わたくしの肩の荷にかゝつてゐる大役を如何なる方《はう》図《と》によつて進めるかの問題に頭を費してゐた。

　若さと家霊の表現。この問題をわたくしはチュウインガムのやうに心の歯で噛み挟み、ぎちや〳〵毎日噛み進めて行つた。

　わたくしを後援する伯母と呼ぶ遠縁の婦人は、歌も詠まないわたくしの一年以上の無為な歳月を、もどかしくも亦、解《げ》せなかつた。これは早く外遊さして刺戟するに如《し》かないと考へた。伯母は、取つて置きの財資を貢ぎ出して、追ひ立てるやうにわたくしの一家を海外に送ることにした。この事が新聞に発表された。

いくつかの送別の手紙の中に、見知らぬ女名前の手紙があつた。展くと稚拙な文字でかう書いてあつた。

奥さま。かの子は、もうかの子でなくなつてゐます。違つた名前の平凡な一本の芸《げい》妓《しや》になつてゐます。今度、奥さまが晴れの洋行をなさるに就き、奥さまのあのときのお情けに対してわたくしは何を御礼にお餞別しようかと考へました。わたくしは、泣く〳〵お雛妓のときのあの懐しい名前を奥さまにお返し申し、それとお情けを受けた歳の十六の若さを奥さまに差上げて、幾久しく奥さまのお若くてお仕事遊ばすやうお祈りいたします。たゞ一つ永久のお訣れに、わたくしがあのとき呼び得なかつた心からのお願ひを今、呼ばして頂き度うございます。それでは呼ばせて頂きます。

おかあさま、おかあさま、おかあさま——

むかしお雛妓の
かの子より

奥さまのかの子さまへ

わたくしは、これを読んで涙を流しながら、何か怒りに堪へないものがあつた。わたくしは胸の中で叫んだ。「意気地なしの小娘。よし、おまへの若さは貰つた。わたしはこれを使つて、つひにおまへをわたしの娘にし得なかつた人生の何物かに向つて闘ひ挑むだらう。おまへは分限に応じて平凡に生きよ」

わたくしはまた、いよ〳〵決心して歌よりも小説のスケールによつて家霊を表現することを逸作に表白した。

逸作はしばらく考へてゐたが、

「誰だか言つたよ。日本橋の真中で、裸で大の字になる覚悟がなけりや小説は書けないと。おまへ、それでもいゝか」

わたくしは、ぶる〳〵震へながら、逸作に凭《もた》れて言つた。

「そのとき、パパさへ傍にゐて呉れれば」

逸作はわたくしの手を固く握り締めた。

「俺はゐてやる。よし、やりなさい」

傍にこれを聴いてゐた息子は、何気なく、

「こりや凄えぞ」

と囃した。

仏教読本（抄）

第一課　悲観と楽観

悲観も突き詰めて行つて、この上悲観の仕様も無くなると楽観に代ります。今まで泣き沈んでゐた女が気が狂つたのでなく静かに笑ひ出すときがそれであります。さればとて捨鉢の笑ひでもありません。訊いてみると、「ただ何となく」といひます。私はその心境をしみじみ尊いものに思ひます。

心の底は弾機仕掛《ばねじか》けになつてゐるのでありませうか。どの感情の道を辿つて行つても真面目に突き詰めて行けば屹度《きつと》その弾機《ばね》に行き当るのでせうか、必ず楽観に弾ね上つて来ます。

「おあん物語」といふ古書があります。家康の軍勢に大阪城が取囲まれ、落城する砌《みぎり》の実状を、そのとき城中にあつた、おあんといふ女の想出話の記録であります。

落城も程近い城中にあつて当時若い腰元のおあんはその朋輩と共に、将卒が取つて来たたくさんの敵の首の歯におはぐろを塗つてゐるのであります。

将卒たちは自分が取つて来た敵の首が白歯のままであるとそれは敵軍の士卒の首であることが判るので、おはぐろを塗つて貰つて将士の首に見せかけ主人達の感賞に預らうとするのであります。その役を、危険な混雑な落城も程近い城中にあつて心弱い若い女のおあんたちは取乱した様子もなく無雑作にやつてゐるのでありました。悲観の極の楽観と同様、せつぱつまつた時の落ちつきです。

憂きことのなほこの上に積れかし
限りある身の力試めさん

これは尼子十勇士の一人の山中鹿之助が主家の再興を図りましたけれども、ほとんど絶望であることが発見されてのち詠み出でた歌であります。ちよつと見ると破れかぶれの歌にも見えますけれどもそうではありません。悲観の極は例の弾機仕掛けに弾ね上げられ、人生を見直し出した従容《しようよう》たる態度の歌であります。蕭条《しようじよう》たる秋風《しゆうふう》に鎗《やり》を立て、微笑む鹿之助の顔が眼に泛《うか》ぶのであります。

「男が話が判つて来るのは一度首の座に直つてからだ。」私の母は、その父の郷士で儒者であつた人が、しじゆうこう口癖に言つてゐたといふことを、よく幼時の私に話して聞かせました。その郷士は横浜開港などにも関係し、相当、危険な幕を潜つた体験ります。

を持つた人だそうです。

「首の座に直る」といふことは悲観の極を一度味つたことのある人といふことでありませう。それを通り越して来たものは人力の如何ともすべからざること、人力以上のものあること、それ等を体験的に弁《わきま》へた人であるが故に、我執も除かれ、万事、実相に明かな眼で誰人《たれびと》とも応酬出来る。そこを「話が判る」と言つたのでせう。私は当時幼くもあり、また女のことでもあり、何を母がいふかとぐらゐにしか思つてゐませんでしたが、この頃はときどき昔の人はうまい表現をしたものだと思ひ出すことがあります。

悲観を突き詰めて行かなければならない事件やら境遇やらには誰しも出会ひたくありません。けれども、退引《のつぴき》ならざるを得ない場合が、絶対に来ないとは誰しも断言出来ません。しかし、その場合にも、誰の心にも弾機仕掛けがあつて、どうやら人生を見直さして呉れるといふことは、たしかに信じ得られる事実です。

それにしても、私たち人間には悲観の際、悲観の原因や感情の由来をたださずに、ただ理由《わけ》もなく悲観の感慨に耽る傾向のあるのは気を付けねばなりません。

また人生の秘機《ひみつ》を探るのは、必ずしもそうした稀な場合のみでなく、日常生活の平凡事中にいくらもそういふ機会が待つてゐることは心得置くべきことだと思ひます。

仏教では、平常の時のこの心構へを「静中《せいちゆう》の工夫《くふう》」と言ひ、非常の場合を「動中の工

夫」と言ひます。平常無事の際も、非常危急の場合も、落付いて物事の筋目を見究め、

同時に自分の心の動きを観察して行かなければいけません。これをまづ仏教の第一の

心得としてあります。そして人間の心には、人世のあらゆることを凌《しの》ぎ且つ無限に向

上せしめて行く力があることを信じます。これが仏教の第一歩で、心を信ずるゆゑに

之れを信心と言ひます。

第六課　人情に殉じ、人情を完うす

或る人が、あるところへ後妻を世話しました。ところが、その媒酌人《なこうど》のところへ、

後妻に世話した女が泣き込んで来ました。

その媒酌人はなか〳〵苦労をして、人情にも道理にも通じたところがありました。

その場で次のやうな対話が交はされました。

「まあ、そう泣いてばかり居ないで、理由を話しなさい。何かね、やつぱり御主人と

の仲がしつくり行かないかね。」

「い丶え、主人は大層良くして呉れますので有難い幸福《しあわせ》なことだと思つて居ります。

然し、前の先妻《かた》の遺して行かれた娘さんが一人、どうにも私に懐《なつ》かないのでございま

す。」

「ふーむ。どういふ風に懐かないんだね。」

「わたくしが全く実の母親の気持ちになり切つて、世話をしてやりますのに、振り切つて、わざと他所々々《よそ》しくするのでございます。まるで面当てがましいやうな素振りさへするのでございます。」

「どんな風にだね。」

「今日のお昼に、わたくしが、親身のやうな愛情を示さうと、試しに娘の食べかけの残したお菜《かず》に箸をつけやうとしますと、娘はその皿を急に引つたくりまして、お母様、これは私の食べかけでございます。汚なうございます。お母様のは、そちらにちやんとございますと言つて、その食べかけのお菜を猫にやつてしまひました。

これでは、まるでわたくしに恥を掻かせるやうなものではございませんか。その前にも、わたくしは、わたくしの少し派手過ぎた着物を娘に仕立て直してやりませうとしますと、どうしても断つて仕立て直させません。これでは全く継母扱ひをまざ〳〵鼻の先に見せつけられるやうなものでございます。わたくしはもう堪りません。それで御相談に参つたのでございます。」

これを聴いて暫時《しばらく》黙つて居た媒酌人が突然こう訊ねました。

「ちよつと伺ふが、その娘さんは、あなたが生んだ娘さんかね。」

あんまり馬鹿な訊ね方なので、後妻の女はむつとしました。

「――冗談仰しやらないで下さいませ。生みの娘なら、なんでこの苦労はいたしませう。なさぬ仲には極まつて居ります。あなたも妙なことを仰しやいます。」

「ふーむ。やつぱり継子《まゝこ》なのか。」媒酌人は念を押すやうに、そう言つて、それから次のやうに言ひました。

「まあ。落付いてよく聴きなさい。継子なら継子のやうに扱ひなさるが当然だ。それを実の子のやうにしやうとしなさるから、そこに無理が出るのだ。だが誤解をしては困るよ。継子だからとて世間によくある継子苛めをしなさいと言ふのではないのだよ。あれは継子の扱ひではなくて、鬼の扱ひだ。人間の扱ひ方ではない。私の言ふ継子の扱ひといふのは、兎に角、自分の生んだ子供ではない。だから親身の母子《おやこ》の情の出ないのは当り前だ、それを無理に出さうとすれば、自然、何処かからお剰銭《つり》（反動《しかへし》）が出て来るにきまつてゐる。だから、その無理は止めるとして、その代りに、人様の生んだ子だ。而《しか》もその家に取つては嘗《かつ》て心棒《しんぼう》であつた先妻の生んで遺して行つた遺児《わすれがたみ》だ。そこをとつくり胸に入れて、大事な品物を預つたつもりになりなさい。元来、大事な預り物ゆゑ、少しくらゐ嵩張《かさば》らうが、汁が浸潤《にじ》み出やうが、そつくりそのまゝ大事に預つて置く。それともう一つ、こういふ気持ちが肝腎だ。なにしろその娘は、実母の無い孤児《みなしご》なのだ。孤児と言へば女の身として誰でも同情が湧く。あなたは、その娘さんを身内のものとも何とも考へず、ただ世の中に一人淋しく、母に死に別れた憐れな孤児が居るといふところへ眼をつけて、労《いたは》つてやりなさい。孤児とある以上、多少、捻《ひね》くれや僻《ひが》みがあつても致し方はない。その児の罪ではなく、不運の罪だ。せいぜいそう思つて面倒を見てやる。まあ、その辺のところで辛抱しなさるんだね。」

後妻の女は、まだ本当には腑に落ちぬらしく、はつきりしない顔付きで帰つて行きました。

それからその女は、しばらく媒酌人の家へ来ないので、媒酌人の家ではどうしたのだらうと噂などして居ましたところへ、ひよつくり、土産物なぞ持つて訪ねて来ました。媒酌人は訊ねました。

「継子の様子はどうだね。」

すると後妻の女は不快な顔をして、

「継子なんて言葉をお使ひなさらないで下さいましよ。此頃はもう親身の親子以上。」

そこで媒酌人は頭を掻いて言ひました。

「ほうこれは失言した。失礼々々。」

後妻の女は朗らかな声で家庭のこと、世間のこと、何気なしに面白そうに語つて帰つて行きました。

× × × × ×

七《しち》里《り》恒順《こうじゆん》といふ幕末から明治へかけて生きて居られた浄土真宗の名僧があります。

その人の言葉に、

「月を盥《たらひ》の水に映すのに、映さう〳〵と焦つて盥を揺り動かしたら、月影は乱るゝ許《ばか》りである。何の気なしに抛《ほ》つて置くと、いつの間にやら月は盥の中に丸く映つて居る。」

普通のことのやうですが、本当の体験を、月と盥に事よせて語つて居るので、普通の中に言ひ知れぬ趣《おもむき》があります。

第十四課　涙の価値

物事をいい加減にしてゐれば涙はありません。苦しくないからです。物事を真面目に考へて、まともに向ふと涙があります。苦しいからです。

なぜ、いい加減にしてゐれば苦しくなく、真面目になると苦しいのでせうか。いい加減にしてゐると、矛盾も矛盾に見えず、より良きものが眼につかないからです。今の状態でもどうやらお茶が濁せるからです。それで苦しくありません。反対に、真面目になつて、まともに向ふと、矛盾が目につき、より良きものが望まれ、現状にひどい不満を感じて来るからです。それで苦しみます。

人間にあつて、何が一番深刻な矛盾であつて、いつが一番より良きものを望む時でせうか。仏教にあつては、私たちの内部に「菩提心《ぼだいしん》」が蠢《うご》めくときがそれであるといたします。

「菩提心」とは何でせうか、自分を良くし、人も良くしやうといふ願ひ心です。自分も、この上もない智慧を開いて円満無欠な人格に到達し、人も同じくその幸福にあらしめやうと願ふ心であります。

そんな遠方なものを望んで、今日只今の、この苦しみ、この涙があるのかと不思議がられる方があるかも知れません。そうです、あるのです。事情や形は、さま〴〵に変つてゐても、その苦しみ、その涙が、真面目なものである限り、その底には、屹度「菩提心」が蠢《うご》いてゐるのです。

良心といふものは時代によつて変り、周囲の情勢によつて変ることもあります。自分の肉体の貞操を売つても、夫へ心の貞操を捧げるのを良しと認めた封建時代の女性の良心は、もう今日の女性の良心ではありません。しかし「菩提心」は、時代により情勢によつて変るものではありません。人間がある限り、その中に在つてその発展の方向を示し、これを浄化推進して行く羅針盤兼、白血球であります。

白血球といふものは、悪い黴菌が潜入するとき血液内に待受けてゐて喰ひ殺す役目を勤める肉体の保護者です。私たちはそれが居るとは知らずに、血液を浄化されてゐます。私たちは菩提心ありとは知らずに、心の清純を保たされてゐます。

もし良心が時代々々に於て、道徳維持の適応性を持つて来たとしたなら、その良心をしてそうあらしめたものは、その底にある「菩提心」です。

自動車が走つてゐるとき曲り道の急角度《カーヴ》に出会ふと運転手は急に制動機《ブレーキ》をかけます。あの強い反動と、歯止めの軋《きし》る音は、今まで快速力を楽しんでゐた乗客には、かなり不快なことに違ひはありません。しかしそのため乗客は生命を救かります。

私たちが、生活といふ自動車に乗つて、人生の路を気儘に走つてゐるとき、誤ちの曲り角へ来ると、「菩提心」は急に制動機をかけます。そのとき身に感ずる強い反動が苦しみで、歯止めの軋る音が涙です。しかし、その為め心の生命は救かります。

私たちを苦しみや涙が誘ふとき、それを徒然《なほざり》にせず、その原因を深く辿つて行くとき必ずこの心の発露に出会ひます。そしてその心の指図によつて新しく正しき人生の方向を執ります。方向転換のときは流石に辛くあります。しかし、それを越すと何か真直なものに沿ふて行く気がして心は軽く確かになります。

故に涙は反省の機会、余滴です。人生航路の方向の検査水準です。この貴い価値を使はねばなりません。「生の苦しみ」といふ事があります。旧き生から新らしき生を生み出すときには、必ず苦悩があります。涙があります。樹が芽を吹くとき、樹の皮に現れるものはまづ疵です。苦悩です。次に樹脂――つまり涙です。そして新しい生なる五月の新緑が芽生へます。

わざ〳〵疵をつけて涙の価値を取出すことさへこの世の中にはあります。たとへば、ゴムです。ゴムは、ゴムの樹が幹に疵をつけられて苦しさのあまりにじみ出した樹の涙です。涙であるが故にゴムは柔かく、しかも、ねばり強く、辛棒強くあります。

涙の価値を払つて、人生の意義を求める道理を人格化して、仏教で説いたものに、常啼《じょうたい》菩薩といふのがあります。私たちは真面目になればなるほど、一面、常啼菩薩です。

第十五課　無　駄

「自分がいくら骨を折つて行《や》つても、することなすことみな無駄になる。」

苦学をして勉強して居た一青年が、こう歎じました。実際彼が骨を折つてなしたことがみな無駄だつたやうに見えました。彼はすつかり懐疑家になり、しばらく呆然《ぼんやり》として暮して居ましたが、反撥心を起して、こう言ひました。

「こうなつたら、もう自暴《やけ》だ。今度は逆に、無駄なことばかりしてやらう。」

青年はそう決心はつきましたもの丶、さて、その決心に添ふやうな無駄事を探す段になつて、はたと行き詰りました。世の中の事は何一つとして必ず何か用途を伴ふものので、全く無駄といふものはない。いいふてて、ごろりと寝て居ることさへ、身体の休養になつてしまふ。

消炭の屑は鍋釜の磨き料《りょう》になるし、コロップの捨てたのは焼いて女の黛《まゆずみ》になるし、鑵詰の空鑵は魚釣りの餌入れになるし、玉子の殻はコーヒーのアク取りになるし、南《かぼ》瓜《ちゃ》のヘタは彫つて印になるし、首のもげた筆の軸は子供の石鹸《しやぼん》玉吹きになるし、菜切庖丁の使ひ減らしたのは下駄の歯削りになるし、ズボンの古いのは、切つて傘袋になるし――。青年は家の中を見廻はして、あまり無駄なもの丶ないのに圧迫を感じて居《ゐ》堪《たた》まれなくなつて表へ飛び出しました。

　青年はふとラヂオ店の前に立ちました。某水産技師の講演放送中でありました。

「みなさん、あの何万粒の数の子の中から孵《かへ》つて鰊《にしん》になるのは、ほんの二三匹に過ぎないといふことを聴いて驚かれるかも知れません。自然は何といふ無駄をさせるだらうと。然し、それは人間の頭の考へであります。自然にしたらば、始めからその何万粒の無駄を承知で、その中のいくらかの鰊の生《せい》を世に送るのであります。若し何万粒の無駄がなかつたら、そのいくらかの鰊の生も無いのであります。

　従つて自然に於いては、いくらかの鰊の生の為めに他の何万粒の犠牲は無駄どころか当然無かるべからざる用意なのであります。故に、自然は、その何万粒のどれにも厚薄の無い同等の念を入れて世に送るのであります。それを無駄と考へるのは人間の頭であります。ここに自然の考へと、人間の考へとのスケールの大きさが違ふのであります。」

　もう青年は、これ以上聴く必要はありませんでした。無駄をしまい〳〵といふ考へは却つて無駄をすることになるのだ。それは丁度生きるだけの鰊の数しか数の子の粒を用意しないやうなものだ。孵らないにきまつてゐる。その中に無駄のあることを予想してかかる仕事こそ、却つてその無駄を意義あらしめる結果になるのだ。自然が何万粒の数の子を、いくらかの鰊として予算するやうなものだ。そう考へ付いた青年は、腕組みして、強い息を吐きながら、折りしも点《つ》きかけた町のネオンサインの旋廻を眺めながら言ひました。

「僕も、無駄を平気でやれるやうな人間にならう。」

第十七課　誘　惑

むかし、或るところに老婆がありましたが、一人の禅僧に庵を建てゝやり、衣食を送つて修業を資《たす》けて居りました。二十年間それを続けました。そこで老婆が思ふのには、もうあの禅僧も可なり修業が積んだであらう。一つ試してみやう。老婆はどんなメンタルテストをしたかと言ふと、自分の腰元の中でも、年頃で一ばん美人の女を選びまして何やらそつと命令《いひつ》け、かの禅僧の修業して居る庵室へ行かせました。

若い腰元は庵室を覗いて見ますと、かの僧は室の中央《まんなか》に静に坐禅を組んでゐました。そこへづか〳〵と寄つて行つて彼女はいきなり禅僧にもたれかゝり「あなた、こうして、どんな気持ち」と言ひました。すると僧は、顔色一つ動かさず、「枯木寒巌《こぼくかんがん》に倚《よ》る、三冬暖気無し」と言ひ放ちました。「まるで枯木が冷え切つた岩に倚りかかつたやうなものさ、寒の真最中吹き曝しの気持ちだ」と言ふわけです。

若い腰元は、試験も済んだので、老婆のところへ戻つて行き、僧の一件《いちぶじじゆう》を報告しました。禅僧の謹厳な様子に、感心すると思ひの外、老婆は大変怒りまして「思ひの外俗物の僧を永らく優待して居た。わたしは見込み違ひをして居た」と言つて、その僧を追ひ出し、住まはして居た庵室まで穢《けが》らはしいと言つて焼き払ひました。

この話は「婆子焼庵《ばししようあん》」といふ題で、禅家の方の公案になつてゐまして、なか〳〵研究がむづかしい問題です。

つまり僧の態度は、実在方面一方の人生の解釈で、まるで人間味がありません。これでは草木も同様です。それで老婆は俗物と罵つて怒つたのでした。この老婆には大乗仏教的の鑑識眼があるといふわけです。

禅宗の方の公案の研究といふものは、一寸見ると非常識な遣り方に見えますが、案外怜悧《りこう》な遣り方で、人生に対する態度の雛型を一室の中で師匠と弟子とが実地のつもりで研究するのでありまして、いはば礼儀作法の稽古を小笠原流の先生と生徒とが、客となり主人となつて雛型でやる、あれと同じやうなもので、ただ内容が思想的に深刻な違ひだけです。

ですから、あの若い腰元がもたれかかつたのを実際世間上の場合に見立てれば、一人の女性に恋をし向けられた場合と見て取つてもいゝわけです。その場合一人の男性として取るべき態度はいかに。この問題解決の研究です。無論その男性が、女性の恋を享《う》け容れゝば問題はありませんが、相手は見ず知らずの女性です。たとへ向ふはこつちの男性をよく飲み込んでそれから恋したにもせよ、こつちの男性は始めて会ふ女性です。少くとも心を打開けられたのは始めての場合です。かういふ場合には、一人前の教養も、情操も、人情もある男性として、一旦は断るにしろ或は永久に断るにしろ、相手の女性に恥をかかさず、さればといつて自分の品位も堕さず、然るべき人情味のある処置と言葉がありそうなものです。あの枯木寒巌の如しと言つて澄まし返つた僧のやうな態度、言葉を実際にしたなら、相手の女性は一生恨み切るか、反撥的に自殺もしかねまじきあしらひ方です。老婆の非難はそこにあるのでせう。

同じ断り方でも、その女性の気持ちを汲みながら、無邪気ににつこり笑つて「あなたが私をどんなに愛して下さつても、私は仏に仕へる身ですから、あなたの愛を受ける事が出来ません。さあ早くお帰りなさい。」とでも言ひきかせて、肩へかけられた手をそつと外《は》づしてのければ、あとはどちらも気持ちよく別れることが出来ませう。二十年も修業して、このくらゐな自由な処置が取れないとは、まだ生《なま》なところがある。誘惑に負けまいと一生懸命、肩肘張つて、非人情に噛《かぢ》りついてゐなければならないとは、まだどこか心に弱いところがある。そこを老婆は見破つたのです。

仏教では、誘惑を避けて逃がれるのは人生の達人でないと断定します。どんな誘惑の中に入つても、その誘惑に染まぬばかりか、却つていつの間にか、こちらからその誘惑をうまく支配してしまう。その効果を仏教では「愛染行《あいぜんぎよう》」と言ひます。仏教修業の結果どんな熾烈《さかん》な愛慾や誘惑の中に入つても、これをよく節度して、その悪果に染まないやうに、その心身を自由に、大きく、且つ確つかりさせるのです。丁度「泥中の蓮の花」のやうに、雑多な野心や誘惑や愛慾の真只中に生活しながらもその汚れに染まず、而かもその慾望、誘惑をうまく消化善用して立派な人格完成、絶対の安心、無上の幸福といふ花を咲かせるのです。これが本当の仏教が勇ましく私たちに教へ勧める処生法であり、先刻の禅僧と言へども、この事を体得しなければ俗人に劣ると言はねばなりません。浮世を隠遁したり、誘惑を恐れて必死になつて逃げやうとするなどは仏教の方でも低劣な小乗仏教と言つて嫌ひます。以上述べましたことは外部からの誘惑でありましたが、心内から起る慾望の誘惑も全く同じでであります。

第二十二課　敵、味方　一

敵が相手側にばかりあるかと思へば自分の中にもあります。自分の中にある敵を「反省」といひます。

「反省」が出て来るといふことは辛いものです。自分が二派に分れてその一方が今まで味方だとばかり思つて居た一方の自分をたちまち衣を奪つて追ひ散らすのですから、そして新らしく起つた自分の中の敵が勝鬨《かちどき》を挙げるのですから、こんな苦々しい事はありません。

しかし、この苦々しさを身内で繰返して置くときは、外の本当の敵に向つたとき、もはや演習済みですから、大変楽です。その敵対処置を知つてゐてぴし／＼と節に当つた所置が出来るのですから。反省の深刻なのは懺悔です。真理の前に、真理ならぬ自分の部分を責め捨て／＼して遂に真理に沿ふ自分にします。ただ懺悔の一法だけで道に達することも出来るのです。懺悔といふことは決して弱いものには出来ません。よほど自己完成慾の強いものでなくては出来ません。

敵、味方　二

敵となり味方となるのはまだ縁のある方だとするのが大乗仏教の建前です。敵でもなし味方でもない中途の相手が一番自分に取つてつまらない無意義な存在です。法華経提婆品《だいばほん》には、釈尊が自分の生涯の深刻な敵であつた提婆達多《だいばだつた》に、自分に敵であつた縁によつて将来自分同様な人格完成の見込のあることを証明されてをります。鉛も金をこすり合へば多少金がこすり付く道理です。

はじめ先生にひどく楯を突いた生徒が、何かのきつかけでうつて変つた仲好しになり、卒業後も永く交際を続けて行く例など、案外たくさん聞くことです。そうして、その当時の同級生でただ馴染んでゐたものは却つて、それ切りになつてしまつてゐるといふのです。

この道理から推して「敵を一ばん憎む方法はその敵を何とも思はないことだ」といつた人があります。深刻な言葉です。

敵でも本当に力が出し合へる敵なら敵ではなく先生です。負かされて感心するやうな敵を見出し度いものです。

第二十五課　母性愛

母といふ不思議な存在を
子よ、あなた方、はつきりと
意識のなかに入れて居ますか

母といふ不思議な謎を
子よ、あなた方、はつきりと

解き得たことがありますか

母といふ存在は、子にとつてあまりに大きく
意識のなかに畳み入るべく
あまりに大きく

母といふ謎は
解かんとして解き得べく
あまりに深く濃《こま》かき謎なり

さらば、母なる我の
子をおもふ母のこころを
語りてもみん

折から東京の外《と》の面《も》は秋雨
うすら冷たく庭草《にはぐさ》の濡れそぼつなか
眼に入るは、つはぶきの花の黄のいろ

子よ、と呼びかくべくあまりに遠い
我が子は、ふらんすの
巴里《ぱり》の都に

子よ、と呼ぶ声より先に
我が眼には、早や涙
秋雨にふるるつはぶき

あはれつはぶきの黄金《こがね》の花よ
その花の黄金色こそ、稚《おさな》き日の子がいでたち——制服のぼたんのいろに制帽の徽章のいろに……

あはれ子よ
お茶喫むか、巴里の都に
絵を描くか、巴里の都に

お茶のみて母をや忘るる
絵を描きて母をや忘るる
忘るるも、よしやわが子よ

につぽんの雨降る夕《ゆうべ》
つはぶきの花をみつめて
母はおまへを懐しみ泣く

母は今宵、外出します
黒いドレスに赤い小粒の首かざり
おまへが母に一番似合ふと言つた服装

母はおまへの取りわけ懐しいとき
おまへの好みの服装
お前の好みの髪の梳《くしけづ》りかたをする

母はときどき掌《たなごころ》を見る
おまへを育てた時
おまへのおしりをとき〲叩いて叱つたおもひ出

叩いたのも
撫でてやつたのも

愛情だつた、みんな、みんな、愛情だつた

そうしてお前は好い児に育つた
今は巴里の
尖端《せんたん》画壇の中堅作家

お茶喫むかわが児よ巴里に
絵を描くか、友と語るか
日本の母を忘れて

忘るるもよしやわが児よ
育ち行くおまへの命、才分《さいぶん》の弾《は》ぜ溢るるに
何《いつ》しかも母の事など

忘るとも、よしやわが児よ
おまへが母は「母観世音《ははくわんぜおん》」
おまへが母を忘れて居ても

おまへの母の「母観世音」
いつもおまへを忘れて居ない
宇宙の母性も観世音菩薩

衆生《しゆじやう》の母性も観世音菩薩
衆生が呼べばたちどころに
難を救ふは観世音菩薩

悲しき時は母の名を呼べ
おまへの母は「母観世音」

たとへ常には忘れて居ても、悲しき時には母を呼べ
ああ、につぽんの秋のくれがた
冷い雨が降つて居ますよ
つはぶきの黄いろい花が眼に沁みる。

第二十六課　父性愛

厳父、慈母と言つて、父親は厳格、母親は慈しみ深いのが特色のやうに極められて居ます。またそれが男親と女親との愛の表現の違ひのやうでもあります。然し、おの〳〵特色の一色《ひといろ》だけを現はしてゐるときは、ちよつと、その特色の裏に用意されてゐる他の特色の部分が気付かれないのであります。そして、ちらりと裏が覗かれるとき、思はず外部の特色の根に複雑な用意仕掛けがしてあるのを認め、その用意の為めに外に表はれて居る特色が根強く確《し》つかりして居ることが判るのであります。

私が或る知合ひの家《うち》の奥さまにお招ばれしたので、丁度時間にお訪ねしました。ところが、どうしたことか奥さまは留守で、御主人と小さいお嬢さまとだけ居られまし

た。御主人は私のお訪ねしたのを御覧になりまして、「これはい、ところへ来て下さつた。実は男の手で弱つて居るところでした」と言はれました。見ると御主人がお嬢さまにお化粧をしておあげになつてゐるのでした。が然し、お嬢さまの顔は、小猫がセメント樽へ首を突込んだやうな顔になつてゐるのでした。

おかしいのを堪《こら》へて私は、ひかへめにお化粧を直してあげながら理由《わけ》を訊《き》いてみると、奥さまは急な用事で女中さんを伴《つ》れて親戚へ出かけられ、直ぐ帰られる筈が、用事が片付かぬかして時間になつても帰られません。その時間といふのは、小さいお嬢さまが是非行きたいと望んで居られたお友達の家に催される子供のお茶の会に行く時間です。

時間が迫るのに仕度をして貰ふお母様も女中も帰らない。お嬢さまのしよげて居る様子を見て、御主人は堪《た》まり兼ね、男の手でも出来ないことはあるまいと、お嬢さまに外出の仕度をしてあげやうとされてゐるのでした。

「標本《サンプル》なども見てやつてみましたが、お白粉《しろひ》は石膏や漆喰ひと違ひましてね、手に終《お》へません。」お白粉だらけになつた身体を拭きはたきながら御主人はつく〴〵そう言はれます。見るとお化粧の見本に、古い婦人雑誌の化粧欄などが拡げてありました。そしてこの御主人の職業は、建築彫刻家でありました。

私は、もう笑へなくなりました。不断、無精な気難かしやでとほつて居る御主人が、真赭《まつか》な顔になるまで気を入れてお嬢さまの為めに母親の代りをしてあげやうとして居られるのです。私はひそかに眼の奥を熱くしました。

そのうち奥さまが帰り、仕度もずん〳〵済んで小さいお嬢さまは無事にお茶の会へ出かけられましたが、その後で、奥さまは御主人に向つて、

「あなたにも、そんなこまかい気持ちがあるんですかね」と、不思議な顔をして訊《たづ》ねられます。すると御主人は、もう平常のむつつりやに返り、黙つて笑ひながらのそ〳〵と仕事部屋へ入つて行かれました。

硬《こう》中の柔、柔中の硬、などと言つて、ただ一片の偏つた硬なり柔なりでは、大生命（宇宙の万物が運行して行く力）の性徳を完全に映したものではありません。生命の一つの特色がさし当つて目下の場合は硬であつても、実はその中にいつでも柔の用意がある。この自由円通を備へてゐて、はじめて自分は大生命に繋がる生命の一部なのです。そしてその生命の裏に用意されて居る他の部分が、時と事情により、われ知らず表面へ覗き出て来ます。

ほろ苦き中に味あり蕗《ふき》の薹《とう》

この句は父性愛の譬へとして好適の句だと思ひます。

第三十一課　性　慾

性慾は人間の三大本能（食慾、睡眠慾、性慾）の一つであります。そして他の二慾と違つて、年齢により著しき消長があります。青年期から壮年期にかけて強く、少年期はまだ現はれず、老齢になるに及んで減退するものであります。この性慾の根本使命は、種の保存、子孫繁栄にあるやうですから、これを今更取り立てゝ説明研究する必要はありません。ただ注意としてそれが非常に惑溺性を帯びてをりますが故に、少くとも人間である以上、理性を以つて之れを調整して行かねばならないと言ふにとどまるのであります。

が、ここに性慾の別の見方、重大な活用法があるのでありますから、性慾もなかなか放置して置けません。

最近医学の進歩につれて、この性慾なるものは、人体内の諸所より血液中へ分泌される内分泌物、即ちホルモンの司る作用であつて、そのホルモンが血液に混じて体内をめぐり、一方性慾を惹起させ、他方また精神、肉体を強靭ならしめて居ることが実証されて来ました。そして性慾を濫費する時は、ホルモンの減少を来し、従つて肉体精神の衰弱を来すことになり、之れに反して、性慾を矯《た》めて、ホルモンを適当に保存する時は、丁度、草の尖端をつめて、幹を太らせるやうに、精神力、体力を充実させ、それによつて偉大な事業、絶大な忍耐、神聖な生活道程をなし遂げ得るのであります。仏教では、この性慾などを三毒（貪《とん》・瞋《じん》・痴《ち》）のうち、貪（むさぼる本能慾）の中に入れて餓鬼の性質にして居ますが、この貪を転向浄化せしむる時は、一切の善を求めて止まざる性質となりまして、遂には完全無欠の人格者即ち仏陀の位にまで達せられると言ふのであります。即ち、この貪の性慾があればこそ、これを利用すれば人格完成の最後の幸福境に達せられるのですから、性慾の取扱ひ方もここに於いて非常に大切になつて参ります。

第三十二課　恋　愛

子供は大抵中性です。中性といふのは男性的なところも、女性的なところもあるものです。

それが年を経《ふ》るに従つて、男性、女性を発揮して参ります。男性には剛健の肉体、鬱勃《うつぼつ》たる勇気、不撓不屈の精神、鋭敏な決裁能力などが盛り上つて来ます。女性には柔軟な優しみ、惻々《そくそく》たる慈悲心、風雅な淑かさ、繊細な可憐《いじらし》さなどの情緒が蓄積されて来ます。

この両方の特長を兼ね備へるといふことは人格が完成された完人《くわんじん》に望まれることで、中途年端な私たちには仲々の難事であります。そこで男女はおのおのその特長を持つて助け合ひ、両性の協調で人格完成に近づかうとします。

　普通これは結婚した夫婦の形式に於いて協調して行くのですが、男女はもとからおの〳〵一方の特長を持つて居る人間ですから、物心がついて性の相違を意識する時期には、本能的に自分に欠けたものを補はうとして異性が互ひに慕ひ合ひ、近づき度《た》がります。その熱烈なのが恋愛であります。

　恋愛は人間の本能でありますから善いも悪いもありません。ただ自然の事実です。そして各人各様、遺伝も違ひ性質教養も違ふのですから、この発作がある人もあれば、無い人もあります。これも亦、自然の事実で何れが善いとか悪いとかするわけのものではありません。ただ恋愛に就いては、次の如き注意が要ります。恋愛をする人は大概年が若いのですから、それに溺れ易いのです。溺れてしまへば一所停滞であつて、宇宙生命の根本原則である人格完成へ向つての進化発展の道に叛きますから、人間として堕落です。故に恋愛に陥つたら、この根本原則に鑑《かんが》み、結婚に入つて早く協調助力に便利な境遇を作ることです。また、真の恋愛は、終世結び合つて憾《うら》みの無い、男女互ひの人格を信頼し合へる極めて清貞純真なものでありますが、之れが一歩過まると、性慾の為めにそそのかされたり、或は一時の感激に駆られたり、また恋愛の為めの恋愛などゝいふ浮気なものがありますから、強いて好んで近寄るべきものではありません。因縁のある人が避け難き運命の下に、恋愛に遭遇して、止むを得ず取り上げるやうにして始めて必然性が見出されます。また恋愛なくとも、結婚してから充分心使ひによつて、愛といふことは生み出され味はへるものですから、恋愛の無かつた生涯だといつて寂しがることもありません。すべては人間人格完成を目標にして考へれば間違ひはありません。

　釈尊のやうに人格が完成された人になると偉大な中性であつて、男性のよいところも女性のよいところも、みな持つやうになります。

第三十三課　婚約の前に八方手を尽せ

　婚約と言ふことは、殆んど結婚したも同様で、婚約してしまつた後で、また取消すといふことは、人情的にも、法律的にも面倒です。だから婚約する前に先づ充分調査して、後でまごつかぬやうにしなければなりません。

　ここに一人の若い女性があつて、夫を選ぶことになりました。やがて候補者が見付かつたので、彼女は自分でも、八方手を尽して、その男の身元、素性、性癖、能力、健康、収入等を知らうと努めます。また彼女は、身内の者及び友達の調査や意見も聴きます。そうして最後の判断は自分の覚悟で決めます。つまり出来るだけ智慧を働かしたのち、決心をつけるのが順序であります。

　若し、この順序をあやふやにして、全部人任せだつたり、又は、ろく／＼調べもせず、ただ覚悟ばかりで婚約し、間もなく結婚に飛び込んだとします。その結果が良かつた場合は、稀な幸運としても、大抵の場合は結婚成績が予想外に不良なもので、例へば配偶者《つれあひ》の性質、人格、趣味などが自分と全く融け合はないものであつたり、配偶者の境遇に自分が到底同化出来ないことが判つたとき、その女はどうなるでせうか。（これは男が嫁を貰ふ場合としても同じことです。）その後の生活がめちや〳〵になつてしまふことがあります。そんな不運な場合には、さあ、準備に手抜きがしてあつただけに、あゝもして置いたなら、斯《こ》んなことにならなかつたらうに、こうもして置いたなら、こうはならなかつたらうなど、、後悔する方にばかり生活力を奪はれ、またその失敗を他人《ひと》のせいにしたり、自分の軽挙《かるはづみ》を恨み、眼の前の不成績を取り戻す努力は一向《いつかう》お留守になります。

反対に、これが若《も》し、充分手を尽した上のことであつてみれば、所謂、人事を尽して天命を待つといふところまで念を入れたものであつたなら、たとへ不成績が襲つて来ても、これ以上は出来なかつたのだ、自分に取つて不可抗力なのだ、と綺麗《きれい》に諦めがつき、身内や友達の責任まで、自分一人で引き受けてしまつて、不成績な荒筵《あらむしろ》の上にも悪びれず座つてゐれば、自づと心に余裕と元気が湧き、まあ、物は試しだ、切り抜けられるところまで切り抜けてみやう、どうせこの家の主婦として運命付けられた以上、他家《よそ》の嫁ぢやないといふ気になつて再び立上る勇気も出て来るのであります。

この八方手を尽して充分の調査をすることは仏教での俗諦《ぞくたい》に当ります。そして最後に結婚すべきか否かの決心をすることが真諦《しんたい》に当ります。俗諦は言葉を換へて言へば世間的の知識経験のことで、真諦とは真理を覚《さと》り、それを信仰することであります。俗諦をも充分に尽し、その上に真諦を置くといふことは、人事を尽して天命を待つといふことです。人事を尽さずして天命を待つのは迷信になります。婚約するまへに八方手を尽さず、ただ向ふ見ずの覚悟で、僥倖を頼りに結婚するのは、一種の迷信であります。とんだ間違ひが起きたり、失望落胆が来るのが通例です。

仏教では俗諦即ち世間的の知識経験を非常に重大視し、これを欠くべからざる必要物としますが、尚その上に真諦《しんたい》即ちものの真実を確認することを疎《おろそ》かにしません。通常の人たちのやうに、人事を尽した後はただ漫然と天命を待つといふ、そんな態度を執りません。尚積極的に、信仰の力によつて、配偶者となるべき人と自分とが結婚すべきか否かを、真理的に観察するのであります。信念は心を平静にし、澄徹させます。俗諦を去つて公平無私にします。そこで、鮮やかな判決がつけられるのです。

第三十四課　結婚と夫婦愛

青年男女が相当の年配に達すると、自然と起る呼び声があります。「いつまでぐずぐずして居るのだ。もう身を固めてもよからう。」それは傍《はた》からも聞えて来ますし、自分自身の内部からも湧き上つて来ます。何故そんな呼び声が起つて来るのでせうか。自分の家庭を作つて心身の拠りどころとし、ひいては子孫をもうけ家系を絶やさぬやうにするのが世間のしきたりだからそういふ声が起つて来るのだと。それは通り一辺の解釈であります。しきたりだからと言ふ単なる理由だけでは、何も青年男女の殆んど総べてが時期に後れまじと吸ひ付けられるやうに結婚するわけがありません。

　それは全ての人間の内部に潜む人格完成の種子が、時期来つて益々芽を延ばさんとし、それと呼応して全宇宙に漲る大生命の哺み育てんとする作用力が、この種子に働きかける為めだと仏教では考へるのです。内外呼応して人間を刺戟するので、知らず〱その自然力に押し迫られて青年男女は結婚といふ形式を以つて――これは二人協力ですから比較的気強いです――人格完成に向ふのでありませう。これが「もう身を固めねばならない」といふ嘆声になります。また身内や友達も自己の体験に響いてそうさせるべきだといふ自然力を知らず〱のうちに感じて「もう身を固めなさい」と言ふ助言を与へるのであります。そこで自分は勿論身内のものや友達などが寄つてたかつて配偶者を見付けにかゝります。そして複雑な因縁の理によつて、前から恋して居た男女、縁つづきの男女、或は外見上、偶然の機会で知り合つた男女、または思ひもよらぬ人の勧告、仲介によつて、男女は一生のかためを致します。然し何れも結びつくべき因縁があつて、結びついたものであります。

結婚するに際して持参金目当てとか、家門の為め、子孫繁栄の為め、生活能率増進の為め、放蕩防止の為めに結婚しやうとするのは浅墓な考へであります。目的はもつと重大な人格完成にあります。斯くして青年男女が、最も信頼するに足る媒酌人や神仏などの一種の権威の立会ひの下に、愈々之れからの二人の生涯を一緒に合せて、それを連帯責任として永遠に負担するといふことをハツキリと誓ふのであります。恋人同志間でも、お互ひに助け合つて行かうと言ひ交はしますけれど、その意志や感情は実生活上のいろ〳〵の事情の為めに妨げられて、どんなに変化するとも知れませんから、二人の結束もいつ破れるか判りません。結婚はその危険に対して防衛すべく、保証人を置いて天下に二人の意志継続を宣言するのであります。

新婚当初の愛は、まだ本当の意味の夫婦愛ではありません。殆んど普通の恋愛に近いものでありませう。然しその華やかにして遠慮勝ちな新婚生活は、一心同体となつて勇ましくも荊棘《いばら》多き人生行路を突き進まむには、余りに果無《はかな》き生活であります。

恋愛は、男女対等の立場に置かれて、而かも異性としての特長が或る限度までは相反する方が却つて両者の愛は増すのであります。之れと反して夫婦愛は仲々複雑なものではあるが、何れか自我を捨てゝ、無我となり、両者一身の如く融け合つて、遂には、性的愛着から解脱するものさへあります。

故に結婚当初、恋愛生活を夫婦愛と間違へて居たものは、結婚後二年、三年、五年と経つうちに、余りに身近く打ち融けてお互ひに異性としての魅力もなくなり、兄妹の如く、師弟の如く、母子の如く、友達の如く、感じて来るのに啞然として新婚の快よい夢が覚めるのであります。この時が結婚倦怠期であつて、最も戒心を要する時であります。相互の矛盾欠点が眼に立ち、赤裸々の男女が鼻突き合せて、遠慮会釈もなく、ザックバランに、二人が本当に之れから先きの長い生涯を一緒に暮し得らるゝや否やを吟味するのであります。その刹那こそ真剣にして悲壮な場面であります。此の際、男の社会的地位も事業も風采も何のたしにもなりませんし、女の器量も表情も勘定のうちに入りません。たゞ〳〵赤裸々な一男性と、一女性とがお互の愛と、共に担ひ合ふ意力を吟味するのであります。斯くしてお互ひが信頼し得るものと決定したとき、その決定は仏教の諦に相当するものであつて、物の真実性を認めたものでありま す。決して誤算がありません。この時の結合は最早や人智や意志の結合ではなくて、因縁の理による自然力の結合であります。私はこの結合を機として、本当の夫婦愛、本当の夫婦生活が始まるのだと思ひます。この結合にまで到達した夫婦の愛は、水中に魚の泳ぐが如く、山に樹木の生えたるが如く、自然そのものであります。時たま喧嘩することもありませう、恨み嫉むこともありませう、また不平不満を洩すこともありませう、が然し彼等は決して離れられないのであります。どんなにしても別れられないのであります。ここに離れられない夫婦の例があります。たまに夫が他の女の処へ出かけやうとします。無論一心同体の妻が感付かぬ筈がありません。そこで妻は玄関を出やうとする夫に向つて快活に話しかけました。「あなた、何処へいらつしても、結局女つてみんな私と同じよ。私より良くもなければ、悪くもないのよ。無駄をしないで、私と遊びに行きませう。」

そこで夫は苦笑しながら、

「斯うさばけられては仕方がない。」と言つて、朗らかに妻と一緒に遊びに出かけました。

何といふ安心し切つた妻の言葉でせう。母のやうな、友達のやうな、先生のやうな。そして時たま謀叛気を出しながら夫は、矢張りこの妻を信じ、決して離れやうなどとは夢にも思つて居ません。

うつし身のつひに果てなん極みまで
添ひゆくいのち正眼《まさめ》には見よ

第三十五課　家庭

私は紅山茶花《べにさざんくわ》を見るといつも思ふのです。家庭といふものは、こうも静で浄《きよ》らかであり、可憐なあでのいろをも添へ度い。静で浄らかでも蓮の花ではあまりに淋しい。梅でも百合でも香があつて常住を共にするには刺戟が強い。では香がなくまた淋し過ぎない花として桜はどうか、牡丹、しやくやく、の花はどうか。それはあまりに華やか過ぎる。紅山茶花の「紅のいろ」こそ、静な浄らかな山茶花に、しかも淋し過ぎない「いろ差し」を持つて居る。

家庭は休息場です。静であり度い。浄らかな処は、永遠に人を飽かさない。と云つて淋しくてはいけない。静で、浄らかで、あでに可憐な紅山茶花！

そして水晶の二寸形の観音様を何処かの棚に置かれ度い。嬉しい時、悲しい時、いつも掌を合せる。観音は私達の生活の護りの母です。

観音のスマートで清麗な容姿を私達の生活に加へるだけでも、どれほど美感に恵まれた家庭生活となるか知れません。

第四十五課　賞める・叱かる

他に対し、賞めるべきか叱るべきかは、その相手により、場合により、事情により決定されるものであります。

この賞める方を仏教では摂受門《せふじゆもん》と言つて、養ひ育てる方法です。例へば朝寝坊の青年に向つても、無暗みと朝寝を叱らずに、

「随分よく睡眠を取つたね。感心々々。これでは今日の昼は、さぞ勉強が出来るでせう。」

そう言つて、勉強に精出させるのです。然し、斯う言はれて益々朝寝を増長させ尚勉強もしないやうでは、その青年にこの摂受門は適当しません。叱つた方がよいのです。

叱る方は仏教で折伏門《しやくぶくもん》と言つて、悪いところを除き捨てる方法です。朝起きの青年に向つても、その朝起きを賞めないで、

「朝起きしたつて、ただぶら〳〵して居たのでは何にもならない。まだ寝てゐた方が邪魔でないだけましだ。」

などとひどく言ひまして、青年を発奮させ尚一層働き出させるやうに導くのです。斯う言はれてすつかり意気銷沈してしまつたり、却つてひねくれて、仕事を始めぬのみか、再び寝床へもぐるやうな者に対しては此の折伏門は害があります。

一つの手にもこの二門が備はつてをります。掌を延ばして撫でるのは摂受門、握つて打つのが折伏門です。

どつちにしても大事なことは、内心、相手を末は善かれと思ふ親切心を持つことです。

この二門は他に向つてばかりでなく、自分が自心に向つても常に働かせる有効な二方法であります。反省するときは折伏門よく、気を取り直すときは摂受門です。

仏、菩薩では、不動明王は煩悩を智の利剣で斬り伏せる折伏門係り、観世音は慈悲

で智慧を育て上げる摂受門係りであります。

第四十八課　女のヒステリー

世間一般に言ひならされた所謂「女のヒステリー」といふものは、医学上で言ふヒステリー症とは大変な相違があるやうです。医学上のヒステリーは一種の精神病を指し、それは女ばかりでなく男でも子供でも起るそうです。その患者は時折癲癇《てんかん》のやうにひつくりかへり、不断でも体の方々が痺れたりするそうです。然し、私がここで述べますのは、世間でよく人々が悪口に言ふ「あの女はヒステリーだよ。」とか、夫が妻に「お前はヒステリーだ。」と言ふ、あのヒステリーのことです。

所謂女のヒステリーは、愛慾の変形であります。何ものをも惜しみ奪はんとする情慾と、気に入らぬものを悉く排斥せんとする感情の入り交つたものです。他人の功績を嫉み、自分がそれに及ばぬのを口惜しがり、人々に愛されぬのを不満に思ひ、常に自分が悪評され、世間から除外されるのを気づかひ、一日一刻たりとも気を落ち付けて過すことが出来なくなります。

このヒステリーは、大抵結婚した女に多いのであります。それは、余り世間の荒い波風に当らなかつた可弱《かよわ》い、或ひは生一本な処女《おとめ》が、家庭を持つてその主婦となり、周囲の煩瑣な事件や境遇にひどくいたぶられた時、それに呼応して起つた心内の愛慾苦悶が素直にはけ口を得ずして鬱屈し、これに加へて肉体的の過労や病気が益々ヒステリーを引き起す助縁となります。そして、常に心を悩ます事柄には特に過敏になつて来ます。例へば、家庭に於いて唯一の頼みとする夫に背かれた場合、或ひは背かれたやうに誤解した場合、または前以つて予期して、びく〳〵して居た姑や小姑に気に入られぬ場合、或はそう誤信した場合、その事に限つて特に過敏になります。夫が女中と口を利いたのを、愛のささやきと誤り、嫉妬の焔に身を焼き、周囲の人々をみんな敵の如く考へたりします。

　然し人間の脳力には限度がありまして、嫉妬とか邪推とかの方面にばかり鋭くはなりますが他の方面は無力になり、意志力なども弱くなつて、前後の見境ひなく騒ぎ出したり、急に陽気になつて笑ひ出したり、先刻までひどく嫌つて居た人を急に好きになつたりします。この状態が嵩《こう》ずると本当の精神病になつてしまふでせう。恐ろしいことです。どうしたらこの状態を正常の位置まで匡正出来るでせうか。即ち女のヒステリーを、どう処置したら良いでせうか。その原因の一部は、夫に在り、周囲の身内の人達にもあるのですから、それ等の人々は充分注意してこの女の安心を得るやう努めるのが人情でありませう。

　然し、女のヒステリーなるものは、持つて生れた過剰な愛慾の変形したものですから、――而も愛慾だけ過剰であつて、他の感情が少ないから圧へつけられて現はれないので――その愛慾をどうにかしなければ根本の治療になりません。ヒステリーが医薬で治療出来る程度のものでしたら、直ちに医師に任せる方がよろしいですけれど、ひどくなつたヒステリーは、ものが精神作用の問題ですから一寸面倒でせう。

その女に向つて諄々《じゆん〳〵》と正常な愛慾を説きさとすのも全然無駄ではないでせう。催眠術をかけたり、一種の暗示法や精神分析による解悟法《かいごほう》も幾分効果があることもありませう。

が然し、一旦歪んでしまつた愛慾は、仲々そんなことでは、もとへ引き戻せるものではありません。斯んな際に仏教では、その歪み傷ついた愛慾そのままそつくり信仰の行業《ぎやうげふ》へ向かはせます。

「或る地方の町に、女学校がありました。中年で数学の教師の奥さんは、狭い町中で直ぐ評判になつた程のヒステリー女でした。毎日女学校へ行く夫のことを思ふと身も心も切り刻まれる程苦しみました。私の夫の顔を、校中の学生たちがみんな見詰める。そう思ふだけでも夫が汚されたやうに考へるのでした。そして夫が学生たちに笑ひかける。そう思ふだけでも、もう夫は堕落したやうに思ひました。いつそ女学校へ飛んで行つて、この人は私の夫よ、と宣言してやり度いとさへ思ひ焦りました。夫が帰宅しても出迎へもせず、側へ夫が近寄ると、汚ならしいものが出来たやうに身を引きました。然し内心では夫を死ぬほど愛して居たのですから、脳も疲れ果てゝ嫉妬することや、疑ぐることが出来なくなると、呆然として、たゞ〳〵馬鹿のやうに夫に寄りすがるのでした。

或る日のことでした。妻は身を町角に隠して夫の帰途の様子を覗つて居りました。やがて夫は歩いて来ました。そして運悪く、横町から出て来た若い女に思はず知らず振り向きました。夫の不行跡を待ちもうけただけに、そんな些細なことでも妻のヒステリーに異常な刺戟を与へました。矢庭に必死の暴力を出して夫を組み伏せた妻は、禿げた夫の頭を叩いて泣きわめくのでした。之れを目撃した町の人々や、同じく帰途にあつた女学生たちは、余りのことに呆され果てゝ、その周囲《まわり》に立ちつくしました。

もう翌日からは学校は勿論、町中大評判になつて、その教師は辞職せねばならぬ羽目になりました。どんなにその夫妻は悶え苦しんだでせう。二日間の後、最早や仏神の力を仰ぐより外、仕方がないと覚りました。そして日蓮宗のお寺を訪問して救ひを求めた時、勧められたのは、お題目を一心不乱に唱へて、太鼓を叩くことでした。そこで彼女は、悲しいにつけ、苦しいにつけ、恨めしいにつけ、嫉ましいにつけ、お題目を唱へ、太鼓を叩きました。それは単なる行為でした。でも、不思議なことに、彼女の強烈な感情は、題目一つ唱へるにつれ、太鼓を一度叩くにつれ、雲散霧飛して行きました。彼女は今まで持て余した情熱を、みんなその方面に吸ひ取られて大変楽になりました。やつと彼女の感情は整理されて、正当な夫婦愛に立ち帰つて来ました。その間に、夫は、妻のこの健気な姿に幾度むせび泣いたことでせう。一緒になつて題目を唱へ、太鼓を叩いて妻の信仰を援けました。

人の至誠は何人にも感動を与へずには置きません。町の人達も、女学生達も、更生したその教師を再び校庭に迎へて懐かしみ、また尊敬致しました。」

仏教は、人生上の慾望煩悶を救はんとして出来上つたものでありますから、この例などの救済は最も得意とするところであります。而して、釈尊を始め、古今多数の開祖、名僧知識たちは、大抵その慾望煩悶の人一倍強かつた人達でありまして、自分自身の克服解脱から割り出した宗旨、教義、修業法でありますから、それ〴〵救ひ方に特色があります。その何れの宗旨、教義、修業法によつて自分が救はれ易いかは、自分の性質によく似通つた開祖や名僧知識の説きましたものを選ぶのがよろしいと思ひます。例として挙げました女の劇しい単的な性質には、日蓮宗の行業がうまく当て嵌つたのでした。

第五十五課　運　命

自分の思ふこと、願ふことの殆んど大部分が意地悪く逆にばかり行くことがあります。例へば、今度の計画は成功しそうですとか、今度の競争には必ず勝ちますとか、今度の手当てゞ私の病気が全快しますとか、近頃は私はとても丈夫で風邪一つ引いたこともありません、これなら当分私は丈夫でせうとか、自分でも信じ、他人にも誇らしげに予告したり、時には前祝ひまで済した直ぐ後で、皮肉にも計画や予想がすつかり外れてしまつて、ひつこみがつかぬ事がよく人生に起るものです。不思議とある人に限つてこの齟齬《くひちがひ》が度々繰り返へされることがありまして、悲運の余りいぢけたり、呆然自失してしまふ人があります。

之れと反対に、外見上、するこど為すことが大抵予想計画通りにうまく行く人がありります。世間では、前者を運に弱いとか薄命とか言ふのに対して、後者を運に強いとか、又は人々は羨んで、悪運が強いとさへ悪口を言ひます。

では一体、何が私たちの運命といふのを支配するのでせうか。

世間には、血統《ちすぢ》に因るいろ〳〵の素質とか、祖先初め現在の両親などから与へられて居るいろ〳〵の境遇といふものが、可なり人の一生の運命を決定するやうに思ひきめて居る人があります。

例へば、遺伝した素質のうちでも、鋭い直覚力などは、物事を遂行する上に随分と役に立つものであつて、相当に運命を支配出来るやうに思へます。直覚力の鈍い人は、どうも失敗し勝ちのやうです。また、遺伝されたいろ〳〵の病気に罹り易い体質といふものも随分人の運命に影響を与へ得るものです。その他、祖先や両親、親族等から与へられる生活上のいろ〳〵の便宜、例へば資産、権勢、閨閥《ひき》等も亦、浮世の所謂運命を或る程度まで支配することがあります。

こういふ祖先伝来の便宜といふものは、誠に長い間の因果関係によつて時間的に縦に組み立てられた結果であつて、その因縁の無かつた人には当然得られない便宜であります。然し、これ等の便宜を持たない人は、何も持たないといふことが因となつて、今度は四方から「縁」を吸収して、横に「果」を拡大して行くのです。刻苦勉励によつて鈍い直覚力を磨き上げ、尚之れを補ふのに、学び得た知識と伎倆を以つてするのです。弱い体質も亦、訓練養生によつて強壮に向はせることも出来ますし、常に心を配つてその保全を図ればよろしい。いはんや両親から伝染した病気などは医療によつて容易に除けませう。

また、資産、権勢、閨閥《ひき》なども、空拳《からて》でよく築き上げられます。時には、親譲りのこれ等のものが、運命開拓に却つて邪魔になることさへあります。

斯く考へますと、時間的に縦に組立てられた因縁の結果であるいろ〳〵の運命への便宜は、どちらかと言ふと消極的、惰性的のものであつて、ともすれば安易に付き、運命を腐らす危険があります。

之れに反して、これ等の親譲りの便宜なき者が、強い意志を以つて四方へ因縁を植え弘めて行く努力は、よき運命への力強き、確実な行歩《あゆみ》であつて、逞ましい精神力の持主である日本民族の最も得意とするところであります。

斯くして運命は人の造るところとなるのでありますが、それにしても心すべきは、肉体の健全と強い意志の養成が必要であります。そしてその次ぎに鋭き直覚力を摑まねばなりません。之れにはいろ〳〵手段がありますが結局、本当の確信を摑むことです。何か一芸に徹することもよいでせうが、仏教の信仰と修業とによつて智慧を開く方法が最も正確で且つ可能なことの一つであらうと信じます。

第五十七課　死

私たちは、結局死ぬことを知つて居りますが、不断は忘れて平気で居ります。そして愈々死期に直面すると非常に恐れ、悲しみます。もうどうしたらいいのか、絶望と淋しさに泣き叫ぶ不幸な人があります。本当に人間が死ねば、もう後は何も残らず、一切空滅に消え失せてしまふのでせうか。人間が万物の霊長だなんて威張つて居ても、高々七八十年経てば、すつかり跡方もなくなつてしまふのでせうか。実際そうだとすれば僅か七八十年の人生は少々心細いものであります。死ぬのを諦め切れないで悶えるのももつともと思ひます。さうかと言つて死ぬのを嫌がつても、人間は死なゝければならないので、何とかして諦める理由を考へ出します。或る人は子孫へ向つて自分が生き継がれて行くとか、或る人は事業を以つて自分の後身としたり、または人を愛したことや世話したことを以つて人々の記憶の中に自分のことを残して置こうとします。然しそれだけでは、死ぬ本人の体や心の直接な説明解決になつてをりません。

ところが仏教では、死を別な方面から観てをります。人間が死ぬのは、すつかり無くなつてしまふのではなくて、一時変化するだけだ。ちよつと私たちに見えなくなるだけだ。人の生死は丁度大河の水面上に現はれた水泡《みずあは》が時々浮んでは、また消えるやうなものだ。河の表面にある水は機会さへあれば何時でも泡の形になれます。そして其の泡がたとへ一時消えても矢張りもとの水に還るのであつて決して無くなるものではない。尚その上に、その泡がもとの水に還つた部分の水は、河水の表面近くを流れて居るので、そのうちに機会さへあれば再び泡になり得るのであります。が然し、河水全体から見るときは、河水の一部分が泡にならうが、またそれが消えてもとの水にならうが、泡も水ですから、全体として少しも増減がありません。泡になつた為めに河水が増えもしなければ、泡が消えた為めに河水が減るのでもありません。もとのままで流れて行きます。ただ水の一部分が時折り形を変へて泡になつたり、飛沫《しぶき》になつたりするだけです。それも必らずもとの河水中に帰つて来ます。

人間の生命も、宇宙全体に張《みなぎ》る大生命の一分派であります。その大生命は絶えず進転して居ます。その流動の上に現はれた一つの泡が私たち一人々々の生命なのです。此の世に人間といふ形を以つて現はれて来まして、いろ〱の芸当をやつて見せますが、時期が来れば楽屋裏の大生命の根拠地へ帰らねばなりません。役者が一興業が済んで舞台から身を引いた時は、もうハムレットでもなく、大石良雄でもなくただの人間です。が然しその人間は役者の素質があるから、時期が来ればまた何所かの劇場の舞台面に、変つた組合せであるにしろ現はれることもあるのです。そのやうに、宇宙の大生命の一部分が人間の生命となつて此の世に現はれて来たのですが、それがもとの大生命のところへ帰つて来ても、それは無くなるのではなく変化しただけで、大生命の総計はいつでも同じことです。或る人が銀行に預けてある一億円の金のうち一円だけを郵便局に郵便貯金として預け換へて置いたのを、ちよつと下ろしてまたもとの銀行へ収めたやうなものです。利息を無しとすればその人の財産には一銭の増減もありません。

　このやうに仏教では、人間の死を宇宙の大生命の方面から見まして、ただの変化、当然の里がへりだと見破りましたので、仏教を知らない人のやうに、死に臨んでうろたへ騒ぐことがありません。従容《しようよう》として根本生命に復帰します。従つて仏教は、死を格別讃美しません。死よりも生れた意義とか現実の生活に重点を置きますので、生きられるだけは立派に理想的に生活させやうとします。そして愈々死すべき時期が来れば、安心して一先づ宇宙大生命の根本の方へ帰つて行くのですが、その帰つて行つた場所が、宇宙大生命のうちで人間に近い部分に帰つて居るのですから、何時また人間に変化するとも知れません。その時は、以前人間であつた時とそのままそつくり生れ変るのではないでせうが、以前人間であつた当時の或る経験の一部分が残つて居て、相当役に立つものと私は信じて居ります。だから私は、みなさんに本当の仏教を勉強なさることをお勧めします。そして、仏教によつて私たちの根本となる宇宙の大生命の存在を知ることが出来たなら、続いて死の根本の意味を、私が此処で述べたよりもつと精細に、確然と了解されると思ひます。そこで始めて人間は安心して死に得ると信じます。

第七十一課　モダン極楽・モダン地獄

地獄、極楽とは一応、私たちの心の状態を指します。心の経験する苦の世界、これが地獄であります。その反対なのが極楽であります。

現代の人々が嘗《な》める地獄苦で、昔の人と同じものもありませうが、また昔の人の知らなかつた新らしいものもあります。

焦燥地獄、何となくいら〱して落付けぬ地獄です。虚無地獄、人生の何物にも張合が持てなくなり虚無的《ニヒリスチツク》な気持ばかりに襲はれる地獄であります。神経衰弱地獄、神経過敏地獄、脱力して馬鹿のやうになつてしまつたり些細なことを針小棒大に感じて不安勝ちだつたりする地獄であります。思想地獄、あまりに去来《うつりかはり》の速かな思想群に疲れる地獄であります。刺激地獄、次に次にと刺激を求めて行つて飽くことを知らぬ地獄であります。流行地獄、流行を追つて血眼の地獄であります。その他、生活問題、社会問題に開して世人が頭を悩まして居る地獄はあまりに人が知り過ぎて居るものであります。

一方、モダン極楽も無いことはありません。便利極楽、器械文明が安価に普及されて便利になつたことであります。例へば交通機関とかラヂオのやうな。また、雑誌新聞書物等の出版が多くなり知識の需要を容易《たやす》く充たされるやうなこと。家庭愛極楽、家庭といふものが認められて来て、そこを中心に安楽境を作らうとする傾向が多くなつて来ました。設備極楽、いろ〳〵の設備でだいぶ公衆慰安の目的のものが増えて来ました。生命安全極楽、昔から見ればどのくらゐ人の生命が保護されて来てゐるか判りません。一体、安楽といふものは意識に上りにくゝ、苦痛の方は意識され易いもので、極楽の方は拾ひ出し難いのであります。故に古来、文学上の名篇も地獄的の心境を書く方に傑作が多く、極楽的のものは少ないとされてをります。

現代人の実感上、地獄感が多いか極楽感が多いかと言ふと、勿論地獄感の方が多いと言ふ人が多いでありませう。釈尊在世と同じく現実の条件として、致し方のないことであります。

然し、仏教では現実上の極楽必ずしも絶対のものでなく、地獄もまた絶対のものでないと説くのであります。因縁果の理法によつて出来たものとすれば、その因と縁を突き止め、その善きを加へ継ぐことによつて極楽はいよ〳〵続き、地獄はその性《しやう》を失ふ。若《も》し、悪きを加へ続けばその反対となると説くのであります。その根本の性を無《む》性《しやう》と説き、その上に現るゝ因果の法は歴然であると説くのであります。この理法を信じ望《のぞみ》を失はず、善を積み、悪を斥けて、一歩〳〵に努力の満足を得つゝ行く、これが真の意味の極楽浄土であります。渋い落付いた味の極楽であります。

第七十四課　聖徳太子仰讃

聖徳太子さまを仏教徒が尊崇し奉るのは、太子さまが、高貴の御身分の方であらせられたのに、親しく仏教を弘通《ぐづう》せられたといふこと許りでありません。それも勿論ありますけれども、尚その上に、太子さまの仏教に対する御理解の深さに対して人々は渇仰するのであります。御理解の深さといふよりは独創の御卓見と言つた方が当つてゐるのであります。つまり仏教に対する御実力であります。

太子さまは、仏教をたゞ頭や精神上のことばかりと解釈なさらずに、直ちに現実上、生活上のことゝして、その長所を採択なされました。御摂政中の万般の施設、その何れとして、この御見解より流出せないものはありません。そして、その御施設の一々が、また、ぴたり〳〵と当時の日本国民の実情に宛て嵌つてゐるのであります。

斯くの如く、太子さまは、仏教から大乗精神を活捉《くわつそく》されましたが、それを応用せらるゝに際しましては、何物にも捉はれない自由な立場に立たれました。たゞ参考としては、当時の国民実情に対する透徹した洞察あるのみであります。これこそ、真の御卓見であります。

憲法十七条を制定せられて、臣民に、政治、道徳の帰趨を知らしめられ、支那大陸文化の輸入を図つて産業治生《ちせい》の途を講ぜられ、施薬、療病の諸院を興して貧民を救恤《きゆうじゆつ》せらるゝ等、仏教の生活化、理想の現実化に向つて力を尽されました。別して造塔、起仏に御熱心にて、自ら七寺を建立せられた外、諸国にも寺院の配在を奨励せられたのは、国家鎮護の役目と共に、庶民をして和恭の心を発得《はつとく》せしめん御心よりであります。

太子が摂政の任にお就きになつた推古朝は、日本に公に仏教が入つた欽明朝の時より四十年余りしか経つてをりません。而《しか》も、それまでに輸入された宗派は、三論宗などゝいふまだ本当に成熟した大乗仏教ではありません。

成熟した大乗仏教は、丁度、この四十年間ほどの間に、支那大陸で、天台大師がしきりに研鑽講述しつゝあつたときで、日本にはまだあからさまに、その影響は無かつたときであります。そういふ未開の仏教時代の日本で、単的明確に大乗仏教の真義を把握された太子さまは、天才と申上げていゝか、直覚力の鋭いお方と申上げていゝか、たゞ〳〵驚嘆の外はありません。

太子さまは、万機を摂政せらるゝお忙しき中に、経を講ぜられ、また、その註釈を作られましたが、その経は、法華経、勝鬘経《しやうまんぎやう》、維摩経の三つでありまして、大乗経典中の最も大乗的のものであります。

大乗といふのは何かと申しますと、一口に言ひますれば、治生産業悉く仏法に非ざるなしといふ大見解に立つ主張でありまして、消極的に隠遁して、独り清く澄し込む小乗仏教とは反対であります。そして法華経はその哲理と実行の勧めを説いた経巻であり、維摩経は維摩居士といふ俗間の老練な一男性をして、その大乗主義の体験を物語らしめたもの、また勝鬘経は勝鬘夫人といふ若い美しい女性をしてその教義を述べさしたもの、いづれも、経の目的は現実生活の理想化にあります。人間、無私な態度を以つて、慈悲の心を湛《たた》へつゝ、日常生活に励むところに仏教の全体がある。仏教はそれ以外の何物でもない。国家の為め、社会の為め、当面の職務に誠意を尽して行く、これ仏教の全修業である。この純一無雑の生活、即ち仏法を説いたのが法華経始め他の二経の精神であります。斯かることぐらゐは仏教でなくとも判つてゐると言ふ人があれば、それはまた仏教といふものを知らない人であります。無私とか、慈悲とか、誠意とか、勇猛心とかいふことは、限りも無く、上に上があるもので、これで行き止まりといふところはありません。それで、いろ〳〵の方法でこれを私たちの精神肉体より磨き出して行こうとする。そして磨き出したものを以つて刻々に個人生活、社会生活、国家生活の上に、光を照らし添えて行こうとする。こゝに仏教の修業の段階があるのであります。

大乗仏教の趣意が、すでに現実上にあるのでありますから、法華経が理を説く傍《かたはら》、維摩勝鬘の二経が在俗の士女によつて説かしめられてあるのは大に意味があるのであります。

太子さまは経の御選択の上にも時代を抽《ぬき》んでた独創の卓見をお示しになつたばかりでなく、自ら執筆された経の註釈書即ち御疏《ごしよ》を拝しますと、御趣旨はいよ〳〵明らかにされて来るのであります。故に御疏は、法華、維摩、勝鬘等の大乗経典を解さうとするものに取つて、今日に至るも尚、重要な指針の書となつてゐるのであります。

太子さまは、文治一方のお方かと申しますと、なか〳〵そうではありません。時によつては勇猛鬼神を怖れしめるお働きもなさつたのであります。

それは蘇我馬子と共に、物部守屋を誅伐された時でありました。御齢は十四歳でゐられました。束髪《ひさごばな》にして打もの執つて従軍されましたが、敵勢が盛んなるを御覧になつて、仏天《ぶつてん》の加護を得ずんば願成り難しと、白膠木《ぬりでのき》を取りて四天王の像を作り、これを頂髪《たきぶさ》に籠められて、それから馳せ向はれたと、伝へられてをります。四天王とは、内心慈悲を蓄へながら、方法上、忿怒《ふんぬ》の姿に於て人々を信服せしむる慈勇の魂を象徴したものであります。その像を髪に籠められて眦《まなじり》を決して睨み立たれた美しく若き皇子の御勇姿は、真に絵のやうであつたらうと拝察されます。摂津の四天王寺は、このとき勝利を得られた太子さまが、加護報謝の為め、戦の後でお建てなされた寺だと伝へられてをります。

太子さまの、この現実理想化の大乗精神は、後世、心ある仏教家たちの渇仰するところとなりまして、中にも平安朝の伝教大師は、太子さまの御精神を師教《しけう》と仰ぎ奉り、御廟前に加護を祈りました。鎌倉時代の親鸞聖人は聖徳奉讃の和讃を作つて歎慕の意を表せられてをります。

聖徳太子さまの大乗仏教的聖旨は、日本の国民性と共に万代不易に継ぎ伝はり、渇仰は永遠に尽せぬものであります。

（『仏教読本』は後に『人生読本』と改題された）

上村松園

青眉抄（抄）

眉の記

眉目秀麗にしてとか、眉ひいでたる若うどとか、怒りの柳眉《りうび》を逆だてゝとか、三日月のやうな愁ひの眉をひそめてとか、ほつと愁眉をひらいてとか……

古人は目を心の窓と言つたと同時に眉を感情の警報旗に譬へて、眉についていろ〳〵の言ひかたをして来たものである。

目は口程にものを言ひ…と言はれてゐるが、実は眉ほど目や口以上にもつと内面の情感を如実に表現するものはない。

うれしいときはその人の眉は悦びの色を帯びて如何にも甦春の花のやうに美しくひらいてゐるし、哀しいときにはかなしみの色を泛べて眉の門はふかく閉されてゐる。

目をとじてしまへばそれが何を語つてゐるかは判らないし、口も噤んでしまへば何もきくことは出来ない。

しかし眉はそのやうな場合にでも、その人の内面の苦痛や悦びの現象を見てとることが出来るのである。

私はかつて麻酔剤をかけられて手術をうけたあとの病人を見舞つたことがあるが、その人はもちろん目を閉じたまゝベットに仰臥してゐたが、麻酔がもどるにつれて、その苦痛を双の眉の痙攣に現はして堪へしのんでゐるのをみて、これなどいさゝか直訳的ではあるが、眉は目や口以上にその人の気持ちを現はす窓以上の窓だなと思つたことであつた。


同時に以前よんだ泉鏡花の「外科室」といふ小説を思ひ出したのである。

ながねん想ひこがれてゐた若い国手に麻酔剤なしで意地の手術をうけたかの貴婦人も、手術をうけ乍ら苦痛をこらへいさゝかの苦痛もないかのやうに装ふてはゐたものゝ、美しい双の眉だけは恐らく千言万句の言葉を現はし、その美しい眉は死以上の苦しみをみせてゐたことであらうと思つた。

美人画を描く上でも、いちばんむつかしいのはこの眉であらう。口元や鼻目ことに眉となるとすこしでも描きそこなふととんだことになるものである。

しりさがりの感じをあたへると、その人物はだらしのないものになつて了ふし、流線の末が上にのぼればさむらひのやうになつて折角の美人も台なしである。

細すぎてもならず、毛虫のやうに太くてもならず、僅か筆の毛一本の線の多い少いで、その顔全体に影響をあたへることはしば〳〵経験するところである。

眉が仕上げのうへにもつとも注意を払ふ部のひとつである所以である。

眉も女性の髪や帯と同様にそのひとの階級を現はすものである。

王朝時代は王朝時代でちやんと眉に階級をみせてゐた。眉のひきかた剃りかたにも、おのづとそのひと〴〵の身分が現はれてゐ、同時にそれ〴〵奥ゆかしい眉を示してゐたものである。

上臈女房――御匣殿《みくしげどの》・尚侍《ないしのかみ》・二位三位の典侍《すけ》・禁色をゆるされた大臣の女・孫――の眉と、下位の何某の婦の眉と同じいといふことはない。

むかしは女性の眉をみただけで、あれはどのやうな素姓の女性であるかといふことが判つた。そこにもまた日本の女性のよさがあつたのであるとも言へやう。もちろん素性のことは眉をみるまでもなく、その人の髪や帯その他のきこなしを一見したゞけで判るには判つたのであるが……

もつとも今の女性でも、眉の形でそのひとがどのやうな女性であるかが判らないでもない。

しかし往古の女性のやうな日本的美感の伴はないもの、多いのは残念である。折角親から享けたあたら眉毛を剃り落し、嫁入り前の若い身で一たん青眉にし、その上へすゝきの葉のやうにほそい抛物線を描いたりしてゐるのは、あまり美的なものとは言へないのである。

その抛物線の果てがどこで終るのかと心配になるほど髪の生えぎはまでものばしてゐる描き眉にいたつては、国籍をさへ疑ひたくなるのである。そのやうにして自分の顔の調和をこはさなくてはならぬ女性といふのは、一体どういふ考へを自分の顔にたいして持つてゐるのであらう。あゝいふ眉に日本女性の美しさは微塵も感じない。

感じない筈で、その拠つて来たところのものがアメリカ女優の模倣であるから、日本の女性にしつくり合はないのは当然すぎるほど当然の理なのである。

私はもちろん美しい新月のやうに秀でた自前の眉に美と愛着は感じてはゐるが、そ

なのである。

の秀でた美しい自前の眉毛を剃り落したあの青眉にたまらない魅力を感じてゐる一人である。

青眉といふのは嫁入りして子供が出来ると、必ず眉を剃りおとしてさうしたものである。

これは秀でた美しい眉とまた違つた風情を添へるものである。

結婚して子供が出来ると青眉になるなどは、如何にも日本的で奥ゆかしく聖なる眉と呼びたいものである。

いつの頃からかこの青眉の風習が消え失せて、今では祇園とかさう言つた世界のお内儀さんにとき〴〵見受けることがあるが、若いひとの青眉はほとんど見られない。

まして一般の世界にこの青眉の美をほとんど見出すことは出来ない。

青眉は子供が出来て母になつたしるしにさうする――言ひ代へれば母の眉とも称ふべきもので実に芽出度い眉なのである。

十八九で嫁入りして花ざかりの二十歳ぐらひで母になり、青眉になつてゐる婦人を見るとたまらない瑞々しさをその青眉に感じるのである。

そして剃りたての青眉は譬へていへば闇夜の蚊帳にとまつた一瞬の蛍光のやうに、青々とした光沢をもつてゐてまつたくふるひつきたい程である。

そのうへ青眉になると、急に打つて変つて落ちつきのある女性に見えるのである。もちろん母となつた故もあらうけれど……

私は青眉を想ふたびに母の眉をおもひ出すのである。

母の眉は人一倍あほ〳〵とし瑞々しかつた。母は毎日のやうに剃刀をあてゝ眉の手入れをしてゐた。いつ迄もその青さと光沢を失ふまいとして、眉を大切にしてゐた母のある日の姿は今でも目をつぶれば瞼の裏に浮んでくる。

私は幼いころのいちばんものごとの記憶のしみ込む時代に母の青眉をみて暮してゐた故か、その後青眉の婦人を描くときには必ず記憶の中の母の青眉を描いた。

私のいま迄描いた絵の青眉の女の眉は全部これ母の青眉であると言つてよい。

青眉の中には私の美しい夢が宿つてゐる。

髷

ちいさい頃から、いろ〱の髷を考案して近所の幼友達にそれを結つてあげ、ともにたのしんだのがこうじて、年がつもるにしたがつて女の髷といふものに興味を深くもつやうになつた。

ひとつは私の画題の十中の八九までが美人画であつたゝめに、女と髷の不可分の関係にあつた故ででもあらう——髷については、画を描く苦心と平行して、それを調べていつたものである。

私自身は二十歳すぎから櫛巻のぐる〱まきにして今まで来てゐるのを想ふと、自分の髪はたなへあげて置いて、ひとの髷となるとけんめいになつて研究する——考へてみるとおかしな話である。

しかし、これも自分の仕事と切り離すことの出来ないものなので、折りにふれ時にふれそれを調べてゐるうちに随分とたくさんの髷のかたちが私の脳中に陣取つてしまつた。

いまそれを一つづゝ想ひ出すまゝにとり出して並べてみるのも何かの役に立てばと考へるので……

髷の名称も時代によつて、その呼びかたがいろ〱と変つてゐるが、明治の初期辺りから、明治の末期まで結はれたもの、名前だけでも、大変な種類があり、それが関東と関西では、また別々であるので、髷の名称ほど種々雑多なものはない。

結綿、割唐子、めうと髷、唐人髷、蝶々、文金島田、島田崩し、投島田、奴島田、天神ふくら雀、おたらひ、銀杏返し、長船、おばこ、兵庫、勝山丸髷、三つ輪、芸妓結、茶筌達磨返し、しやこ、切髪、芸子髷、かつら下、久米三髷、新橋形丸髷。

これは関東――といつても重に東京での髷であるが、関西になると、髷の名前一つにしても、いかにも関西らしい味をみせた名前をつけてゐる。

ところで関西といつても京都と大阪とでは名前がころりと変つてゐる。大阪には大阪らしい名前、京都には京都らしい呼び名をつけてゐるところに、その都市都市の好みがうかがへて面白い。

達磨返し、しやこ結び、世帯をぼこ、三ツ葉蝶、新蝶大形鹿子、新蝶流形、新蝶平形、じれつた結び、三ツ髷、束ね鴨脚、櫛巻、鹿子、娘島田、町方丸髷、賠蝶流形、賠蝶丸形竹の節。

大阪人のつけさうな名前である。『じれつた結び』とか、『世帯をぼこ』など、いふのは如何にも気のせか〳〵した、また世帯といふものに重きを置いてゐる都会生活者のつけさうな名前で、髷の形を知らぬものでも名前をきいただけで、その形が目に浮んで来るやうである。

京都へくると、また京都らしい情緒をその名称の中にたゝへてゐて嬉しい。丸髷、つぶし島田、先笄、勝山、両手、蝶々、三ツ輪、ふく髷、かけ下し、切天神、割しのぶ、割鹿子、唐団扇、結綿、鹿子天神、四ツ目崩し、松葉蝶々、あきさ、桃割れ、立兵庫、横兵庫。をしどり（雄）と（めす）とあり、まつたく賑かなことであつて、一々名前を覚えるだけでも、大変な苦労である。

そのほかに、派生的に生れたものに次のやうなものがある。これは、どこの髷といふことなしに各都市それぐ〵に結はれてゐるものだ。

立花崩し、裏銀杏、芝雀、夕顔、皿輪、よこがひ、かぶせ、阿弥陀、両輪崩し、ウンテレガン、天保山、いびし、浦島、猫の耳、しぶなふ、かせ兵庫、うしろ勝山、大吉、ねじ梅、手鞠、数奇屋、思ひづき、とんとん、錦祥女、チヤンポン、ひつこき、稲本髷、いぼじり巻、すきばい、すき蝶など……

よくもこれだけの名前をつけられたものだと思ふ。

往古の女性の髪はみんな垂髪であつた。それが、この国に文化の風が染みこんでくると自然髪の置き場所にも気を使ふやうになり、結髪といふものが発達して来た。

むかしは誰も彼れも伸びた髪をうしろへ垂らしてゐたのであるが、そのうち働く女性達には、余りながくだらりと垂れた髪は邪魔になつて来た。

そこで首の辺りに束ねて結んだ。さうして動きいゝやうにしてゐるうちに、女性のこと故、その束ねかた結びかたに心を使ふやうになつた――それが、結髪発達史の第一ページではなからうかと考へる。


垂髪時代の女性の髪は一体に長かつた。垂髪であるために手入れが簡単で、手入れをしても髪をいじめることがすくなかつた。それで髪はいじめられずに、自然のまゝにすくすくと伸びていつた。

今の女性の髪の伸びないのは、いろ〳〵の髷にして、髪をあつちへ曲げ、こつちへねぢていじめつける故で、あゝいじめつけては髪は伸びるどころか縮むばかりである。

もつとも、今の若いひとは、わざ〳〵電気をかけて縮ましてゐるのであるから、私などこのやうなことを言つては笑はれるのかも知れないが……

とにかくむかしのひとの髪の長かつたことは、大体その人が立つて、なほ髪の末が四五寸くらひ畳を這ふのを普通としてゐたのである。

宇治大納言物語に、上東門院のお髪のながさ御身丈より二尺なほあまれりとあるが、そのお方の御身長の程は知られないが、お立ちになつて髪が二尺も余つたといふからには、よほどの長いお髪であつたらうと拝察する。

安珍清姫で有名な道成寺の縁起にも、一羽の雀が一丈もあらう一筋の髪の毛をくはへてくる話があつたやうに記憶してゐるが——とにかく、往古の女の髪は、いろ〳〵の文献を話半分に考へてみても、大体に於て長かつたことは事実らしい。


往古は（今でもさうであるが）女の子の前髪がのびて垂れてくると、額のところで剪つてそろへた。

そのことをめざしと呼んだが、どういふ訳で乾し魚のやうな名前をつけたのか……ある研究家によると、垂れ下つた髪が目を刺すから、そこから生れたものであらう——と、一応もつともな考へである。

このめざし時代は十歳ころまでで、それ以上の年になると漸次のびた髪をうしろへ投げかけて剪り揃へて置く。

それがもつと伸びると振分髪にするのであるが、前のはうと背後のはうへ垂らして置く法で、髪が乱れないやうに、両方の耳の辺りを布でむすんで垂れて置くのである。

この振分髪がもつと伸びると、背の上部で布か麻でむすんで垂れ髪にするのである。

この髪のたばねかたもいろ〳〵あるにはあつたが、普通はひとゝころだけ束ねむすんでうしろへ垂れた。

また二筋に分けて前とかうしろへ垂れるのもあつた。これを二筋垂髪と呼んだ。この長い髪は、夜寝るときには枕もとにたばねて寝たのであるが、ひんやりとしたみどりの黒髪の枕が、首筋にふれる気持ちは悪くはなかつたであらうと思ふ。

近来は女性の髷もいちじるしい変化をみせて来て、むかしのやうに髷の形で、あの人は夫人であるか令嬢であるかの見別けがつかなくなつた。

いまの女性は、つとめてさう言つたことをきらつて、殊更に花嫁時に花嫁らしい髪をよそほうのを逃げてゐるやうである。

夫人かとみれば令嬢のごときところもあり、令嬢かとみれば夫人らしきところもあり……と言ふのが、今の花嫁である。

そのむかし源平合戦の折り加賀の篠原で、手塚太郎が実盛を評して、侍大将と見れば雑兵のごときところあり、雑兵かとみれば錦のしたゝれを着して候――と面妖気に言つたあの言葉を憶ひ出して苦笑を禁じ得ないのである。

以前は若い女性は結婚といふものを大きな夢に考へて憧れてゐたから、花嫁になると、すぐにその髪を結つて、

『私は幸福な新妻でございます』

と、その髪の形に無言の悦びを結びつけてふいちようしてあるいたのであるが、今

の女性は社会の状態につれて、そのやうなことを愉んでゐるひまがなくなつたのででもあらうか、つとめてさう言つたことを示さぬやうになつて来た。

結婚前も結婚後も、雀の巣のやうにもぢやくした電気のあとをみせてゐる。『簡単』どころか髪をちゞらすのには種々の道具がいる、折角ふさくとしたよい黒髪をもつて生れながら、わざく長い時間をかけて其黒髪をちゞらしてゐる。私なぞの櫛巻は一週間に一度三十分あれば結へる、そして毎朝五分間で髪をなでつけ身仕度が出来る簡単さとくらぶれば、わざく髪をちゞらすのにかける時間の空費は実にもつたいない事である。私にはどう言ふ次第か、あの電髪といふものがぴんと来ない。

パーマネントの美人(私はパーマネントには美は感じないのであるが)は、いくら絶世であつても、私の美人画の材料にはならないのである。

あれを描く気になれないのは、どうした訳であらうか?

矢張り、そこに日本美といふものがすこしもない故であらうか。

当今では日本髪はほとんど影をひそめてしまつたと言つてゐゝ。

しかし伝統の日本髪の歴史はながいから、まだ若い女性の内部には、その香りが残つてゐると見えて、お正月とか節分、お盆になると、ふるさとの髪、日本髪を結ふ娘さんのゐるのは嬉しいことである。

人は一年に一度か三年に一度はふるさとへ帰りたい心をもつてゐるのと同様に――今の若い女性といへども、時々先祖が結つた日本髪といふ美しい故郷へ帰つてみたくなるのであらう。

私が女性画――特に時代の美人画を描く心の中には、この美しい日本髪の忘れられてゆくのを歎く気持ちがあるのだと言へないこともない。

車中有感

汽車の旅をして、いちばん愉しいことは、窓にもたれて、ぼんやりと流れてゆく風景を眺めてゐることである。

いろ〳〵の形をした山の移り変りや、河の曲折などを眺めてゐると、何かなし有難い気持になつて、熱いものを感じるのである。

ふつと、一瞬にして通りすぎた谷間の朽ちた懸け橋に、紅い蔦が緋の紐のやうに絡みついてゐるのを見て、瞬時に、ある絵の構図を摑んだり、古戦場を通りかゝつて、そこに白々と建つてゐる標柱に、何のそれがし戦死のところ、とか、東軍西軍の激戦地とかの文字を読んで、つわものどもの夢の跡を偲んだりするのは無限の愉みである。

汽車に乗ると、すぐに窓辺にもたれて、窓外の風景へ想ひをはしらすわたくしは――

実は車内の、ごた〳〵した雰囲気に接するのを厭ふためでもあつた。

汽車の中は、一つの人生の縮図であり、そこにはいろ〳〵社会の相が展開されてゐるので、それ等の相を仔細に眺めてゐると、いろ〳〵と仕事のはうにも役立つ参考になるものがあるのであるが、わたくしには、時たまに見受ける公徳心を失つた、無礼な乗客の姿に接することが、たまらなく厭ほしいので、さういふものをみて、自分の心をいためることのいやさから、自然に窓の外へと、自分の眸を転じて了ふ癖がついてしまつたのである。

窓外の風景には、自分の心をいためるものは一つもない。そこにあるのは、いづれも、自分の心を慰め柔げてくれる風景ばかりである。

ところが、わたくしは偶然にも、真珠のやうな美しいものを一昨年の秋、上京の途上にその車中で眺めたのである。あとにも先にも、わたくしは車中で、このやうな美しいものを感じたことは一度もない。それは、幼い児を抱いた、若い洋装の母の姿であり、その妹の姿であり、その幼児のあどけない姿であつた。

汽車が京都駅を発つてしばらくしてからのことであつた。逢坂トンネルを抜けて、ひろびろとした琵琶の湖を眺めてゐると、近くで、優しい声がして、赤ン坊に何か言つてゐるのが聞へて来たので、わたくしは、その声に何気なく振り返ると、丁度わたくしの座席と反対側の座席に、洋装の美しい若い女が、可愛い誕生前後と覚敷い幼児を抱えて、何か言つてゐる姿が眼にうつゝた。

わたくしは、その姿を一眼みるなり、思はず、ほう……と、呟いた。その母親（恐らく二十二三であつたであらう）の洗練された美しさもさること乍ら、その向ひに座つてゐる妹さんらしい人の美しさにも

『よくも、このやうに揃つた姉妹があつたもの』

と、内心おどろきに似たものを感じざるを得ない程であつた。

姉妹《ふたり》とも洋装で、髪はもちろん洋髪であつた。

近頃、若い女の間に、その尊い髪に電気をあてゝ、わざ〳〵雀の巣のやうに、あたら髪を縮らすことが流行して、わたくしなどの目には、いさゝかの美的情感も催さないのであるが、この姉妹の髪の、洋髪であり乍ら、なんといふ日本美に溢れてゐることか……

くしや〳〵の電髪に懼《おそ》れをなしてゐたわたくしであつただけに、洋髪にも、かういふ日本美の型が編み出せるものかと、新しい日本美でも発見したやうに、わたくしはおどろきおどろき眸を瞬つてしまつたのである。

この姉妹は、額のところに、少しばかしアイロンをかけて、髪を渦巻にしてゐるほか、あとは、すらりと項《うなじ》のところへ、黒髪を垂らし、髪のすそを、ふつくらと裏にま

げてゐた。

かういふ新しい型の髪が、心ある美容師によつて考案されたのであらうが、姉の顔立ちと言ひ、妹の顔立ちと言ひ、横から眺めてゐると、天平時代の上﨟をみてゐる感じで、とても清楚な趣きを示してゐるのであつた。

色の白い、顔立ちのよく整つた、この二人の姉妹は、そのまゝ昔の彫刻をみてゐる思ひであつた。

『洋髪でも、これ位日本美を立派に取り入れた、これ位気品のあるものなら、自分も描いてみたいものである』

わたくしは、さう思ふと、そつと小さなスケッチ帳を取り出して、こつそり写生した。

わたしは、汽車の中で、現代の女性を写生しながら、心は天平時代の女人の姿を描いてゐるのであつた。

何事も工風一つで――むしや〳〵の電髪も、このやうに『日本美』といふものを根柢に置いて考へれば、実に立派な美的な髪が生れるのである。
ひと頃のやうに、何でもかでも、新しい欧米風でさへあれば……それが、そのまゝ取り入れられて『新しい』とされてゐた悪夢から醒めて、戦争以後の日本の女性にも、漸く日本美こそ、われ〳〵にとつて、まことの美であることに気づき、美容師も客も、協力して新時代の日本美を、その髪の上にも創り出さうといふ兆しの現はれを、わたくしは、この姉妹の女性の上に見てとつて、ほの〴〵とした悦びを感じたのであつた。若い母親の膝にゐる幼児も亦、母親のやさしさが伝へられて、実に可愛いゝ顔をしてゐた。

わたくしは、スケッチを、その姉妹から、幼児にむけた。

幼児は、わたくしを見乍ら、にこ〳〵と笑つてゐた。

何か矢張り相通じるものがあるのであらう……幼児は東京へ着くまで、わたくしのいゝ相手になつてくれて、わたくしは、いつになく楽しい汽車の旅を味ふことが出来たのである。好きな窓外風景も、この旅行には、とんと御無沙汰してしまつて……

わたくしは、このあどけない幼児に別れるとき、ひそかに祈つたのである。

『よい日本の子となつて下さい。あなたのお母様やお叔母さまは、立派に日本の土にしつかりと立つてゐなさる方であるから、お母様やお叔母さまを見ならつてゆきさえすれば、きつと立派な日本の子となれるでせうから』

わたくしは、今もあのときの姉妹の髪と色白の横顔とが忘れられない。

わたくしは、天平の上臈を思ふたびに、あのお二人を憶ひ出し、あの姉妹を思ふたびに天平時代の女人を憶ひ出すのである。

あのころ
――幼ものがたり――

父

私が生れたのは明治八年四月二十三日ですが、そのときには、もう父はこの世にゐられなかつた。

私は母の胎内にあつて、父を見送つてゐたのでありました。

『写真を撮ると寿命がない』

と言はれてゐた時代であつたので、父の面影をつたへるものは何一つとてない。しかし私は父にとても似てゐたさうで、母はよく父のことを語るとき

『あんたとそつくりの顔やつた』

と言はれたものです。それでとき折り父のことを憶ふとき、私は自分の顔を鏡に映してみるのであります。

『父はこのやうな顔をしてゐなさつたのであらうか』

さう呟くために。

祖父

祖父は上村貞八といつて、天保の乱を起した大阪の町奉行大塩平八郎の血筋をひいたものであると伝へられてゐます。

その当時はお上のせんぎがきびしかつたので、そのことはひたかくしに隠して来たのださうです。

この祖父が京都高倉三条南入ルのところに今もあるちきり屋といふ名代の呉服屋につとめて、永らくそこの支配人をしてゐましたさうです。

夏は帷子、冬はお召などを売る店として京都では一流だつたさうです。

この貞八が総領息子に麩屋町六角に質店をひらかせましたが、三年目には蔵の中に品物が一ぱいになつたと言はれてゐます。

ところが、京のどんどん焼とも言ひ、また鉄砲焼とも言つて有名な蛤御門の変で、隣の家へ落ちた大砲の弾から火事を起し、その質蔵も類焼し、一家は生命から〴〵伏見の親類へ避難したのでした。

そのときは母の仲子は十六七でしたが、そのときの恐しさをとき〴〵話してゐられました。

元治元年の年のことであります。

間もなく四条御幸町西入奈良物町に家をたて丶、そこで今度は刀剣商をはじめました。

参覲交代の大名の行列が通るたびに、店には侍衆がたくさん立たれて、刀や鍔をかつて行つたさうで、とてもよく流行つたさうです。

又帰国のときには小供用の刀や槍がどん〳〵うれたさうで、これは国表へのお土産になつたのであります。

葉 茶 屋

それも間もなくのことで、御一新になり、天子様が御所から東京の宮城へお移りになられたので、京都は火の消えたやうにさびれてしまひ、廃刀令も出たりしたので、刀剣商をたゝんでしばらくしもたやでくらしてゐましたが、母の仲子が養子を迎へたので、それを機会に葉茶屋をひらきました。養子の太兵衛といふ方はながらくお茶の商売屋に奉公してゐたので、その経験を生かさうとしたわけであります。

葉茶屋の家号を『ちきり屋』と名づけたのは、祖父がつとめてゐた呉服屋の家号をもらつてつけたのかも知れません。

もつとも葉茶屋に『ちきり屋』といふのはむかしからよくある名ださうですから、べつだん呉服商の『ちきり屋』にチナまなくともつけられたのではありませうが……

今でも寺町の一保堂あたりにいぜんの面影が残つてゐますが、私の家の店は表があげ店になつてゐて、夜になるとたゝんで、朝になると下へおろし、その上に渋紙を張つた茶櫃を五つ六つ並べてをきます。

店の奥には棚ものといつて上等のお茶を入れた茶壺がたくさんならんでゐました。

私は子供のころから――さやう、五つの頃から絵草紙をみたり、絵をおもちゃ描きしたりすることが好きで、店先のお客さんの話をきゝ乍ら、帳場の机に坐りこんで、硯箱の筆をとり出しては、母のくれた半紙に絵ばかりかきつけてゐました。

いつ来ても絵ばかりかいてゐるので、お客さんはよく笑ひ乍ら、母に、『あんさんとこのつうさんは、よほど絵がすきとみえて、いつでも絵をかいてはるな』と、言つてゐたのを憶えてゐる。

店へ来る画家の人で、桜花の研究家として名をとつてゐた桜戸王緒といふ方が、極彩色の桜の絵のお手本を数枚下さつて、うまくかけよ、と言つたり、南画を数枚下さつて、これを見てかくとえゝ、などゝはげまして下さつた。

また甲斐虎山翁が幼い私のためにわざ〳〵刻印を彫つて下さつたこともあります。その印は今でも大事に遺してあります。

絵草紙屋

私は絵の中でも人物画が好きで、小さいころから人物ばかり描いてゐました。それで同じ町内に吉野屋勘兵衛——通称よしかんといふ絵草紙屋がありましたので、私は母にねだつて江戸絵や押絵に使ふ白描を買つてもらひ、江戸絵を真似てかいたり、白描に色をつけては悦んでゐました。

また夜店をひやかしてゐますと、時々古道具の店に古い絵本があつたりしますので、母にねだつて買つて貰ふのでした。

母は私が絵を買ふとさへ言へば、いくらでも、おう〳〵と言つて買つてくれました。将来絵かきにするつもりではなかつたのでせうけれど、好きなものなら——と言つた気持ちから訊いて下さつたのでせう。

たしか五つか六つの頃と思ひます。

お祭によばれて親類の家へ遊びに行つたときのこと、そこの町内に絵草紙店があつて、なか〱い丶絵があるのです。

子供心にほしくて〱たまらなかつたが、親類の人に遠慮して言ひ出せずもじ〱してゐたが、折よくそこへ家の丁稚が通り合しましたので、私はこれ幸ひと、丁稚に半紙へ波の模様のある文久銭を六つならべて描いて、

『これだけ貰つて来ておくれ』

とことづけて、やつとそれを買ふことが出来ました。

文久銭といふのを知らないので絵にして言伝けた訳ですが、あとで母は、この絵手紙を大いに笑つて、つうさんは絵で手紙をかくやうになつたんやなア、と言はれました。


ガス燈も電燈もなかつた時代のことで、ランプを往来にか丶げて夜店を張つてゐる。その前に立つて、芝居の役者の似顔絵や、武者絵などを漁つてゐる自分の姿を時々憶ひ出すことがありますが、あの頃は何といふ事なしに絵と夢とを一緒にして眺めてゐた時代なので私には懐しいものであります。

芝居の中村富十郎の似顔絵など、よしかんの店先に並んでゐる光景は、今でも思ひ出せばその顔の線までハツキリと浮び上つて来るのです。

北斎の挿絵

母は読み本が好きで、河原町四条上ルの貸本屋からむかしの小説の本をかりては読んでゐられたが、私はその本の中の絵をみるのが好きで、よく一冊の本を親子で見あつたものでした。

馬琴の著書など多くて——里見八犬伝とか水滸伝だとか弓張月とかの本が来てゐましたが、その中でも北斎の挿絵がすきで、同じ絵を一日中眺めてゐたり、それを模写したりしたもので——小学校へ入つて間もないころのことですから、随分とませてゐた訳です。

字体も大きく、和綴じの本で、挿絵もなか〳〵鮮明でしたからお手本には上々でした。

北斎の絵は非常に動きのある力強い絵で、子供心にも、

『上手な絵やなあ』

と思つて愛好してゐたものです。

貸本屋といふのは大抵一週間か十日ほどで次の本と取り替えてくるものですが、その貸本屋はいたつてのん気で、一度に二三十冊持つて来るのですが、一ケ月経つても

三ケ月しても取りに来ません。

四ケ月目に来たかと思ふと、新しい本をもつて来て、

『この本は面白いえ』

と言つて置いてゆき、前の本を持つて帰るのを忘れるといふ気楽とんぼでした。

廻りに来るのは、そこの本屋の息子ですが、浄瑠璃に大へん凝つて、しまひには仕事をほり出して、そればかりうなつてゐる仕末でした。

息子の呑気さに輪をかけたやうに、その貸本屋の老夫婦ものんびりとしたいゝ人達でした。

いつでも店先で、ぼんやりと外を眺めてゐましたが、時折り私が借りた本を返しにゆくと、

『えらいすまんな』

と、いつて、色刷りの絵をくれたりしました。店には随分たくさんの本があり、私の好な絵の本もありました。

御一新前に、その老夫婦が勤皇の志士をかくまつたさうですが、その志士がのちに出世して東京で偉い人になつたので、

『お礼返しに息子さんを学校へ出してやらう』

と言はれたので、老夫婦は息子をつれて東京へ行つてしまひましたが、その時たく

さんの本を屑屋へ払ひ下げて行つたさうですが、あとでその事をきいて、
『あれをたくさん買つて置けばよかつた』
と残念におもひました。

母が用事で外出をすると、留守の私は淋しいので、母の鏡台から臙脂をとり出して、半紙に、それ等北斎の挿絵をうつしてゐましたが、母は帰つて来られると必ず、二三枚の絵を土産に下さいましたことも、今は遠い思ひ出となつてしまひました。

小学校時代

仏光寺の開智校へ入学したのは、七つの年でした。

絵が好きなものですから、ほかの時間でも石盤に石筆で絵を描いたり、庵筆(鉛筆のことを当時はさうよびました)でノートに絵をかいたりして楽んでゐました。

五年か六年のころ、はじめて図画の時間といふものが出来ましたが、そのときはとても嬉しかつた。

図画の時間が出来てから学校へゆくのがたのしみになつてしまひました。

そのとき教へていただいた先生が中島真義といふ方ですが、最近八十五歳で歿くなられるまで、ちよい〳〵私の家へ遊びに来られて、あの頃の話も出ました。

私は遊歩の時間でも皆と一緒に遊ばないで運動場の隅で石盤に絵ばかりをかいてゐました。

友達が寄つて来て、私が常子といふのでみんなが、

『つうさん、うちのにも描いてな』

と、言つてさし出すのです。私はいゝ気持ちになつて、花やら鳥やら人物やらを、それに描いてやつたものです。

その友達は又日曜になると家へ集つてくるので、私はいろ〳〵の髪の形を考へては、その女の子たちの髪を結つてあげたもので、研究してゐるうちに、どんな人はどのやうな髪を結ふたらいゝかが判り、それが将来絵を描く上に大変役立ちました。

私は私流の髪もずいぶん考案しましたが、子供心に、むかしの型の髪を、なるほどよく考へた、えゝ型やな――と思つたものでした。

中島先生は私の絵に見どころを感じなさつたのか、いつでも、しつかり描けよ、と激励して下さつて、ある時、京都市中の小学校の展覧会に私の絵を出品させて下さる程でした。

私はそのとき煙艸盆を写生して出したのですが、それが幸ひ入賞して御褒美に硯をいただきました。

この硯はながらく私の側にあつて、今でも私の絵の一助をつとめてゐますが、この硯をみるたびに中島先生のご恩をしみじみと感じるのであります。


小学校のときに、もう一人前に女の着物や帯や髪のことが判つてゐたので、よく近所の人が、着物や帯のことをたづねに来られたことがありました。

将来美人画に進まうといふ兆しがそのころからあつたとみえて、女性の画ばかり描いてゐたのが、自然に覚えこんでしまつたものでありませう。


そのやうな訳で、小学校をすますと画学校へ入りましたのも、別段画で身を立てようといふ訳ではなく、

『好きなものなら画の学校でも行つてゐたらよからう』

母がさう言つてやつて下さつたものなのです。小学校でも絵の時間は特別に念入りに勉強した私ですから、画学校へゆけば天下はれて画がかけるといふので、私はどんなに嬉しかつたことでせう。

私は、そのときばかりは、母の前で泣かんばかりにして感謝したものでした。

私の画道へのスタートは、この画学校をもつて切られたと言つてい丶のです。画学校にはいる話が決つたとき、子供ご丶ろにも、何かしら前途に光明を見出した思ひをいだきました。

画学校時代

十三の年に小学校を卒業し、翌年十四歳の春、京都府立画学校へ入学しました。明治二十一年のことでありますから、女が絵の学校へはいるなんて、と言つて叔父がさかんに母を責めました。しかし母は、

『つうさんの好きな道やもん』

と言つて受けつけなかつたのです。

当時、校舎は今の京都ホテルのところにありまして、その周囲はひろい空地で、いちめんに花畠になつてゐました。

それで花屋が画学校の前にありましたので、よく写生用の花を買つたり、買はずに、ぢかに花畠へ行つて写生したりしたものです。

そのころの画学校は実にのんびりとしてゐて、別に画家になる目的でなくとも、なんとなく入学して……と言つた人もかなりゐました。
『うちの子は身躰が弱いよつて、画でも習はさうか』
といふやうなのもありました。
今の画家は余程の腕の力と健康がなくてはつとまりませんが、当時は絵描きに対しては一般の目はその程度の、
『遊び仕事』
ぐらひに考へてゐたものの様でした。ですから、そのやうな考へかたのなかから熱のあるもえ上るやうな芸術家が生れたり、又生命のある芸術作品を生み出されることもまれで当時の画学校卒業生のなかから後に名をあげた人は殆んどありません。
校長は土手町の府立第一女学校々長吉田秀穀さんで、画学校の校長を兼ねてゐられたのです。
教室は、
東宗
西宗
南宗
北宗

の四つに岐れてゐました。まるで仏教の学校のやうに感じます、東宗北宗など、言ひますと……

東宗といふのは柔かい四条派で、主任の先生は望月玉泉さん。
西宗といふのは、新しくぽつこうした西洋画つまり油絵で、主任が田村宗立先生。
南宗は文人画で主任が巨勢小石先生。
北宗は力のある四条派で、主任が鈴木松年先生といふ、一流の大家ばかりでした。
私は北宗に入り、鈴木松年先生に教はつたのであります。

最初は一枝ものと言つて、椿や梅や木蓮などの花を描いた、八つ折の唐紙二十五枚綴のお手本を渡されると、それを手本として描いた絵を、それぞ〵の先生の許へ差し出します。それを先生に直していたゞいて、更にもう一度清書し、二十五枚全部試験に通りますと六級から五級に進むのです。

五級になると一枝ものよりも少しむつかしいものを描かされます。
四級にすゝむと鳥類や虫類――それから山水、樹木、岩石といふ風にこみ入つたところを描き、最後に一級になると人物画になるといつた階段を踏んで卒業する訳です。

ところが、私は子供のじぶんから、人物画が好きで人物ばかり描いてゐましたので、学校の規則どほり一枚ものばかり描いて満足してはゐられないのでした。

そこで一週に一度の作図の時間に人物画を描いて僅かに自分を慰めてゐたのです。

その人物画も、新聞に出た事件をすぐに絵にして描いたのです。

ですから一種の絵の時事解説を毎週描いてゐた訳です。

松年先生がある日言はれました。

『人物を描きたいのはもつともであるが、学校の規則は枉げられぬから、それ程人物が描きたければ自分の塾へ学校の帰りに寄るとよい。参考を貸したり画も見てあげるから』

私は悦び勇んで、学校が退けると、東洞院錦小路の松年先生の塾へ寄り、そこで心ゆくまで人物画を描いたり見て貰つたりしました。

当時学校に生徒の数は百人ばかりゐましたが、

『画学校も大発展を遂げて、ついに百名に達しましたることは、日本画壇の前途のためにまことに慶賀すべきことであります』

校長の吉田秀穀先生が、さう言ふ演説をして大いに悦んだものです。いかに寥々たるものであつたかゞ判りませう。

間もなく学校に改革がありました。

絵画のほかに陶器の図案とか工芸美術の部が加はりましたので、純正美術派の先生達は、

『からつ屋や細工屋の職人を、我が校で養成する必要はない』

と、大変な反対意見を出され、そのために学校当局とごた〳〵が起き、絵の先生は大半連袂辞職されてしまひました。

松年先生も、そのとき反対派であつたので学校を辞められましたので、私も松年先生について学校をやめ、それから松年塾へ塾生として通ふことにしました。

私は、それで一枚ものや鳥や虫をかゝなくてもよいので、それ以後は大いに人物画に精進することが出来たのでした。

当時は、狩野派や四条派といへば、花鳥山水動物の方が多く人物画はあまりありませんでした。

応挙派のものに、たまには人物画はありましたが、しかし女性描写の参考はすくなすぎました。

私は出来るだけ博物館や、神社お寺の秘蔵画をみて廻つて僅かに参考としてゐたほど、人物画は寥々たるものでした。

『あんたの描きたいものは京都に参考がなくて気の毒だな』

松年先生はよく私にさう言はれて同情して下さいまして、出来るだけ粉本や参考をかして下さいました。

松年先生自身も亦山水がお得意だつたので、人物画の参考がすくなかつたのです。

当時、京都に如雲社といつて、京都画壇聯合の月並展覧会が、今の弥栄倶楽部の辺にあつた有楽館でひらかれましたが、世話人がお寺や好事家から借りて来た逸品の絵を参考として並べましたので、私には大変い丶参考になつたので、これは欠かさずに出掛けて行つて縮図しました。

美術倶楽部で売立てがあると聞くと、私は早速く紙と矢立てをもつて駈けつけたものです。

そして、頼んではそれを写させてもらつたものであります。しかし入札を見に来る客人の邪魔になりはせぬかとゑんりよしながら縮図をつゞけました。

あの頃の不自由を想ふと、今の人は倖せです。文展でも院展でも非常に人物画が多くなつてゐるので、参考に困りませんが、当時はこのやうにしなければ、人物画の参考は見られなかつたものでした。

そのやうな不自由な中から、人物画で一派をたて、いつた私の修業は並々のものではありませんでした。

自由に参考の手にはいる現代の人達は幸福であると同時に、さう言つた苦労をしずにすむことは楽修業になるので、うんと警戒しなくてはならぬと思ふのであります。

最初の出品画
――四季美人図――

今でこそ洋画にしろ日本画にしろ、モデルと云ふものが大きな問題となつてゐるが、今から四、五十年も前の我が画壇をふり返つてみると、そんなものはまるでなかつた。

私の最初の展覧会出品画は『四季美人図』であつて、これは明治二十三年、東京で開かれた第三回勧業博覧会に出品したもので、当時まだ十六歳の若年であつた。

今から思つてみれば、若々しく子供つぽいものであつたが、モデルと云ふものがないので鏡台にむかつて自分のいろいろな姿態、ポーズと云ふか、その格好を写しては下絵にとり、かうして最初の『四季美人図』が出来上つたのである。

『四季美人図』と云ふのは、幅二尺五寸、竪五尺の絹本に四人の女性人物が描かれてありそれぞれ春夏秋冬の一時季を表はしてゐる、と云つた極く簡単なもので、先づ春には一ばん年端の若い娘を描き、梅と椿の花を生けている処。夏は前の娘よりはいくらか年の上のまあ、すぐ年上の姉ぐらいの娘が絽の着物で観世水に紅葉を散らし、涼し気に島田を結つてゐる姿、金魚だとか簾だとかで夏らしい感じを出さうと試みてあり、秋になると夏に描かれた娘よりはもう一つ年かさの、中年増と云ひますか、それくらいの年の女性が琵琶を弾じてゐる図で、着物だとか、色彩から秋の落付いた静寂な気分を漂はせた。最後に冬になると、もうずつと年配のいつた一女性が雪中の画の軸物を見てゐるところを描いたものであつた。

どんなところから『四季美人図』の題材構想を考へたかと云ふと、別に深いしさいがあつたわけではなく、万象の萌え出でる春の季から一年中の最も旺んな夏季、それが過ぎ去つてやがて木々の葉がもの淋しく落ち散つてゆく秋景色から、最後にすべての自然が深い眠りのなかに這入つてゆく冬の季までのひと歳の移り変りを、それぞれ似つかはしいやうな美人をもつて描いた、人間にもある春とか、夏とか、それぞれの年齢を描きわけしてみた、と云ふ、まあ云つてみれば極く子供らしい着想で描いたものに過ぎなかつた。

絵に対する苦しみとか絶望懐疑といつたものが、当時の私には全然なかつたと云つてよい。絵の素材を考へたり、そんなことで頭をしぼるのがとても楽しかつた。絵と云ふものに苦悩ではなく心から嬉しい喜ばしい気分で接し得られたのである。

その『四季美人図』を描いた気持と云ふのも同じ様なもので、十六歳と云へばまだ半分は子供心であつたわけで、あとから考へてもそれほどたいして頭をひねつて制作したものではなかつたやうに思ふ。

『先生、こないな風に描かう思ふとりますがどないどつしやろ?』

『ふん、かうしたらよかろ』

と云つた工合で、本当に子供らしい気ばかりで絵にむかつていつたものである。

一枚の絵をながいことかゝつて描いた。

絵につかふ用紙は、当時は普通紙本で稽古し、特別に何処かに飾つたり出品しなければならないやうなものには絹本を用ひたが、絹本に描くよりは紙本に描くことの方が難かしかつた。

第三回勧業博覧会は東京で開催されたが、先づ私ども京都画壇では京都ぢうの出品をその前年の明治二十二年十二月に京都府庁内で府庁の手によつて展覧に供され、やがてそれを一まとめにして東京に荷送りしたもので、出品の人選はそれぞれの師が自分の弟子たちのなかから自由にえらんだものである。

『絵を出さしてやさかいきばつて描きなさい』

『この子、絵筋《たち》がえゝさかい、きばつて描かそか……』

と云つた工合で、現今のやうに審査と云ふ選定方法もなく、出品された以上は落第も及第もなかつたので、結局それぞれの師の目にとまつた絵が自選の形式で出品されてゐたわけである。

その様にして鈴木松年先生の塾からもたしか十五六枚出されたやうに記憶してゐる。しかし東京の博覧会では審査があり、審査員の審査に依つて賞とか褒状の等級がきめられた。一等上が銅牌で、私には思ひがけなくも一等褒状が授与せられた。

一等褒状を貰つたときはさすがに嬉しかつた。何分当時はまだ十六歳の小娘でしたから思ひもかけなかつたのであらう。

当時さる国の皇太子殿下が恰度日本に来て居られ、博覧会場におなりになり、はしなくも私の拙ない絵を御眼に止められて大層気に入られたとみえて、お買上げの栄を得た。

当時このやうなことは殊に京都では珍らしいことであつたと見えて、新聞紙上にいろいろ私の絵のことやら、私のことやらが載せられたもので、ついせんだつてもふとしたところから四十数年も前の、京都発行の『日の出新聞』をみつけ出し、おや珍らしいもの、とひろい読みしてゐたところが、当時の、その私の勧業博出品画に関する記事があつたので非常に昔なつかしい感を覚えました。

その時のことですが、私の親戚で、ひとりなかなかよくゴテる叔父が居つて、私が画学校に通ふことを非常に嫌ひ、と云ふより、母が私を許して画の学校へやつてゐることが気に喰はない。

『上村の娘、絵など覚えてどないするつもりかいな』

と、私の家へ来るごとは勿論、かげでもうるさく非難して居つたが、母がべつに他人様や親類すぢから世話になつてゐるわけでもなし、と一向気にかけなかつた。

ところが、この叔父が新聞紙上で私の博覧会出品作に褒状がくだされたと云ふことを読み識つてからは、一変してしまひ大変有頂天に喜んで、わざわざ私の家へ祝ひにやつて来た始末。それからは私のまあ、今で謂ふファンですが、大変ひいきにしてくれて、展覧会などへは絶えず観に行つては私の絵を褒めまはつてゐたやうである。

その翌々年の明治二十五年にも同じ題材、同じやうなイキで『四季美人図』を描いて展覧会に出品したが、これは前の勧業博出品の『四季美人図』が評判になつたためであらうか、農商務省からの名指しで、始めからシカゴ博の御用品になされる由お達しがあり、六拾円の金子が下げられた。そこで私は描き上げた絵を板表装にして送つたが、その時分の六拾円だから、私にとつては驚くほどの多額でした。

何しろその時京都から出品したのは、私のほかにと云つては岩井蘭香さんが居られたくらゐのもので、蘭香さんは当時もう六十歳位の御年齢でしたから、まるで破格の待遇であつたわけだ。東京からは跡見玉枝さんなどがこの博覧会に出品された様に覚えて居る。

この時の『四季美人図』も審査の結果二等になり、アメリカでは私の写真入りで大いに新聞が書きたてたさうである。

そのとき送つて来た唐草模様の銀メダルが今でも手許に残つてゐる。

表装してくれた京都の芝田堂の主人、芝田浅次郎さんが自分の絵が入選でもしたやうに悦んで、早速お祝ひに来てくれたことも憶ひ出となつてゐる。

東京の跡見玉枝、野口小蘋の両女史、京都の岩井蘭香と云ふ名声嘖々たる女流画家に伍して、十八歳の私が出品出来、しかもそれが入賞したのであるから母は涙を流さんばかりに喜んでくれたものであつたが、これも想へばかぎりなくなつかしい昔話となつてしまつた。

画室談義

何時だつたか、或る東京の婦人雑誌の記者が数人見えて、私のいろいろな生活を写真に撮られたり記事にして行かれたことがあつた。

その折、私の画室の内部も写真に撮りたいと云ふことを云はれて非常に困りました。何分私の画室と云ふのは、私以外誰ひとりとして、たとへ家族の者や孫たちでもみだりに出入りさせぬことになつてゐる、まあ私個人の専有の仕事部屋であり、私にとつてはかけ換へのない神聖な道場とも考へてゐる処でありますからその理由を述べてお断りしたのですが、再三たつての頼みに敗かされて内部を見せて写真も撮らせましたが、大変困却した感じを強くしたことは今でも忘れません。

それからもいろいろな処から、或るものは研究心から、あるものは単なる好奇心、興味心から同じやうな頼みを持つてこられる人が時々ありましたが、出来得る限りお断りし続けて来ました。これからもそのやうな依頼には応じたくないと思つてゐる。

大正三年頃京都市中京区間町竹屋町上ルの私の今の住居、画室を建ててから思へばもう二十幾年、当時まだ息子の松篁は十三歳であつた。

画室は、母屋とは廊下続きの離れの形式になつて居り、南向きの二階建てで、東、西、南の三方は明り障子とガラス障子の二枚が嵌まつてゐて、北面だけが壁で仕切られてゐます。畳数は十四あります。

明り障子とガラス障子の二枚戸にしたのは陽光の明暗強弱を適度に調節するためで、それらの三方の外には一尺幅ほどの小さい外廊が廻らしてあり、それにかたちばかりの欄干も取りつけられてあります。其処にはさまざまな植木鉢など並べて置くのに都合がよろしい。

画室の四囲には掘り池を廻らし、金魚だとか鮒、鯉の類の魚を数多く放つてあり、そのもう一つ外側を樫の木、藤の棚、ゆすら梅、山吹きなどが囲んでゐて、その間から母屋の中庭にかけては小禽たちの鳥舎、兎、鶏からさては狐小舎までが散在してゐて、私や松篁にとつては写生、勉強のよい対象になつてくれ、また孫たちにはこよなき遊び相手になつてくれてゐます。

朝、樹立ちを洩れて陽光が惜し気もなく画室のなかへ流れこむ。何処からか野鳥が飛んで来てはゆすら梅に止つて囀りはじめる。すると籠のなかの小鳥たちもそれに和すやうに鳴き出す。

木々の間をぬふて歩めば掘り池に緋鯉の静寂がのぞかれる。

朝の一瞬、貧しいながらこゝは私にとつてまつたくの浄土世界です。

毎年五月の七日か八日ごろが私のところの衛生掃除に当つてゐる。それを区切りとして夏の暑いさかりを階下の画室で、またお盆過ぎになつて文展の制作を機に二階の画室へ、これが私の上下画室の使用期になつて居ります、冬は二階の方が陽あたりはよく、暖くもあり、夏は階下の涼しい木蔭の方が制作し易いからです。

画室の到るところ、この隅には手控えの手帖が数冊、此処には子供ばかりをスケッチしたノートがかためて置かれてあり、又階下の画室の何処其処には桜花ばかり描いた縮図帳が、と私の上下の画室内部には、私の絵に必要な用紙、絵具、絵筆から絵具の皿に及ぶさま〴〵なものが散在してゐて、私でないと何処になにがあるかと云ふことの見当は先づつきさうもない。

しかし自分ではそれぞれの在り場所が不思議なほどよく呑みこめてゐて、別にあらたまつて整理の必要は感じたことがありません。


画室の掃除だけは自身がする。

私の制作に必要な個処には絨毯が敷いてあるし、蠅や蛾の汚れを禦ぐために絵にはいつでも白布をかけることにしてあります。

絹布切れでつくつたさいはらい、棕櫚の手製の箒等みな自分専用のものである。

雨の降つた翌日のしつとりした室気が掃除には上々のやうです。


二階の画室の狭い外廊が何時の間にか近所の猫どもの通路になつてゐることを、私は最近になつて知つた。

私の家の外塀を乗り越えて、三毛猫、白猫、黒猫、実にいろいろ近所の猫たちが入れかはり立ちかはりやつて来ては、そのまゝ黙つて通り過ぎてゆくものもあり、朝や午後からの陽あたりのいゝ時間には手すり廊下の一個所で、まことに心持よげに一刻の睡をむさぼつてゆく。

丁度今頃の冬の季候には、猫たちにとつては実によい憩ひ場所であるらしい。

万年青や葵などの植木鉢が置き並べられてあるその間をはなはだ巧みにそれこそあし音ひとつさせずにやつて来ては、つい先日も私が画室のガラス障子越しにそつと凝視めてゐることも気がつかぬらしく、愛らしい三毛と白の二匹がひつそりと冬陽を受けて寝そべつてぬくもつてゐました。

しかし時には、私が制作三昧の境にひたりきつてゐる午後を、突然のけたたましい猫族の叫声と、目の前をサツと走り去るいくつかの素速い動物の巨きな影に思はずハツとなり絵筆を止めさせられることがあります。

軒下の外縁を彼女等が無断占拠するのはよいとして、それによつて屋内の主人である私が時々おびやかされ制作のさまたげをされるのは、

『困つた悪戯もの』

であります。

ひさしを貸して母屋まで……とつまらぬ俚諺に思ひあたつてつい苦笑せざるを得ません。

画室のなかは実に賑かです。何年か前の美人下絵がいまだに隅に立つてゐたり、清少納言が何か、もつともらしい顔つきで私を眺めてゐたりする。

モデルをあまり使はない私は、夜分など壁へ自分の影を映してそれを参考にしてポーズをとるのです。

影絵といふものは全体の姿だけ映つて、こまかい線は映りませんから形をとるのに大変役立つものであります。

また大鏡もそなはつてゐますが、その前に坐つていろいろの姿を工夫するのです。時には緋鹿子の長じゆばんを着てみたり振袖をつけてみたり——まるで気が変になつたのではないかと思はれさうなことをやつてゐますが、本人の私はとても真剣なのです。

入室厳禁の画室のことですから誰も見てゐないので笑はれはしませんが、だれか垣間見てゐたとしたら随分と変てこな格好であらうと自分乍らさう思ひます。

狩野探幽でしたか、あるお寺の襖に千羽鶴を描くのにいろいろと自分の姿態を映した話がありましたが、画描きと云ふものの通癖でもありませうか。

月の夜、障子にうつる竹や木の枝の影に、とても美しい形が見いだされることがあります。それをそのまゝ写して置くことも何かの参考になるので、これなども時々写しとつて居ります。

縮図帖

縮図は絵の習ひたてからとつて居り、今でも博物館あたりへ通つて縮図して来ることがある。

そろそろ絵を習ひはじめた頃、松年先生、百年先生の古画の縮図をみてはそれをその通り模縮写させていただいたものである。

その時分展覧会があるごとに、どんな場合でも矢立てと縮図帖とは忘れずに携へていつては沢山の縮図をして来たものだ。

花鳥、山水、絵巻物の一部分、能面、風俗に関する特別の出品物まで、いゝなと思つたものはどしどし貪欲なまでにことごとく写しとつたものである。

縮図帖に用ふる紙は一定してゐないが、なるべく庵つきのよいものを選んで綴ぢあはせて用ひた。近頃はうすい硫酸紙で描いてゐるが、これだと裏表両面の使用が可能で花など写生するのには便利がいゝ。

今の若い人たちは鉛筆で縮図の勉強をやつてゐるが、私は使ひなれたせいか矢立と筆の方が描き易い、習慣でさうなつたのであらう。

絵といふものは最後は筆でかゝねばならぬもの故、縮図したりスケッチしたりする場合でも常に筆をつかつてゐると、筆の線もそれだけうまくなるわけで、鉛筆でするよりは修業になるのではなからうかと思はれる。

ペンで字をかいてゐる人が毛筆に拙ないのと同じやうに――。

現在手許にある私の縮図帖は三四十冊ぐらゐ。一冊ごとの枚数、厚さと云ふものもべつに定めてゐないから大層部厚いものから極く薄つぺらなものまで雑多である。だからして格好もさまざまで、竪横いろいろの大きさになつてゐる。

しかしそれぞれ縮図写生した日付が記してあるから、それからいろいろ自分が筆を労したあとが偲ばれて非常になつかしく、どんなに年数が経つても縮図帖さへひらけばその時々のことどもが想ひ出されて懐かしいものである。

あゝあの絵は……さうだ、あそこの大きい縮図帖のどの辺に閉ぢである筈だ、と実に微細な点に到るまで明瞭に記憶されてゐる。

縮図した絵の原図は、その縮図をひらいて見さへすればすぐに憶ひ出せる、頭のなかにはつきりと描写し得る。これは苦労してゐるからである。

よく展覧会とか博物館などから複写の写真版を買つてくることがあるが、それらは自ら苦労してゐないからその複写をみても原画の味や微細な線は憶ひ出せない。

私がつとめて縮図をとるのはこの故にである。

ずつと前には師の栖鳳先生が大作を描かれると必らずそれを縮図にとらしてもらつた。昼では先生のお制作の邪魔になるし、夜はおそくなると家の方に迷惑をかけるので、先生にお許しを得て朝早く行つて写させていただくことにした。書生や女中さんのまだ起きない前うす暗いうちから先生の画室へ行つて縮図をしては、よく書生や女中さん達をびつくりさせたものである。

京都の博物館へ元旦の朝から乗り込んで一日中縮図してみて係員を驚かせたりしたこともなつかしい。

縮図する私には盆も正月もなかつた。

かく精根を注ぎ込んで蒐めたものであるだけに、縮図帖は私の生命から二番目――あるひは生命にもひとしく大切なものとなつてゐる。

先日も家の前の通りから出火して、画室の障子が真つ赤になり、火の粉が屋根の上へぱらぱらと降りかゝつて来た。風向きも怪しかつたし、

『こりや駄目かな』

と思つた。

そのとき永年住みなれた画室の焼けるのは仕方のないことで不運と諦めるが、さて気になるのはこの縮図帖であつた。

私は何よりも先づ縮図帖を全部一まとめにして風呂敷に包んだ。それを携へて逃げ出さうと思案しながら火事のなりゆきをみてゐると、倖にも風の方角が変つて三軒ほど焼けたが私の家まで火の手はのびて来ないで済んだ。私はやつと愁眉をひらいて風呂敷づゝみを下に置いた。

縮図帖のたばは風呂敷につゝまれたまゝ一週間ほど部屋の一隅を占めてゐた。

健康と仕事

昨年の五月のこと所用のため上京して私は帝国ホテルに暫く滞在した。上京する日まで私は不眠不休で仕事に没頭してゐたのでホテルに落ついてからでも絵のことが頭の中に残つてゐて自分では気づかなかつたが、その時は可成りの疲労を来してゐたらしいのであつた。らしい……と他人の躰みたいに言ふ程ぐわんらい私は自分のからだについては無関心で今まで来たのである。病気を病気と思はざれば即ち病気にあらず……とでも言ひますか、とにかく私は仕事のためには病気にかまつてはゐられなかつたのである。病気のお相手をするには余りに忙しすぎたのであつた。

そのやうな訳で自分の躰でありながら極度の疲労を来してゐる自分の躰を劬《いたは》つてやる暇もなく私は上京するとホテルに一夜をあかした。

朝眠りから醒めて床を出て洗面器のねじを開かうとしたがその日はどう言ふかげんかねじがひどく硬かつた。

はてすこし硬いなと思ひ乍ら手先に力をいれてそれをひねらうとした拍子に、頭の中をつめたい風がすう……と吹きすぎた。はつと思つた瞬間に背中の筋がギクッと鳴つた。

『失敗つた』

と私は思はず口の中で呟いたが躰はそのまゝふんわりと浮き上り躰中から冷い汗が滲み出るのを感じ……それつきり私の躰はその場へ仆れてしまつたらしいのである。

用事もそこ〳〵にホテルを引き揚げて私は京都の家へ帰つて来たが、それ以来腰がいたくてどうにもたまらなかつた。朝夕薬のシツプやら種々手をつくし六十日ほどしてやつと直つたが、もともと仕事に無理をして来て自分の躰を劬つてやらなかつた報ひだと諦めたが、それからといふものは躰の調子が一寸でもいけなかつたり疲れたりすると、腰や背のいたみが出て来て画室の掃除や書籍の持ち運びにも大変くるしみを感じるやうになつてしまつた。

三月ころから展覧会の出品画制作などで無理をつづけて来て躰が疲労してゐたことはたしかであつたが、一寸したはづみから躰の張りがゆるみ出すといふことは余程気をつけなくてはいけないと自戒すると同時に、これしきの頑張りでこのやうになるのは矢張り年の故とでも言ふのであらうかと、そのときは少々淋しい気がしないでもなかつた。

親しい医者に戻るなり看て貰ふと、医者はそれごらんなさいと言つた顔をして、

『あなた程の年配になると、さう若い人と同じやうに無理は通りませんよ。三十歳には三十歳に応じた無理でなければ通りません。六十歳の人が二十台の人の無理をしようとしてもそれは無理といふものですよ』

と戒められた。私はそれ以来夜分は一切筆を執らないことにしてゐる。

ふりかへつてみれば、私といふ人間は随分と若い頃から躰に無理をしつづけて来たものである。よくこの年まで躰が保つたものだと自分で自分の躰に感心することがある。

わかい頃春季の出品に明皇花を賞す図で、玄宗と楊貴妃が宮苑で牡丹を見る図を描いたときは、四日三晩のあひだ全くの一睡もしなかつた。若い盛りのことでもあり、絵の方にも油がのりかゝつてゐたころであつたが、今考へれば驚くほどの無茶をしたものである。

展覧会の搬入締切日がだん〳〵近づいて来るし、決定的な構図が頭に泛んで来ない。あせればあせるほど、いゝ考案も出て来ないと言ふ有様であれこれと迷つてゐるうちにあと一週間といふ時になつて始めて不動の構図に想ひ到つた。

それからは不眠不休すべてをこの画に注ぎこんでそれと格闘したのであつた。別に眠るまいと決心して頑張つた次第ではないが締切日が迫つて来たのと、描き出すとこちらが筆を止めやうとしても手はいつの間にか絵筆をにぎつて画布のところへ行つてゐるといふいはゞ絵霊にとり憑かれた形で、たう〳〵四日三晩ぶつ通しに描きつづけてしまつたのである。

『唐美人』で憶ひ出すのは梅花粧の故事漢の武帝の女《むすめ》寿陽公主の髪《わげ》の形である。あれには随分思案をしたものである。

支那の当時の風俗画を調べるやら博物館や図書館などへ行つて参考をもとめたが寿陽公主にぴつたりした髪《わげ》が見つからなかつた。

髪の形で公主といふ品位を生かしもし殺しもするので随分と思ひ悩んだが、構図がすつかり纏つてから三日目にやつとそれを摑むことが出来たのである。博物館や図書館へ運んだ疲れた躰で、画室を掻き廻して参考書を調べ、それ等の中にも見つからずうとうとゝ眠り、さて目ざめてから用を達しに後架へ行つて手水鉢の水を一すくひし、それを庭のたゝきへ何気なくぱつと撒いた瞬間、たゝきの上に飛び散つた水の形が髪《わげ》になつてゐた。

『ほんにあれは面白い形やな』

私はさう呟いたがその時はからずあの公主の髪《わげ》の形を見出したのであつた。それにヒントを得て一気呵成にあの梅花粧の故事が出来上つた訳であるが、これも美の神のご示現であらうと今でもさう思つてゐる。

夜家の者がみな寝静まつてしまふと私も疲れを覚えて来て躰を一寸横たへようとし、そのあたりに散乱してる絵具皿を片つけにかゝる。ふと絵具皿の色に眼がつく。それが疲れ切つた眼に不思議なくらゐ鮮明に映る。めづらしい色などその中にあると、

『おや、いつの間にこのやうな色を……一寸面白い色合ひやなア』

と思はず眺め入つてしまふ。それをこゝへ塗つたらとり合せがいゝなあ——とつい思つたりすると、いつの間にか右手は筆をもつてゐる、識らず〳〵のうちに仕事のつゞきが続いてゐる。

同じやうに、寝ようとして不図眺め直した絵の線に一本でも気になるのがあると、

『すこしぐあひが悪いな……この線は』

とそれを見入つてゐるうちに修正の手がのびてゐるのである。そして識らず〳〵夢中になつて仕事をつゞけてゐる。興がのり出す。たう〳〵夜を徹してしまう。知らぬ間に朝が障子の外へ来てゐるといふことは、しば〳〵といふよりは毎日のやうなこともあつた。

『はて、何時一番鶏二番鶏が啼いたのであらう』

私は画室の障子がだん〳〵白みを加へてゆくのを眺め乍ら昨夜の夢中な仕事を振り返るのであつた。

気象だけで生き抜いて来たとも思ひ、絵を描くためにだけ生きつづけて来たやうにも思へる。

それがまた自分にとつてこの上もない満足感をあたへてくれるのである。


昭和十六年の秋に展覧会出品の仕事を前に控へ、胃をこはして一週間ばかり寝込んでしまつた。これも無理がたゝつたのであらう。

胃のぐあひが少しよくなつた頃には、締切日があと十余日位になつてしまつた。『夕暮』の絵の下図も出来てゐたことだし自分としても気分のいゝ構図だつたので何とかして招待日までに間に合したかつたので、無理だと思つたが一年一度の制作を年のせいで間に合はせなかつたなどゝ思はれるのが残念さから、負けん気を起して、これもまる一週間徹夜をつづけた。恐らくこれが私の強引制作の最後のものであらうと思ふ。

一週間徹夜――と言つても、少々は寝るのであるからこの時はさほどに疲労は来なかつた。

夜中二時ころお薄《うす》を一杯のむと精神が鎮まつて目がさえる。それから明日の夕飯時頃まで徹夜の延長をし、夕方お風呂を浴びてぐつすり寝る。すると十二時前に決つて目がさめる。それから絵筆をとつて翌日の午後五六時ころまで書きつづけるのである。

一週間頑張つて招待日にはどうにか運送のはうが間にあつたので嬉しかつた。

『夕暮』といふ作品が夜どほしの一週間のほとんど夜分に出来上つたといふことも何かの暗示のやうに思へるのである。

医者が来てこんどは怒つたやうな顔をして言つた。

『あなたは仆れるぎり〳〵まで、やるさかいに失敗するのです。今にひどい目にあひますよ』

無理のむくひを恐れ乍らも私はいまだに興がのり出すと夜中にまで仕事が延長しさうになるのである。

警戒々々……そんな時には医者の言葉を守つてすぐに筆を擱く。そのかはりあくる朝は誰よりも早く起きて仕事にかゝるのである。

一般には画は夜描きにくいものであると言はれてゐるが、しかし画を夜分かくことは少しも不思議ではない。

せけんの寝静まつたころ、芸術三昧の境にひたつてゐる幸福は何ものにも代へられない尊いものである。

時々おもふことがある。

これだけの無理、これだけの意気地が私をこゝまで引つ張つて来てくれたのであらう……と。

私は無理をゆるされて来たことについて、誰にともなくその事を感謝することがある。

私の母も人一倍丈夫な躰をもつてゐた。病気らしい病気といふものを知らなかつたやうである。

若くから働く必要のあつた母は、私同様に病気にかまつてはゐられなかつたのであらう。

働く必要が母に健康をあたへてくれたとでも言ふのであらう。

母は八十歳の高齢ではじめて床に就き医者をよんだのであるが、その時、脉らしい脉をとつて貰つたのはこれが始めてだ、と私にもらしてゐた。

母は八十六歳でこの世に訣れを告げたのだが私もまだまだ仕事が沢山あるので寿命がなんぼあつても足らない思ひがする。私は今考へてみる数十点の絵は全部纏めねばならぬからである。

私は余り年齢の事は考へぬ、これからまだまだ多方面にわたつて研究せねばならぬ事がかずかずある。

生命は惜しくはないが描かねばならぬ数十点の大作を完成させる必要上、私はどうしても長寿をかさねてこの棲霞軒に籠城する覚悟でゐる。生きかわり死にかわり何代も何代も芸術家に生れ来て今生で研究の出来なかつたものをうんと研究する、こんなゆめさへもつてゐるのである。

ねがはくは美の神の私に余齢を長くまもらせ給はらんことを――

棲霞軒雑記

松園といふ雅号は鈴木松年先生が、先生の松の一字をとつて下さつたのと、絵を学びはじめたころ、私の店で宇治の茶商と取引きがあり、そこに銘茶のとれる茶園があつたのとで、それにチナんで園をとり、「松園」とつけたものである。たしか私の第一回出品作『四季美人図』を出すとき松年先生が、

『ひとつ雅号をつけなくては』

と、仰言つて考へて下さつたもので、

『松園こりやえゝ女らしい号だ』
と、自分の号のやうに悦んで下さつたものである。最初は園の字は四角にかいてゐたが中年頃から園の中の字は外へはみ出るやうに書くことにした。松の園生のやうに栄えるやうにと悦んで下さつた母の顔を今でも憶ひ出す。

このアトリエの一屋を棲霞軒と称《よ》ぶ。私はあまり人様と交際もしないで画室に籠城したきり絵三昧に耽つてゐるので、師の竹内栖鳳先生が、
『まるで仙人の生活だな。仙人は霞を食ひ霞を衣として生きてゐるから、棲霞軒としたらどうか』

さう言ふ訳で栖鳳先生が命名された屋号である。これは支那風の人物とか、大作の支那風画を描き年号を入れたり改まつた時に使つてゐる。

爾らい私は五十年この棲霞軒で芸術三昧に耽つてゐる次第であるが、松園の名づけ親も棲霞軒の名づけ親もともに今はこの世にはゐられない。

私はとき折りこの画室で松の園生の栄える夢をみたり霞の衣につゝまれて深山幽谷に遊んでゐる自分を夢みたりする。

私は毎朝冷水摩擦をかゝさず行つてゐるが、これはラヂオ体操以上に躰に効くやうである。もう四十年もつゞいてゐる。私はこの世を去るまでこの冷水摩擦はつづけるつもりでゐる。おかげで風邪の神は、ご機嫌を悪くして、この棲霞軒へは足を向けようとしない。

朝鮮人参のエキスも少量づゝ、摩擦とゝもに数十年続けてゐる。

健康を築きあげるにも、このやうにして数十年かゝるのである。

まして芸術の世界は不休々々死ぬまで精進しつづけてもまだ、とどかぬ遥かなものである。

画室に在るといふことは一日中で一番たのしい心から嬉しい時間である。

お茶人が松風の音をきゝ乍らせまい茶室に座してゐるのも、禅を行ふ人がうすぐらい僧堂で無念無想の境に静座してゐるのも、画家が画室で端座してゐるのも、その到達する境地はひとつである。

墨をすり紙をひろげて視線を一点に集めて姿勢を正せば、無念無想、そこにはなんらの雑念も入り込む余地はない。

私にとつては画室は花のうてなであり、この上もない花の極楽浄土である。

制作につかれると私は一服の薄茶をたてゝそれをいただく。清々しいものが体の中を吹き渡る……つかれはすぐに霧散する。

『どれ、この爽涼の気持で線を引かう』

私は筆へ丹念に墨をふくます。線に血が通ふのはさう言ふ時である。

色や線にふとしたことから大変な失敗を起すことがある。さう言ふ時は御飯をいただくことすら忘れて一日も二日も考へ込むことがある。

失敗をごまかさうとするのではない。この失敗を如何にして成功の道へ転換させようかと工風するのである。

研究する。あゝでもない、こうでもないと空に線を描き色を描いてそれを生かさうとする。

ふとこれが新らしい色なり、新らしい線、そして新らしい構図にまで発展してくれることがしばしばある。

失敗は成功のもとゝ言ふ。古人の残した言葉は不動である。

誤つたゝめに、その失敗を工風して生かし思はぬ佳作が出来上ることがある。そのやうな時は又格別に嬉しい。それは画境に一進展の兆がある場合が多いのである。

なんとかしてそこを補はうと工風し乍ら眠りに落ちる。

そのやうな時には夢の中にまで、その工風がのびてゆく。

松園といふ字がすうツと伸びて梅の一枝になつてゐたりする。

夢の中で失敗の箇所に対する暗示を得ることもある。

しかし目がさめてからその絵を見直すと、実際の絵と全然別の失敗箇所であつたりしてがつかりすることもある。


自分の芸術に身も心も打ち込める人は幸福である。

そのやうな人にのみ芸術の神は『成功』の二字を贈るのではなからうかと思ふ。


もう永年私の家にゐる女中さんだが、私は一向にそのひとの名前を覚えられない。

『女子衆《をなごし》さん』

私は誰にでもさう呼んで用をしてもらつてゐる。

芸術以外の世界では私は何ごとによらず素人である。

女中さんの名前を呼びわけるだけの記憶力もないのらしい。

せんじつ古い反古を整理してゐたら、亡き母が若い頃書いた玉露の値段表が出て来た。

母は習字のはうは相当やつてゐたので、なか〳〵の達筆でかゝれてあつた。

一、亀の齢　一斤ニ付　金三円
一、綾の友　同上　二円五〇銭
一、千歳春　同上　二円
一、東雲　同上　一円五〇銭
一、宇治の里　同上　一円三〇銭
一、玉露　同上　一円
一、白打　同上　一円
一、折鷹　同上　八〇銭

まだ他にも気のきいた名前の茶銘が記されてあつたが下部が裂けてゐて値段は判明しない。

今の玉露の値と比較すると問題にならぬほど安かつたのである。

そして味も比較にならぬほど美味かつた。

あの頃の葉茶屋の空気はまことに和かなもので、お寺の坊さん、儒者、画家、茶人それから町家の人たちがお茶を買ひに見えたが、お茶はもつとも上品なおつかひものであり、あまり裕かな人でなくとも、よいお茶を飲むことが京都の人たちのたしなみになつてゐた時代であつた。

店は四条通りのにぎやかなところにあつたから、たえず店の前を人が歩いてゐた。知り合ひの人が通ると、

『まあおはいりやす』

『それでは一寸休ませてもらひまつさ』

といつたあんばいに、通りがかりのお客さんが腰をおろすと、お茶を買ふ買はんにかゝはらず、家で薄茶をたてゝ差しあげる。

『あんさんも一服どうどす』

といつてみなさんの前にお茶をはこんで行くと、ちやうどぐあひよく隣によいお菓子屋があつたので、勝手知つたお茶人が、そのお菓子を買つて来て同席の人たちに配つて、お茶を啜りながら、腰をおちつけて世間話に花を咲かせたものである。江戸の床屋が町人のクラブであつたやうに、京の葉茶屋はお茶人のクラブであつたといへるのである。

京都の商人もあのころは優しかつた。葉茶屋に限らずどのやうな店でも万事このやうで総親和といふものが見えて買ふものも売るものも心からたのしんで売買したもの

である。

近ごろの商人さんはさうではない。売つてやる、買はせていただく……これでは商道地におちた感である。淋しいことである。その上に『闇』といふ言葉まで生れて不正な取引が行はれてゐると聞くと、そゞろにあの頃がなつかしく思ふ。もつともあの頃と言へども不正な商人がゐないではなかつた。

茶店にもとんびといふのがよく来た。

新茶の出る時分になると、とんび（茶のブローカー）といふ商売人が宇治一品のお茶といふ触れこみで新茶をうりに来る。

この『とんび』が油断のならぬ代物で、こちらがうつかりしてゐると、宇治一品のお茶どころか、古いお茶をまぜたり田舎のお茶をまぜたりして怪しげなものをつかまされて、ひどい目にあはされるのである。

母はとんびの持つてくるお茶を一々飲みわけて、

『これは後口がしぶい。国の茶をおまぜやしたな』

といつて相手の奸策を見破るほど鋭敏な舌を持つてゐた。

ごまかしが利かないとなると、さすがのとんびも兜をぬいで、よいお茶を運んでくるほかはなかつた。

商人は、なんでもよい、仕入れて売つてもうければよい――といふのではいけない。お客様にいゝ品を買つて悦んで貰はねばいけない……と、母はいつも言つてゐられた。

今の商人にも、そのやうな良心がのぞましいものである。

子供のころ金魚が好きでよく金魚鉢から金魚をすくひ出してそれに赤い着物《べべ》をきせたりし、母に見つかつて大目玉を頂戴したものである。

『それでは金魚可愛がつたことにならへんやないか。金魚はハダカでゐても風邪ひかんもんやよつて、着物《べべ》ぬがしておやり』

私は動かなくなつた金魚を掌にのせて当惑し乍ら、母の言葉をうなづいた。

子供心に死んだ金魚を庭の一隅に埋めて小さな石のお墓をたてゝ母にその仕末を報告した。

母は濡れ椽に立つて困つた顔をしながら私に言つた。

『お墓たてゝやるのはえゝことやが、折角生えた苔を掘り返しては何にもならへんやないか』

子供の私には良いことゝ悪いことの区別が大人ほどはつきり判らなかつた。

私はそんな折り心の中で首をかしげるのであつた。

『どうしたら大人が褒めてくれる、えゝことばかり出来るのであらう』

――と。

倅の松篁も私に似て金魚が好きであつた。冬になると金魚鉢を菰でつゝんで春まで暗くしておくのであるが、松篁は春になるまで待ちきれず、とき〴〵廊下の隅の金魚鉢の菰をひらいては隙見してゐた。そして好きな金魚が塞鯉のやうに動かずじつとしてゐると心配になるとみえて、竹のきれをもつて来てすき間から金魚をついてみて金魚が動くとさも安心した顔をするのである。

私は静かに教へてやるのである。

『金魚は冬の間は眠つてゐるのやよつて目をさまさせては寝不足して死ぬよつて……』

子供の松篁には水の中で寝るといふ金魚のことが判らないらしく、

『でも心配やよつて……』

と、妙な顔をして――しかし、まだ気になるとみへて金魚鉢をふり返つてゐた。

友あり遠方から来る愉しからずや……と支那の古人は言つた。さうしてあり合せの魚や山の幸をさし出して心からもてなした。

ご馳走といふものは必ずしも山海の珍味を卓上に山盛りすることではない。要はそれをもてなすあるじ達の心の量にあるのではなからうか。

先日久しく訪はない旧知のお茶人の家を訪れたところ、そこの老夫婦はいたく心から歓迎してくれた。

ところがその歓迎の方法から夫婦は美しい喧嘩をはじめたのである。

ご主人の主張はかうであつた。

『今日のお客さんは無理なご馳走を嫌ひなかたであるから当節むきに、台所にある有り合せもので間に合はせばよい。お客さんはそのほうを却つて悦ばれるのだ』

奥がたの主張はかうであつた。

『それは違ふ。久しくお目にかゝらなかつたお客さんであるから、うんとご馳走を並べなくてはいけない。あなたご馳走といふ字は馬に乗つて走り廻る也と書きますよ。そのやうにして駈けづり廻つて作つてす、めてこそはじめてご馳走になるのですよ』

両方ともそのお心には友の私を思つて下さる美しいものが溢れでゐるのである。そこで私は仲にはいつて時の氏神をつとめたのである。

『今のお二人のお言葉こそ何よりのご馳走様でございます。もう戴いたも同様ですからそれではお薄を一服いただき度い。それを戴いて帰らしてもらひます』

私はご主人の有り合せのご馳走と、奥がたの馬に乗つてかけ廻つて作られた――心のご馳走を一服のお薄にこめて有難くいただいてその家を辞した。

芭蕉翁が金沢の城下を訪れたある年のこと、門人衆や金沢の俳人衆の歓迎の句会に山海の珍味を出されたのをみて、我流にはこのやうな馳走の法はない。私を悦ばせてくれるのなら、ねがはくは一椀の粥に一片の香の物を賜はれよ、と門人衆をいましめた話を憶ひ出し乍ら私は久しぶりに微笑ましい気持ちを抱いて我が家へ帰つたのである。

私の七つか八つの頃のことである。

母と一緒に建仁寺へ行つたとき、両足院の易者に私の四柱を見てもらつたことがある。

四柱といふのは、人の生れた年・月・日・時刻の四つから判断して、その人の運勢を見る法なのである。

易者は私の四柱をしらべてゐたが、

『こらえらいえゝ四柱や、この子は名をあげるぜ』

と言つた。母は大いに悦んで、易者に、

『おうきに〳〵』

と何辺も頭をさげてゐたのを覚えてゐる。

私は大てい女性の画ばかり描いてゐる。

しかし、女性は美しければよい、といふ気持ちで描いたことは一度もない。

一点の卑俗なところもなく、清澄な感じのする香高い珠玉のやうな絵こそ私の念願とするところのものである。


その絵をみてみると邪念の起らない、またよこしまな心を持つてゐる人でも、その絵に感化されて邪念が清められる……といつた絵こそ私の願ふところのものである。


芸術を以つて人を済度する。

これ位の自負を画家は持つべきである。


よい人間でなければよい芸術は生れない。

これは画でも文学でも、その他の芸術家全体に言へる言葉である。

よい芸術を生んでゐる芸術家に、悪い人は古来一人もゐない。

みなそれ〴〵人格の高い人ばかりである。


真・善・美の極地に達した本格的な美人画を描きたい。

私の美人画は、単にきれいな女の人を写実的に描くのではなく、写実は写実で重じながらも、女性の美に対する理想やあこがれを描き出したい――といふ気持ちから、それを描いて来たのである。

私も現在の絵三昧の境に没入することが出来るやうになる迄には、死ぬる程の苦みを幾度もいく度も突き抜けて来たものである。

いたづらに高い理想を抱いて、自分の才能に疑ひを持つたとき、平々凡々な人間にしかなれないのなら、別に生きてゐる必要はないと考へ、絶望の淵に立つて死を決したことも幾度あつたことか……

少し名を知られてから、芸術の真実に生きてゆく道に思ひ悩んで、一体地位や名誉がなんになるのかと、厭世の念にとらはれ、自分の進んでゐる道が正しいのか正しくないのかさへ判らず思ひ悩んだことも幾度。

そのやうなことを、つきつめて行けば自殺するほか途はない。

そこを、気の弱いことでどうなると自らをはげまして、芸術に対する熱情と強い意志の力で踏み越えて――とにもかくにも、私は現在の境をひらき、そこにおちつくことが出来たのである。

あの当時の苦しみやたのしみは、今になつて考へてみると、それが苦楽相半ばして一つの塊りとなつて、芸術といふ鎔鉱鑪の中でとけあひ、意図しなかつた高い不抜の境地をつくつてくれてゐる。

私はその中で花のうてなに坐る思ひで――今安らかに絵三昧の生活に耽つてゐる。


もう十七八年も前のことである。

ある日、私の家の玄関先へ、一人の男があらはれて曰く、

『これは米粒ですが』

と、いつて、一粒の米を紙片にのせてさし出した。

丁度、私と私の母が玄関にゐたところであつたので、妙なことを言ひ出す男だなと、米粒とくだんの男の顔を見守つてゐると、

『米粒は米粒ですが、ただの米粒と米粒が違ふ――これは』

と、米粒を私の目の前につきつけるやうにして、

『この米粒には、いろは四十八文字が描かれてあるのです』

と、いふ。

見たところ、いやに汚れた黒い米粒で、私達の目には、いろは四十八文字どころか、いろはのいの字も読めなかつた。

『へえ……これにいろはを……?』

私と母は呆れたやうな顔をした。すると米粒の男は、

『ただの目では、もちろん判りませんが、この虫眼鏡で覗くとわかるのです』

さう言つて、ふところから、大きな虫眼鏡をとり出した。

私と母は、その虫眼鏡で、くだんの米粒を拡大した。

なるほど、米粒の男の言ふとほり、全くのほそい文字で、いろはが書かれてあつた。

『大したものどすな』

『どないして書かはつたのどす』

私と母とは、交々に感心の首をふつて訊ねた。

『私の父は、一丁先にある豆粒が見えるほど目が達者なのです。それで目の前の米粒は西瓜ぐらひに見えるのださうで、これにいろは四十八文字をかきこむ位朝めし前です』

『たいしたものどすな』

『そんな眼つてあるもんどすかな』

そこで私と母は、もう一度感心したものである。

すると米粒の男は、次に白豆を一つとり出した。

『これには七福神が彫りこまれてありますよ』

そこで私たちは、又虫眼鏡でのぞいた。なるほど、弁財天も大黒様も福禄寿も……それぞれの持ちものをもつて、ちやんと笑ふものは笑ひ、きんげんな顔の神はむつかしい顔をして、七つの神はきちんと彫りこまれてあるのであつた。

『こりや美事どすな』

『いろはよりも大したもんどす』

私と私の母は声をそろへて感歎した。絵かきの私など、その七幅神の一つ一つの表情にまで感心したものである。

『父はこれを描くのがたのしみでね』

と、件の男は言ふのである。

『こりや二度と見られん珍宝なもんやよつて、みんなにもみせておやり』

私は母にさう言はれて、家の者を集めて覗かせるやら、近所の人達を集めて、

『何さま不思議なもんや』

さう言つて覗かせた。

みんなが見てしまつたので私は米粒と豆を紙につゝんで、

『有難たうさんでした。よう見せておくれやした。今日はおかげ様で、えゝ目の保養が出来ました』

さうお礼を言つて返すと、件の男も、

『よう見て下さいました。父もこの事をきいたら悦ぶでせう』

さう言つてから、また曰く、

『父の苦心の技をほめて貰つて、子として大変嬉しい。ついてはこの米粒と豆を見ていただいた記念に――先生なにか一つ描いて下さいませんか。父も悦ぶでせう』

とり出したのが大型の画帳であつた。

私は、

『やられた』

と、思つた。まんまと一杯ひつかゝつたと思つたが、米粒と豆の技が美事だつたのと、父のことを言つて嬉しがらせようといふその心根に好意がもてたので、その場で――恰度秋だつたので、一二枚の紅葉をその画帳にかいてあげた。

件の男は大いに悦んで帰つて行つたが、あとで母は私に言つたことである。『米粒や豆にあれだけ書く、あの人のお父さんも大した腕やが、あれを材料にし、あんたから絵をとつてゆく、あの息子さんの腕も大したもんやな』

私は、お米をみるたび、あのときのことを憶ひ出して苦笑するとゝもに——お米や豆にあのやうなものを書いて、うまい商売をする人の精神を淋しくも思ふのである。

作画について

自分の画歴をふりかへつて見ますと、或る時代には徳川期の錦絵的な題材を好んで主題にとつてゐたり、また或る時代には支那風の影響に強く支配されてゐたりして、いろいろと変遷してきたものです。

ですから画題も明治二十八年第四回内国博出品の『清少納言』や、その後の『義貞勾当内侍を視る』『頼政賜菖蒲前』『軽女悲惜別』『重衡朗詠』また小野小町、紫式部、和泉式部、衣通姫などの宮中人物、上﨟、女房等々、歴史のなかから画材を択んだ作画もあり、『唐美人』などのやうな支那の歴史から取材して描いたものもある、と云つたやうな……
これは私がそれぞれの時代の勉強からいろいろなかたちで影響されつゝ描いた、云はば試作であり習作であつたのですが、幼ない頃から漢学、歴史は好き嫌ひの別なく自分の修養の世界でありましたし、殊に絵画的場面をひと一倍興味深く読み覚えてゐたせいもありませう。

私が一番最初に通つた儒学者は市村水香先生で、その市村先生のところへは夜分漢学の素読やお講義を聴きに参りました。

当時、絵に志ざすほどのものは殆んど漢学の勉強が必要であつて、それが素養とも基礎ともなつたものでした。

ですから皆それぞれ漢学の塾へ通ひ、長尾雨山先生の長恨歌などのお講義はよく聴いてゐたものでした。

又、寺町本能寺にも漢学の研究会と云ふものが出来、一と頃そこへも漢学のお講義をきくために通つたものです。

折々休むこともあり、制作中などは手が離せず欠席もしたことがありますが、それでも大ぶ永いこと通ひました。

勉強ともあれば博物館にも出掛けて行つて、支那絵の古画、絵巻物、時々は仏画などをも参考に資するべく、わざわざ奈良の博物館へ弁当持参で参つたものです。

その時代によつてこのみが移つてくるが、いろいろな画材をいろいろな角度から勉強し得たことは結局自分にとつてこの上ないよい体験であつたと思つてゐます。

年少の頃からの研究の推移をふり返つてみますと、大体に於て南宗、北宗から円山四条派におよび、土佐や浮世絵などをもくぐつて来、それに附加して博物館とか神社仏閣の宝物器什、市井の古画屏風を漁り、それぞれの美点と思はれるところを摂取して、今日の私流の絵が出来上つたと云ふ次第であります。

花ざかり

『花ざかり』は私の二十六歳のときの作品で、私の画業の一つの時期を劃した作品と言つていゝかも知れません。

その時代にまだ京都に残つてゐました花嫁風俗を描いたもので、この絵の着想は、私の祖父が『ちきり屋』といふ呉服商の支配人をしてゐた関係から、そこの娘さんが

お嫁入りするについて、

『つうさんは絵を描くし、器用だし、一つ着つけその他の世話をして貰へないか』

と、ちきり屋の両親にたのまれましたので、その嫁入り手つだひに出掛けた折り、花かうがい、櫛、かんざし、あげ帽子など、花嫁の姿をスケッチし、附添ひの母の、前にむすぶ帯までスケッチしたのが、あとになつて役立つたのでした。

今ならば美容院で、嫁入り衣裳の着つけその他万端は整ふのですが、当時は親類の者が集まつてそれをしたものです。

私は、いろ〳〵と着つけをして貰つてゐる花嫁の、恥かしい中に嬉しさをこめて、自分の躰をそれ等親類の友達にまかせてゐる姿をみて、全くこれは人生の花ざかりであると感じました。

そこで、その日の光景を絵絹の上へ移したのですが、華やかな婚礼の式場へのぞまうとする花嫁の恥かしい不安な顔と、附添ふ母親の責任感のつよく現はれた緊張の瞬間をとらへたその絵は——明治三十三年の日本美術院展覧会に意外の好評を博し、この画は当時の大家の中にまじつて銀牌三席といふ栄誉を得たのであります。

正に私の花ざかりとでも言ふべき、華やかな結果を生んだのでした。

（授賞席順）

金牌 大原の露	下村観山
銀牌 雪中放鶴	菱田春草
木蘭	横山大観
花ざかり	上村松園
秋風	水野年方
秋山喚猿	鈴木松年
秋草	寺崎広業
水禽	河合玉堂

恩師鈴木松年先生が、自分の上席に入賞した私のために、最大の祝詞を送つて下さいましたことを、私は身内が熱くなるほど嬉しく思ひました。

『花ざかり』は私の青春の夢をこの絵の中に託したもので、私にとつて終生忘れ得られぬ一作であります。

私の閨秀画家としての地位はこのあたりから不動のものとなつたとも言へるでせう。

遊女亀遊

『遊女亀遊』は明治三十七年京都の新古美術展覧会に出品したもので、私の二十九歳の作です。

遊女亀遊は、横浜の岩亀楼のはしたない遊女でありますが、外国人を客としてとらねばならぬ羽目におちいつたとき、大和撫子の気概をみせて、

露をだにいとふ大和の女郎花
　降るあめりかに袖はぬらさじ

といふ辞世の一首を残して、自害した日本女性の大和魂を示した気概ある女性であります。

当時アメリカ人やイギリス人と言へば幕府の役人まで恐れて平身低頭してゐた時代で、これも何かの政策のために、そのアメリカ人に身を売らされやうとしたのでありませう。

それをアメリカ人何ぞ！　といふ大和女性の気概をみせて、悠々と一首の歌に日本女性の意気を示して死んで行つた亀遊の激しい精神こそ、今の女性の学ばなくてはな

らぬところのものではないでせうか。

女は強く生きねばならぬ――さう言つたものを当時の私はこの絵によつて世の女性に示したかつたのでした。

亀遊のこの歌をみるごとに、私は米英打つべし！　を高らかに叫んだ水戸の先覚者、藤田東湖の歌を想ひ出すのです。

かきくらすあめりか人に天日《あまつひ》の
かゞやく邦の手ぶり見せばや

神風のいせの海辺に夷らを
あら濤たゝし打沈めばや

東湖のこのはげしい攘夷の叫び声にも負けない気概を、遊女亀遊はこの辞世の一首に示してゐるのであります。

いはば『遊女亀遊』のこの一作は、私の叫び声ででもあつたのです。

この絵について憶ひ出すのは、会場の悪戯事件です。

画題がめづらしかつたので、会場ではこの絵は相当の評判になつて、この絵の前にはいつも人だかりが絶えなかつた。

ところが、女の私の名声をねたむ人があつて、ある日看守のすきをねらつて、何者とも知れない不徳漢が、亀遊の顔を鉛筆でめちや〳〵に汚してしまつたのです。

その事を発見した事務所の人が、私の家へやつて来て、『えらいことが起りました、誰か知らんがあなたの絵を汚しました。それであのまゝにして置いてはみつともないから朝のうちに来て直して下さい』との挨拶でした。それだけ言つたきりで、陳謝の意も表さす、責任のない顔をしてゐるのが私には気に入りませんでした。亀遊をかいた当時の私は『女は強く！』といふことを心から叫んでゐたので、『誰がしたのですか。卑怯な行為です。おそらく私にへんねしを持つてゐる者がやつたのでせうが、それなら絵を汚さずに私の顔にでも墨をぬつて汚してくれゝばよい。かまひませんからそのまゝにして置いて下さい。こつそり直すなんて、そんな虫のいゝ事は出来ません』

私は肚がたつたので、さう答へました。

女とみてあなどつてゐた事務所の方も、私の態度が余りに強硬でしたので、慌てゝあらためて取締不行届を陳謝して参りましたので、私もそれ以上追及しませんでした。

間もなく会期も終るので、そのまゝにして置きましたところ、物好きな人がゐて、あの絵をぜひ譲つてほしいと言つて来ましたので、私は念のために鶯の糞で顔の汚れをふきましたら奇麗にとれたので、それを譲りましたが、犯人はそれきり判らずじまひでした。

焰

『焰』は私の数多くある絵のうち、たつた一枚の凄艶な絵であります。

中年女の嫉妬の炎――一念がもえ上つて炎のやうにやけつく形相を描いたものであります。

謡曲『葵の上』には六条御息所の生き霊が出て来ますが、あれからヒントを得て描いたもので、最初は『生き霊』と題名をつけましたが、少し露はすぎるので、何かいゝ題はないかと思案の末、謡曲の師の金剛巌先生に相談したところ「『生き霊』のことを『いきすだま』とも言ふが、しかし『いきすだま』とつけても生き霊と同じい響きを持つから――いつさう焰とつけては」

と仰言いましたので、焰といふ字は如何にも絵柄にぴつたりするので、私はそれに決めた訳です。

葵の上は光源氏の時代を取材したものですが、私はそれを桃山風の扮装にしました。

思ひつめるといふことが、よい方面に向へば勢ひ熱情となり立派な仕事を成し遂げるのですが、一つあやまてば、人をのろふ怨霊の化身となる——女の一念もゆき方によつては非常によい結果と、その反対の悪い結果を来すものであります。

どうして、このやうな凄艶な絵をかいたか私自身でもあとで不思議に思つた位ですが、あのころは私の芸術の上にもスランプが来て、どうにも切り抜けられない苦しみをあゝ言ふ画材にもとめて、それに一念をぶちこんだのでありませう。

あの絵は大正七年に描いたもので、文展に出品したものであります。

あの焔を描くと、不思議と私の境地もなごやみまして、その次に描いたのが『天女』でした。

これは焔の女と正反対のやさしい天の女の天上に舞ひのぼる姿ですが——行きづまつたときとか、仕事の上でどうにもならなかつた時には、思ひきつてあゝいふ風な、大胆な仕事をするのも、局面打開の一策ともなるのではないでせうか。あれは今憶ひ出しても、画中の人物に恐しさを感じるのであります。

序の舞

『序の舞』は昭和十一年度、文部省美術展覧会に出品しました、私の作品の中でも力作であります。

この絵は、私の理想の女性の最高のものと言つてい丶、自分でも気に入つてゐる『女性の姿』であります。

この絵は現代上流家庭の令嬢風俗を描いた作品ですが、仕舞ひのなかでも序の舞はごく静かで上品な気分のするものでありますから、そこをねらつて優美なうちにも毅然として犯しがたい女性の気品を描いたつもりです。

序の舞は、一つの位をもつた舞でありまして、私は型の上から二段おろしを選んで描きました。

何ものにも犯されない、女性のうちにひそむ強い意志を、この絵に表現したかつたのです。幾分古典的で優美で端然とした心もちを、私は出し得たと思つてゐます。

この絵は私のあとつぎである松篁の妻のたね子や、謡の先生のお嬢さんや、女のお弟子さんたちをモデルに使ひましたが、たね子を京都で一番上手な髪結さんのところへやつて一番上品な文金高島田に結はせ、着物も嫁入りのときの大振袖をきせ、丸帯もちやんと結ばせて構図をとつたのであります。

最初は上品な丸髷に結つた新夫人を、渋い好みの人にして描くつもりで、丸髷にして写生をはじめたのでしたが、舞の二段おろしになりますと短い留袖では袖が返りません。

この袖を返すところに、美しい曲線があり絵の生命も生れてくるので、急に令嬢風に改め振袖姿にしたのであります。

髷のふくらみ、びんの張り方、つとの出し方が少し変つただけでも、上品とか端麗とかいつた感じが失はれてしまひます。

さういふ細かい点にはいつてくると、女のかたでないと、男の方にはとてもお判りになりません。

その点については随分と苦労をしました。

私は芸妓ひとつ描く場合でも、いきななまめかしい芸妓ではなく、意地や張りのある芸妓を描くので、多少野暮らしい感じがすると人に言はれます。

『天保歌妓』(昭和十年作)などにそれがよく現はれてゐますが——しかし、それも私のこのみであつてみれば止むを得ません。

『序の舞』は政府のお買上げになつたもので、私の『草紙洗小町』『砧』『夕暮』の老境に入つての作の一劃をなす、いはゞ何度目かの劃期作とも言ふべきものでありませう。

夕暮

私の母はすべての点で器用なひとでありましたが、書画もよくし、裁縫などにもなかなか堪能で、私は今でも母が縫はれた着物や羽織などを大切にしまつて持つて居ります。

それはこの上ない母のよいかたみになつてゐるのです。

私の家は、前述のやうに、そのころちきり屋と云つて母が葉茶屋をいとなんで居りましたが、その母屋の娘さんの着物など母はよく縫つてあげてゐたものでした。

裏の座敷でせつせと、一刻のやすむ暇も惜し気に、それこそ日の暮れがたまで針の手を休められない。

西陽はもう傾《かし》いであたりはうすぼんやりと昏れそめても、母は気づかぬげにやはり縫ひ続けて居られる。

私は晩御飯の用意を心配して、子供ごころに空腹を案じ乍ら、そのうしろにぢつと坐つて母の背中を凝視めてゐる。

ふと、静かに母の針の運びが止まる。

『もう一寸、ほんのこれだけ縫ふたらしまひのんやよつて……ほんに陽のめが昏らうなつた……』

半ば独りごち、半ば背後の私に言ふかのやうに小さな声でさう云はれて、つと障子の傍らまでいざり寄られ、針を眼のたかさまで挙げ、右の手には縫糸の先きを持たれたまゝの格好で、片方の眼をほそく細く閉ぢられて、ぢつと針の目を通さうとなさつてゐる……その姿が私の幼なごころにも、この上なくひとすじに真剣な、あらたかなものに想はれたものでした。

ざつとあれから五十年の歳月が経つてゐますが、今でも眼を閉ぢると、そんな母の姿がありありと私の網膜に映じて消ゆることがありません。

私の第四回文展出品作『夕暮』は、徳川期の美女に託して描いた母への追慕の卒直な表現であり、私の幼時の情緒への回顧でもあります。

三人の師

鈴木松年先生

私にとつては鈴木松年先生は一番最初の師であり、よち〳〵あるきの幼時から手をとつて教へられ一人あるきが出来るやうにまで育てあげられた、いはゞそだての親とも言ふべき大切な師なのである。

松年先生の画風といふのは四条派のしつかりしたたちで、筆なども しやこつとした質のもので狸の毛を用ひたのをよくお使ひになつてゐられた。

先生は決して刷毛を使はれなかつた。刷毛のやうな細工ものは芸術家の使ふものではない、画家はすべからく筆だけによるべきである――と言はれて、普通刷毛を必要とするところは筆を三本も四本もならべて握りそれで刷毛の用をなされたのである。

雄渾な筆致で、お描きになつてゐられるところを拝見してゐると、こちらの手先にまで力がはいる位に荒いお仕事ぶりであつた。筆に力がはいりすぎて途中で紙が破れたことなども時々あつた。

私はよく先生の絵の墨をすらされたものである。

先生の画風が荒つぽいものなので、自然お弟子達も荒々しくなる。それで墨をすらしても荒々しいすりかたをするのでキメが荒れてなめらかな墨汁が出来ない。

『墨すりは女にかぎる』

先生はさう言つて墨だけは女の弟子にすらすことにされてゐたのである。

先生の画室には低い大きな机があつて、その上へいつもれんをちの唐紙を数枚かさねて置いてある。

先生はそこへ坐られると上の一枚に下部から一気呵成に岩や木や水や雲といつたものをどん〳〵と描いていかれる。

水を刷いたりどぼ〳〵に墨をつけた筆をべた〳〵と掻き廻されるものであるから瞬く間に一枚の紙がべた〳〵になつて了ふ。

さうすると先生はその上へ反古を置いてぐる〳〵と巻いて側へ抛り出される。

次の紙に又別の趣向の絵をどん〳〵描いていかれる。すぐに紙がべた〳〵になる。前と同じやうに反古に巻いて抛り出す。

一日に五枚も六枚もさうされる。次の日はその乾いたのをとり出して書き足す。又べた〳〵になる。抛り出す……このやうにして、五日ほどすると美事な雄渾な絵がそれ〴〵の構図で完成するといふ制作の方法であつた。

あのやうな荒々しいやりかたの先生をその後見たことはない。

刷毛を厭はれたと同様に器物をつかつて物の形をとることも極度にいやがられた。例へば月を描く場合でも太い逞しい筆をたばねて一種の腕力を以つて一気に颯つとかゝれたものである。

当時京都画壇には今尾景年先生、岸竹堂先生、幸野楳嶺先生、森寛斎先生などの方々がそれぞれ一家をなしてゐられたが、景年先生なども月を描かれる時には丸い円蓋とか丸い盆、皿などを用ひられて描かれてゐたが、松年先生は決してそのやうな器具は使はれなかつた。

『他人《ひと》はひと、私は決してそんな描法を用ひない』

先生は常にさう言つて、画家はあくまで筆一途《すぢ》にゆくべきであると強調された。

さういふ気持の先生であるから物事にはこだはらないすこぶる豪快なところがあつた。

毎月十五日には鈴木百年・鈴木松年の両社合併の月並会が丸山公園の平野屋の近くの牡丹畑といふ料亭で開かれたが、各自が自分の得意の絵を先生にお見せすると、先生は次々と弟子の絵を見て廻り乍ら、

『その線の力がたらぬ』

『こゝに絵具をぬれ』

さう言つて荒つぽい教へかたをされたものである。

百年先生は私の師匠ではないが、両社合併の席上でよくお会ひしいろ〳〵と教はつたものである。その頃田能村直入だとか明治年間には南画――文人画が隆盛だつたので、百年先生もその影響をうけて南画風のところが多少あつたやうに記憶してゐる。

松年先生は百年先生の実子であるが、その画風は百年先生と全然ちがつてゐた。


画学校時代の松年先生は、ほかの先生方と違つて豪放磊落なやりかたで、学校でも他の先生方といくぶん意見が合はなかつたのらしい。

しかし生徒達にはとても受けがよかつた。

豪快ななかにしみ〴〵とした人情味があり、弟子を世の中へ送り出さう〳〵とされたところなど大器のところがあつた。

当時一般の絵画界の師弟関係といふのは親子のやうなもので、実に親しかつた。

先生はよく鼻をくん〳〵鳴らされる癖があつたし、足駄をコロ〳〵鳴らしてあるかれる風があつた。

それで弟子達もいつの間にか、鼻をくん〳〵鳴らし下駄をコロン〳〵鳴らしてあるくやうになつた。自分で気づかないうちに染つてしまふのである。

それで塾の者が先生と一緒に五六人あるくと、くん〱コロン〱くん〱コロン……で実に賑やかなものである。


師弟の間柄ともなれば、そこまで習ひこんでこそ師となり弟子ともなつた深さがあるのではなからうか。

もちろん画のはうもとことんまで師のものを身につけなくてはいけないと思ふ。

それから以上は、そのお弟子さんの頭の問題であつて、素質のいゝ者は、そこまで行きその学んだものを踏台として、次に自分の画風を作つてゆく訳である。

師の中へとび込まなくてはいけない。しかしいつ迄もその中にゐては師以上には出られない。

――と、先生は常に弟子達に申された。


松年塾に、斎藤松洲といふ塾頭がゐたが、この人はクリスチヤンでなか〱ハイカラであつた。

非常に文章のうまい人で、字も画以上にうまかつた。

方々で演説をしたりして気焰をあげてゐたが、そのうち笈を背うて上京し、紅葉山人など、交友し、俳画を以つて名をあげた。本の装幀もうまかつた。

私をスケッチしたものが今でも手許に一枚あるが、松年先生の塾のことを憶ふたびに思ひ出す一人である。

先生は大正七年七十歳でなくなられた。

日本画壇の大きな存在の一人であつた。

幸野楳嶺先生

松年先生の塾に通つてゐた私は、種々の事情のもとに、一つはより広い画の世界を見なくてはならぬと考へたので、昔流に言へば他流を修得するために、松年先生のお許しを得て幸野楳嶺先生の塾へ通つた。

楳嶺塾は京都新町姉小路にあつて、当時幸野楳嶺といへば京都画壇といふよりは日本画壇の重鎮として帝室技芸員といふ最高の名誉を担つてゐられ、その門下にも既に大家の列に加つてゐる方々もゐられた。

私はそれ等のえらい画家達に伍して一生懸命に、たつた一人の女の画人として研究をはげんでいつたものである。

菊池芳文・竹内栖鳳・谷口香嶠・都路華香などといふ一流画家を門下に擁して楳嶺

先生は京都画壇に旭日のやうに君臨してゐられたのである。

同じ四条派の系統でも、松年先生の画風は渋い四条派で筆力雄渾だつたが、楳嶺先生の画風は派手な四条派で、筆も柔かいのをお使ひになり、艶麗で華々しく画面がとてもきれいに見えるのである。

右と左ほどの相異のある先生について学んだ私は、またそこに悩みが生れて来た。楳嶺先生の画風にしたがつて描いてゐるつもりでも、いつか松年先生の荒い癖が出てくるのである。柔らかい派手な手法と、雄渾で渋い画風の二つがごつちやになつて、どうしても正しい絵にならない。落ちつきのない画ばかり出来上るのである。

楳嶺先生はそのやうな不純な絵を悦ばれる筈はない。よい顔は一度もされない。

『これではいけない』

私はあせつて松年先生の画風をすてようとすればするほど画が混乱してくるのである。

一時は絶望の末絵筆をすてようとさへした。自分にはまつとうな絵をかく才能はないのではなからうか、とさへ疑つた。

が、ある日ふと考へた。

師に入つて師を出でよ……と言はれた松年先生のお言葉だつた。

さうだ――と気づくとその日から私は強くなつた。

松年先生の長所と楳嶺先生の長所をとりそれに自分のいゝ処を加へて工夫しよう。一派をあみ出さう。

さう言ふ思ひに到達した私は、あくる日から生れ変つてその道をひらいて行つたのである。

私は画をかく事が愉しみになつた。両先生の長所に自分の長所と三つのものをプラスした画風――松園風の画を確立しだしたのはこのときからであつた。


楳嶺先生は門下の人達に対しては実に厳格であつた。

姿勢一つくずすことも許されなかつた。

『正姿のない処に正しい絵は生れぬ』

これが先生の金言だつた。

楳嶺先生の歿せられたのは明治二十八年の二月だつた。

師縁まことにうすく入塾後二年目で永のお別れをしなければならなかつた訳であるが、私にとつては巨大な光りを失つた思ひだつた。

私の二十一歳の春であつた、先生にお訣れをしたのは……

しかし、その頃には、私も自分の画風をちやんと身につけてゐたので精神的にはひどい動揺は来さなかつた。

ただ、これから自分のまつたうな絵を見て貰へるといふ時にお訣れしなければならなかつたことはまことに残念であつた。

先生の歿後、門人達は相談の末に楳嶺門四天王の塾へそれ〴〵岐れることになつたのである。

菊地芳文
谷口香嶠
都路華香
竹内栖鳳

の四人の方のうち、私は栖鳳先生塾へ他の十数名の人達と一緒に通つた。

竹内栖鳳先生

松年先生、楳嶺先生を失つた私は、昨年の秋最後の恩師竹内栖鳳先生を失つた。

楳嶺・松年の両大家を失つた時以上の打撃を日本画壇がうけたことは言ふを俟たな

い。
栖鳳先生ほどの大いなる存在は古今を通じて甚だその例が少ないであらうと思ふ。
京都画壇の大半は栖鳳門下からなりたつてゐると言つても過言ではない。

橋本関雪
土田麦僊
西山翠嶂
西村五雲
石崎光瑶
徳岡神泉
小野竹喬
金島桂華
加藤英舟
池田遥邨
八田高容
森　月城
大村広陽

神原苔山
東原方僊
三木翠山
山本紅雲

『栖鳳先生の偉大さは?』

と訊かれたら、以上の門下の名前を挙げればよい。

あとは言ふ迄もない。古今を通じての偉大なる画人だと私は思つてゐる。

先生はつねに写生をやれ写生をやれ——と言はれた。

画家は一日に一枚は必ず写生の筆をとらなくてはいけないと言はれ、先生ご自身は、どのやうな日でも写生はおやりになつてゐられたやうである。

晩年はほとんで湯河原温泉にお住みになつてゐられたが、七十九歳といふ高齢でおなくなりになられる迄写生はなされたと聞いてゐる。

私などの縮図やスケッチに駈け廻るぐらひ、先生の写生に較べると物の数にもはいらないのである。

入塾した当時は、偉い門人の方が多かつたので、私は『こりやしつかりやらぬと』

と決心をし、髪も結はずに——髪を結ふ時間が惜しいので、ぐる〳〵の櫛巻にして一心不乱に先生の画風を学んだり、先生のご制作を縮図したりしたのである。

写生を非常にやかましく言はれただけあつて、先生の塾では、よく遠方へ弁当持ちで写生に出掛けたものである。

私も女ながら、男の方に負けてはならぬ、と大勢の男の方に交つて泊りがけの写生旅行について行つたものである。

先生も厳格なお方であつた。楳嶺門下四天王の第一人者であつただけに、楳嶺先生の厳格さを身に泌みこませてゐられた故でもあらうか、楳嶺先生に劣らない正姿の人であつた。

しかし又一面お優しいところもあつて、ご自分の大作を公開以前に私たちによく縮図する事をお許しになられたことなど、先生の大器量を示すものと言はねばなるまい。

栖鳳以前に栖鳳なく
栖鳳以後に栖鳳なし

——と誰かが言つた。よく言つた言葉だと私はそれをきいたとき私にうなづいた。栖鳳先生の伝記的映画がつくられるときく、どのやうに描かれるものか、たのしみである。

謡曲と画題

下手の横好きと言ひますか、私は趣味のうちでは謡曲を第一としてゐます。ずつと以前から金剛巌先生について習つてゐますが今もつて上達しません。べつだん上手にならうともしないせいか、十年一日のごとく同じ下手さをつづけてゐる次第です。

謡曲をやつてゐますと身も心も涼風に洗はれたやうに清浄になつてゆく自分を感じるのであります。

謡曲にもちやんとした道義観とでも言ふものがあつて、人間の歩むべき正しい道とか、あるひは尚武剛気の気象を植えつけるとか、貞操の観念を強調するとか……とにかく謡曲のなかにうたはれてゐる事柄は品位があつて格調のたかいものであり、それを肚の底から声を押しあげて高らかにうたふのですから、その謡ひ手の身も心も浄化されてゆくのは当然のことゝ言はねばなりません。

それで謡曲に描かれてゐる事象はすべてこれ絵の題材と言つていゝ位でせう。よほどの高い内容をもつたものでないと、謡曲にとりあげられないのですから、従つてその事象を絵のはうへ移しても、絵も亦自然と格の高い品位のあるものになるといふ訳であります。

私は謡曲が好きな故か謡曲から取材して描いた絵は相当にあります。中でも『砧』や『草紙洗小町』などはその代表的なものでせう。

もつとも絵の材料になると言つても、文字につくられた謡曲の謂ひではありません。それにつれて演出される格調の高いあの能楽の舞台面が多いのです。

表情の移らない無表情の人の顔を能面のやうなと言ひますが、しかしその無表情の能面といへども、一度名人の師がそれをつけて舞台へ出ますと、無表情どころか実に生き〳〵とした芸術的な表情をその一挙手一投足の間に示すものであります。

私の先生の金剛巌さんやその他名人のつけられる面は、どれもこれも血が通つてゐて、能を拝見してゐるうちに、

『あれが能面なのであらうか』

と疑ふことがしば〳〵あります。そんな時にはその面はもはや面ではなくして一箇の生きた人の顔なのであります。

草紙洗小町

『草紙洗小町』は昭和十二年の文展出品作で、これは金剛巌先生の能舞台姿から着想したものであります。

金剛先生の小町は古今の絶品とも言はれてゐますが、あの小町の能面がいつか紅潮して拝見してゐるうちにそれが能面ではなく世にも絶世の美女小町そのものゝ顔になつて生きてゐるのでした。まるで夢に夢みる気持ちで眺めてゐた私は、

『あれを能面でない生きた美女の顔として扱つたら……』

さう思つたときあの草紙洗小町の構図がすら〳〵と出来上つたのでした。

むかし〳〵内裏の御殿で御歌合せの御会があつたとき大伴黒主の相手に小野小町が選ばれました。

黒主は相手の小町は名にし負ふ歌達者の女性ゆゑ明日の歌合せに負けてはならじと、前夜こつそりと小町の邸へ忍び入つて、小町が明日の歌を独吟するのを盗みきいてしまひました。

御題は『水辺の草』といふのですが、小町の作つた歌は、

　　蒔かなくに何を種とて浮草の
　　　波のうねうね生ひ茂るらむ

と言ふのですが、腹の黒主はそれをこつそり写しとつて家に帰り、その歌を万葉集の草紙の中へ読人不知として書き加へ、何食はぬ顔をして翌日清涼殿の御歌合せの御会へのぞみました。

集まる人々には河内の躬恒《みつね》、紀の貫之、右衛門の府生《ふしやう》壬生の忠岑《ただみ》、小野小町、大伴黒主はじめ斯の道にかけては一騎当千の名家ばかり――その中で、いよいよ小町の歌が披露されると、帝をはじめ奉り一同はこれ以上の歌はまづあるまいといたく褒められたが、そのとき黒主は、

『これは古歌にて候』

と異議の申立てをし万葉の歌集にある歌でございますと、かねて用意の草紙を証拠にさし出しましたので、小町は進退に窮し、いろいろと歎きかなしみますが、ふとそ

の草紙の字体が乱れてゐるのと、墨の色が違つてゐるのを発見したので、帝にそのことをお訴へ申しあげたところ、帝には直ちにおゆるしがありましたので、小町はその場で草紙を洗つたところ、水辺の草の歌はかき消すがごとく流れ去つて、小町は危いところで歌の冤罪からのがれることが出来たのであります。

なか〳〵よく出来た能楽で小町が黒主から自分の歌を古歌と訴へられて遣る方のない狂ふ所作はこの狂言の白眉であつて、それをお演《や》りになられる金剛先生のお姿は全く神技と言つてい〻位ご立派なものでした。

私は小町の負けじ魂の草紙を洗ふ姿を描くことに思ひ到つたのは、全く金剛先生のこの入神の芸術を拝見したがためでありませう。

私の草紙洗小町は、言はゞ金剛先生の小町の面を生きた人の顔に置きかへただけで、モデルは金剛先生で、私は先生からあの画材をいただいたといふ次第であります。

砧

これは九州蘆屋の何某にて候。我自訴の事あるにより在京仕りて候。かりそめの在京と存じ候へども、当年三歳になりて候。あまりに故郷《ふるさと》の事心もとなく候程に、召使ひ候夕霧と申す女を下さばやと思ひ候。いかに夕霧、あまりに故郷心もとなく候程に、おことを下し候べし。この年の暮には必ず下るべき由心得て申し候へ……

謡曲『砧』は、かういふうたひ出しにて、主人の命をうけた夕霧が筑前国の蘆屋の館へ下つて、蘆屋某の妻に会つて、その主人の伝言をつたへるのであります。

三年の間、ひとり佗しく主人の帰館を待つてゐた妻は、帰つて来たのは主人ではなくて召使ひの夕霧であつたのでがつかりするが、しかしせめて愛《いと》しの背の君の消息をきけたことを慰めとして、よもやまの京の都の話や、主人の苦労のことを話しあつてゐると、どこからか、タン〳〵〳〵といふ珍しい音が、夜のしゞまを破つて聞えて来たので、館の妻は不審がつて、

『あら不思議や何やらんあなたにあつて物音のきこえ候。あれは何にて候ぞ』

『あれは里人の砧《きぬた》擣《う》つ音にて候』

『げにや我が身の憂きまゝに、古事《ふるごと》の思ひ出でられて候ぞや。唐《もろこし》に蘇武といひし人、胡国とやらんに捨て置かれしに、故郷に留《とど》め置きし妻や子、夜寒の寝覚を思ひやり、高楼に上つて砧を擣《う》つ。志《こころざし》の末通りけるか、万里の外なる蘇武が旅寝に故郷の砧きこえしとなり。妾《わらは》も思ひや慰むと、とてもさみしきくれはとり、綾の衣を砧にうちて心慰まばやと思ひ候』

『いや砧などは賤しきもの、業にてこそ候へ、さりながら御心慰めん為にて候はゞ、砧をこしらへてまゐらせ候べし』

このやうな問答のすへに、館の妻は京の都の夫の胸へひびけよと、怨みの砧に愛情をこめてタン〳〵〳〵と擣つのですが、その想ひが遂には火となり、その霊は夫のもとへ飛ぶのであります。私はこの館の妻の夫を想ふ貞節の姿を、『砧』の絵の中に写しとつてみたのであります。

想ひを内にうちにと秘めて、地熱のごとき女の愛情を、一本の砧にたくして、タン〳〵と都に響けとそれを擣つところ、そこに尊い日本女性の優しい姿を見ることが出来るのではないでせうか。

口に言へぬ内に燃え上る愛の炎……その炎を抱いてゐるだけに、タン〳〵と擣つ砧の音は哀々切々たるものがあつたであらうと思ひます。

私の『砧』の絵は、いま正に座を起つて、夕霧がしつらへてくれた砧の座へ着かうとする、妻の端麗な姿をとらへたものであります。

昭和十三年の文展出品作で『草紙洗小町』の次に描いたものです。

謡曲には時代はハッキリ明示してありませんが、私は元禄時代の風俗にして砧のヒロインを描きました。

砧擣つ炎の情を内面にひそめてゐる女を表現するには元禄の女のはうがいゝと思つたからであります。

花筐と岩倉村

『花がたみ』は第九回文展出品作で、大正四年の制作である。

この絵は、わたくしの数多くの作品中でも、いろんな意味に於て大作の部にはいるべきもので、制作に当つては、数々の思ひ出が残つてゐるが、なかでも、狂人の研究には、今おもひ出しても妙な気持に誘はれるものがある。

この絵も、『草紙洗小町』や、『砧』などゝ同じく謡曲の中から取材したもので、なかなか美しい舞台面をみせる狂言なのである。

謡曲『花筐《はながたみ》』は、世阿弥の作であると伝へられてゐるが、たしかなことは判つてゐないのであるとか――

筋は、継体天皇の御代のことで――越前の国味真野の里に居給ふ大跡部の皇子が、御位を継がせ給うて継体天皇となり給ふについて、俄かに御上洛を遊ばされる時、御寵愛の照日前に玉章と形見の花籠を賜はつたが——照日前は、花筐を持つて君の御跡を追うて玉穂の都に上つたときが、恰も君が紅葉の行幸に出御あらせられ、このところをお通りなさるときいて道の辺にお待ち申し上げた。

その姿を君もあはれに思召されて、越前国を思ひいだされ、その姿にて面白う狂うて見せよと宣旨あそばされたので、照日前は君の御前で狂人の舞ひを御らんに入れた。その舞ひによつて照日前は再び召し使はれることになつた。

と、言ふのが、謡曲『花筐』の筋で、照日前の能衣裳の美しさにともなひ、狂人の表情を示す能面の凄美さは、何に譬へんものがない程、息づまる雰囲気をそこに拡げるのである。

わたくしは、この照日前の舞姿——狂人の狂ふ姿を描かうと思ひ立つたのであるが、ここに困つたことには、わたくしに狂人に関する智識のないことであつた。

『お夏狂乱』などで、女人の狂ひ姿を観てはゐるが、お夏の狂乱は『情炎』の狂ひ姿であつて、この花筐の中の狂ひ姿のやうに、『優雅典雅の狂ひ』といふものは感じない。同じ狂ひの舞台姿でも、お夏と照日前の狂ひには可成りのへだたりがある。

もつとも、芝居の舞台と能狂言の舞台といふ、異つた性質の舞台——といふ相違からも来てゐるのであるが、能狂言の照日前の狂ひ姿は、お夏のそれよりも、描く者にとつてははるかにむつかしさを感じるのである。
お夏のは、全くの狂乱であり、照日前のは、君の宣旨によつて『狂人を装ふ』狂乱の姿なのである。そこに、お夏の狂態と照日前の狂態にへだたりが見えるのでもあらう。

狂人を見るのでしたら岩倉村へゆけばよいでせう。と、ある人がわたくしに教へてくれた。

京都の北の山奥岩倉村にある狂人病院は、関西のこの種の病院では一流である。狂人病院の一流といふのは妙な言ひ方であるが、とにかく、岩倉の病院といへば有名なもので、東京では松沢病院、京都では岩倉病院と較び称される病院なのである。

岩倉へゆけば、狂人が見られるには違ひないが、照日前のモデルになるやうなお誂えむきの美狂人がゐるかどうか——と案じてゐると、

『某家の令嬢で、あすこに静養してゐる美しい方がモデルにふさはしいと思ふが』

と、教へてくれる人もあつたので、わたくしは幾日かを狂人相手に暮すべく、ある日岩倉村へ出かけて行つた。

狂人といふものは、静かに坐つてゐたり、何かこつ〳〵やつてゐる姿をみてゐると、

と、そのやつてゐる手先が普通と異ふので、

（これが狂人か？）

と思ふ位ひ、常人と変つたところを感じない。

外観上——五体のどこにも、常人と変つたところがないのであるから、一寸見には狂人であるのか常人であるのかの区別がつきにくいのであるが、近よつて、よく見ると、そのやつてゐる手先が普通と異ふので、

（矢張り気が変なのかな？）

と、思ふのである。

碁の好きな狂人同志、将棋の好きな狂人同志が、それを戦つてゐる。その姿を離れたところで眺めてゐると、実に堂々たるものである。天晴れの棋士ぶりだが、そばに寄つて覗き込んでみると、王将が斜めに飛んで敵の飛車を奪つたり、桂馬が敵駒を三つも四つも越えて敵地深く飛び入つて、敵の王将を殺して平気である。

王将が殺されても、彼等の将棋は終らないのである。見てゐると、実に無軌道な約束を破つた将棋なのであるが、彼等には、その将棋に泉の如き感興があとから〳〵と湧くのを覚えるらしい。朝から晩——いや、そのあくる日も又あくる日も、何やらわけのわからない駒を入り乱れさして、それでゐて飽くところを知らないのである。

如何にも面白さうであつた。最初、

（無茶苦茶にやつてゐるのであらう）

と、思つたが、毎日そのやうな事をくり返してゐるのを観てゐるうちに、

(事に依ると、彼等だけに通じる将棋の約束があるのではなからうか?)

とさえ思はれるのであつた。どうも、そのやうな気がしてならない。

とすると、狂人の棋法のはうがすぐれてゐるのではなからうか? と思へるのであつた。定つた約束の下に駒を進めるよりも、自由奔放に、自分の思つたところへ駒を飛ばし、王が取られやうが、味方の軍が全滅しやうが、何等頓着なしに駒を戦はし、一局に朝から晩まで費し、自由の作戦で敵の駒をとつたり取り返されたりする……彼等にとつては、これ程面白い競技はないのに違ひない。

若し、将棋に『駒の道』といふ約束がなかつたら、彼等は決して『狂人』ではなく、普通の人間である訳である。

彼等は駒をパチパチあらぬ処へ打ち乍ら、他の狂人を眺めて、次のやうなことを話しあつてゐる。

『あいつ等は気違ひだ。あんな奴等を相手にしてはいかん』

狂人は、決して自分を狂人だとは思はないさうである。そうして、自分以外の者はすべて狂人に見えるといふことである。

狂人の顔は能面に近い。

狂人は表情にとぼしい故ででもあらうか、その顔は能面を見てゐる感じである。嬉しい時も、かなしい時も、怒つたときも大して表情は変らないやうである。想ふに、『感情』の自由を失つた彼等の身内に、嬉しい、哀しい、憤ほしい――といふことも余りないのではなからうか。

怒つた時には、動作でそれを示しても、表情でそれを示すのは稀である。さう言ふところが狂人の特長であることに気づいたわたくしは、『花がたみ』に於ける照日前の顔を能面から持つて来たのである。

このことは『草紙洗小町』にも用ひたのであるが、狂人の顔を描くのと能面を写すのと余り変らないやうであつた。

もと〳〵『花がたみ』の能には小面、孫次郎を使ふので、観世流では若女、宝生流では増といふ面を使ふのであるが、わたくしは、以上の考へから『増阿弥』の十寸神《ますがみ》といふ面を写生し、その写生面を生きた人間――つまり照日前の顔に描いてみた。

能面と狂者の顔の類似点がうまく合致して、この方法は、わたくしの意図どほりの狂人の顔が出来たのである。

狂人の眸には不思議な光があつて、その視点がいつも空虚《うつろ》に向けられてゐるといふことが特長であるやうだが、その視線は、矢張り、普通の人と同様に、物を言ふ相手に向けられてゐる――すくなくとも、狂人自身には対者に向けてゐる視線なのであるが、相手方から見れば、その視線は横へ外れてゐて空虚にむけられてゐる如く感じるのである。

狂人の絵を描く上に於て、この『空虚の視線』が、なか〳〵にむつかしいものであると思つたことであつた。

岩倉村から帰ると、わたくしは祇園の雛妓に髪を乱させて、いろ〳〵の姿態をとつたり甲部の妓に狂乱を舞つて貰つて、その姿を写生し参考としたが、矢張り真の狂人の立居振舞を数日眺めて来たことが根柢の参考となつたことを思ふと、何事も見極める――実地に見極めることが、もつとも大切なのではなからうかと思ふ。

まして、芸術上のことに於ては、単なる想像の上に立脚して、これを創りあげるといふことは危険であるやうに思ふのである。

母への追慕

父の顔を知らない私には、母は『母と父をかねた両親』であつた。

私の母は二十六の若さで寡婦となつた。

人一倍気象が強かつた。強くなければ、私と私の姉の二児を抱いて独立してゆけなかつたからである。


母の男勝りの気象は、多分に私のうちにも移つてゐた。

私も亦、世の荒浪と闘つて独立してゆけたのは、母の男勝りの気象を身内に流れこましてゐたからなのであらう。


母が若後家になつた当時、親戚の者が母や私達姉妹の行末を案じて、

『子供二人つかまへて女手ひとつで商売もうまく行くまい。姉のはうは奉公にでも出して世帯を小さくしたらどうか』

『もう一ぺん養子をもらうたら――』

いろ〳〵と親切に忠告をするのだが、勝気な母は、

『私が働けば、親娘三人どうにかやつてゆけます』

さう言つて決然として身を粉にして、私たちのために働いてくれたのである。

さう言つて意地をはり、母はどのやうなときにでも親類の援助は乞はなかつた。

あのとき親類の言ふとほりにしてゐたら、私など今ごろ、このやうにして絵三昧の

境地にゐられたかどうか判らない。

一家の危機にのぞんで、断乎とした勇気をしめした母の強い意志と、私たちに対するふかい愛情こそ、尊い『母の姿』であると、私はいつも母の健気な姿を憶ふて感謝してゐる。


葉茶屋をしてゐた私の店には、お茶を乾燥させるための大きなほいろ場があつた。お茶がしめるといけないので、折々ほいろにかけてお茶を乾燥させるのであるが、この火かげんがなか〱むつかしかつた。

子供のころ夜中にふと目をさますと、店先でコト〱と音がして、母が夜中に起きてほいろをかけてゐる容子が聞へるのであつた。

プウ……ンと香ばしい匂ひが寝間にまでただよつて来て、私はその匂ひを嗅ぎながらふたゝびうと〱と睡りにおちたものである。

ぱら〱、ぱら〱と、しめつたお茶を焙じてゐる音を、何か木の葉でも降る音にきゝながら……

私の十九のとき、隣りから火が出て私の家も丸焼けとなつてしまつた。

何ひとつ運び出すひまもなく類焼の災にあつてしまつたのであるが、苦心して描いた縮図や絵の参考品も失つてしまつた時には、さすがの私も呆然としてしまつた。

母は家財や着物の焼けたのは少しも惜しがらず、私の絵に関した品々の焼失をいたく惜しんでくれた。

『着物や家の道具は働いてお金を出せば戻るが、絵の品々は二度と手にはいらぬし、同じものを二度とかけぬから惜しいな』

私は母のその言葉をきいたとき、絵や参考品を失つたことを少しも惜しいと思はなかつた。

母のこの言葉を得たことがどれほど力づよく感じ、どれ程うれしかつたことか知れなかつたのである。


母はしかし、火事の打撃にまけず、高倉の蛸薬師に移つて、矢張り葉茶屋をつゞけ乍ら私たちの面倒をみ、その年の秋に姉を立派に他家へ嫁づけたのである。


母と私の二人きりの生活になると、母は尚一さうの働きぶりをみせて、

『お前は家のことをせいでもよい。一生懸命に絵をかきなされや』

と言つてくれ、私が懸命になつて絵をかいてゐるのをみて、心ひそかにたのしんでゐられた容子である。

私は母のおかげで、生活の苦労を感じずに絵を生命とも杖ともして、それと闘へたのであつた。

私を生んだ母は、私の芸術までも生んでくれたのである。

それで私は母のそばにさえ居れば、ほかに何が無くとも幸福であつた。旅行も出来なかつた。泊りがけの旅行など母を残して、とても出来なかつたのである。

昭和十六年の中支行きは、そのやうな訳で私にとつては初旅といつてい丶ものである。


私が十歳位のころである。

母は三条縄手を下つたところにある親類の家へ行つて留守の折り、家で姉と二人で母の帰りを待つてゐたが、なか〳〵に帰られなかつたので、私は心配の余り、傘を持つて奈良物町から四条大橋を渡つて、母を迎へに行つたのであるが、そのときは雪が降つて寒い晩であつた。

子供の私は泣きたい思ひで、やうやくに親類の家の門まで辿りつくと、恰度母がそこを出られるところであつた。

私が、

『お母さん』

と、泣き声で呼ぶと、母は、

『おう迎へに来てくれたのか、それは〳〵寒いのになあ』

と言つて、私のかじかんだ冷たい両手に息をかけ揉んでくれたが、私はそのとき思はず涙を流してしまつた。

母の眼にも涙が浮んでゐた。なんでもない光景であるが、私には一生忘れられないものである。


私の制作のうち『母性』を扱つたものが可成りあるが、どれもこれも、母への追慕から描いたものばかりである。


母が亡くなつてからは、私は部屋に母の写真をかゝげてゐるが、私も息子の松篁も、旅行にゆくとき、帰つて来たときには、必ずその写真の下へ行つて挨拶をすることにしてゐる。

『お母さん行つて参ります』

『お母さん帰つて参りました』

文展に出品する絵でも、その他の出品画でも、必ず家を運び出す前には、母の写真の前に置くのである。

『お母さん。こんどはこんな絵が出来ました。――どうでせうか』

――と、まづ母にみせてから、外へ出すのである。

私は一生、私の絵を母にみて頂きたいと思つてゐる。

四条通附近

四条柳馬場の角に『金定』といふ絹糸問屋があつて、そこに『おらいさん』といふお嫁さんがゐた。

眉を落してゐたが、いつ見てもその剃りあとが青々としてゐた。

色の白い、髪の濃い、襟足の長い、なんとも言へない美しい人だつた。

あのやうな美しい、瑞々した青眉の女の人を、わたくしは母以外に識らない。

お菓子屋の『おきしさん』も美しい人であつた。面屋の『やあさん』は近所でも評判娘だつた。

面屋といふのは人形屋のことで、『おやな』といふ名であつたが、人々は『やあさん』とよんだ。

舞の上手な娘さんで、殊に扇つかひがうまく、八枚扇をつかふ舞など、役者にも真似ができないと言はれたほどで、なか〳〵の評判であつた。

『やあさん』のお母さんは三味線が上手で、よくお母さんの糸で『やあさん』が舞ふてゐたが、夏の宵の口など、店先から奥が透けて見える頃になると、通りに人が立つて、奥の稽古を見物してゐた。


小町紅の店が近くにあつた。

いつも繁昌してゐた。

その頃の紅は、茶碗に刷いて売つたものである。町の娘さん達は、みんなてんでに容れ物を持つて買ひに行つた。

店には綺麗な娘さんの売り子が居て、桃割れを緋もみの裂でつゝんだりして帳場に坐つてゐた。

お客さんが来ると、器用な手つきで紅を茶碗に刷いてやつた。お客も鴛鴦や島田の綺麗な人が多く、小町紅といふと、いつでも美しい情景がその店先に泛ぶ。

紅のつけ方にしても、茶碗に刷いた玉虫色のを、小さな紅筆で溶いて、上唇は薄く、下唇を濃く玉虫色に彩つたもので、そこに何とも言へない風情が漂ふのであつた。

さうした町中の店先などに見る人達の風にも、あの頃はどちらかと言ふと、江戸時代の面影が半ば残つてゐて一入なつかしいものがあつた。

先年(昭和九年)帝展に出した『母子』は、あの頃への思ひ出を描いたものであるが、言はゞ、わたくし一人の胸の奥に残された懐しい思ひ出なのである。

あゝした一聯の風俗画は、わたくし一人に描く事をゆるされた世界のやうな気がする。

かうしたもので、まだ〳〵描きたいものを沢山もつてゐるので、これから機会のある度に、一つづつ描き残して置きたいと思ふ。

世の中が急激に移り変つてゆくのを眺めるとき、わたくしには、余計にあの頃の風俗をのち〳〵の人のために描き残したい念願がつよまるのである。

あの頃の京の町の人達のもの静かで、心の優しかつたこと……

今の人に、もの静かさをもとめるのは無理なのかも知れない。が、優しさだけは、取り返して貰ひたいものと思ふ。さう言ふ意味に於ても、あの頃の人達の優しい姿を描き、それを現今の人に見て貰ふのも、一つの彩管報国なのではなからうかと思つてゐる。

孟母断機

『その父賢にして、その子の愚なるものは稀《めづら》しからず。その母賢にして、その子の愚なる者にいたりては、けだし古来稀《まれ》なり。』

わたくしは、かつてのわたくしの作『孟母断機』の図を憶ひ出すごとに、一代の儒者、安井息軒先生の、右のお言葉を聯想するのを常としてゐる。

嘉永六年アメリカの黒船が日本に来て以来、息軒先生は『海防私議』一巻を著はされ、軍艦の製造、海辺の築堡、糧食の保蓄などに就いて大いに論じられ——今日の大問題を遠く嘉永のむかしに叫ばれ、その他『管子纂話』『左伝輯釈』『論語集説』等のたくさんの著書を遺されたが、わたくしは、先生の数多くの著書よりも、右のお言葉に勝る大きな教訓はないと信じてゐる。

まことに、子の教育者として、母親ほどそれに適したものはなく、それだけに、母親の責任の重大であることを痛感しないではゐられない。

息軒先生のご名言のごとく、賢母の子に愚なものは一人もないのである。

昔から、名将の母、偉大なる政治家の母、衆にすぐれた偉人の母に、一人として賢母でない方はないと言つても過言ではない。


孟子の母も、その例にもれず、すぐれた賢母であつた。

孟子の母は、わが子孟子を立派にそだてることは、母として最高の義務《つとめ》であり、子を立派にそだてることは、それが即ち国家へのご奉公であると考へた。

それで、その苦心は並々ならぬものがあつたのである。


孟子は子供の時分、母と一緒に住んでゐた家が墓場に近かつた。

孟子は友達と遊戯をするのに、よくお葬式の真似をした。

母は、その遊びを眺め乍ら、これは困つたことを覚えたものであると思つた。明け暮れお葬式の真似をしてゐたのでは、三つ子の魂百までもの譬へで、将来に良い影響は及ぼさぬと考へた。

さう気づくと、母は孟子を連れて早速遠くへ引越してしまつた。

ところが、そこは市場の近くであつたので、孟子は間もなく商人の真似をし出した。

近所の友達と、売つたとか買つたとかばかり言つてゐる。

三度目に引越したところは、学校の近くであつた。するとと果して孟子は本を読む真似をしたり、字を書く遊びをしたり、礼儀作法の真似をしてたのしんだ。

孟子の母は、はじめて愁眉をひらいて、そこに永住する決意をしたのである。

世に謂ふ孟母三遷の有名な話であるが、孟母は、これ程にまでして育てた孟子も、成長したので思ひ切つて他国へ学問にやつてしまつた。


しかし、年少の孟子は、国にのこした母が恋しくてならなかつた。

ある日、母恋しさに、孟子はひよつこりと母のもとへ帰つて来たのである。

恰度そのときは、孟母は機《はた》を織つてゐた。母は孟子の姿を見ると、一瞬はうれしさうであつたが、すぐに容子を変へて、優しくかう訊ねた。

『孟子よ。学問はすつかり出来ましたか』

孟子は、母からさう問はれると、ちよつとまごついた。

『はいお母さま。やつぱり以前と同じところを学んでゐますが、いくらやつても駄目なので、やめて帰りました』

この答へをきいた孟母は、いきなり傍の刃物をとりあげると、苦心の織物を途中で剪つてしまつた。そして孟子を訓した。

『ごらんなさい、この布れを――お前が学問を中途にやめるのも、この織物を中途でやめるのも、結果は同じですよ。』

孟子は、母が夜も碌々寝ずに織つた、この尊い織物が、まだ完成をみないうちに断られたことを、こよなく悔いた。母にすまない気持ちが、年少の孟子の心を激しくゆすぶつたのである。

孟子は、その場で、自分の精神の弱さを詫びて、再び都へ学問に戻つた。

数年のゝち、天下第一の学者となつた孟子に、もしあのときの母親のきびしい訓戒がなかつたなら、果して孟子は、あれだけの学者になれてゐたであらうか。

まことに、賢母こそ国の宝と申さねばなりますまい。

『孟母断機』の図を描いたのは、明治三十二年であつた。

その頃、わたくしは市村水香先生に就いて漢学を勉強してゐ、その御講義に、この話が出たので、いたく刺戟されて筆を執つたものであるが、これは『遊女亀遊』や『税所敦子孝養図』などと、一脈相通ずる、わたくしの教訓画として、今もつて懐しい作の一つである。

『その父賢にして、その子の愚なるものは稀しからず、その母賢にして、その子の愚なる者にいたりては、けだし古来稀なり』

息軒安井仲平先生のお言葉こそ、決戦下の日本婦人の大いに味はなくてはならぬ千古不滅の金言ではなからうか。そして孟母の心構へを以つて、次代の子女を教育してゆかねばならぬのではなからうか。

——孟母断機の故事を憶ふたびに、わたくしは、それをおもうのである。

軽女

数多い忠臣義士物語の中に出てくる女性のうちで、お軽ほど美しい哀れな運命をになつた女性は他にないであらう。

お軽は二階でのべ鏡——といふ、通り言葉に想像される軽女には、わたくしは親みは持てないが、(京都二条寺町附近の)二文字屋次郎左衛門の娘として深窓にそだち、淑かな立居の中に京娘のゆかしさを匂はせてゐる、あのお軽には、わたくしは限りない好ましさを感じるのである。

山科に隠栖し、花鳥風月をともにして、吉良方の見張りの眼を紛らはしてゐた大石内蔵助は、しかし、それだけでは、まだ〳〵吉良方の警戒をゆるめさせることの出来ないのを悟つて、元禄十五年の春ころから、酒に親しみ出し、祇園に遊んで放縦の日々を送るやうになり、果ては最愛の、貞淑のほまれ高い内室までも離別して、豊岡の石束家へ返してしまつた。

その後の遊興三昧のさまは目にあまるものがあつた。同志の人々でさへ、内蔵助の真意を解しかねて呆れはて、

『これは一層のこと側室《そばめ》でも置いたら、あのやうな乱行はなくなるであらう』

さう言つて、拾翠菴の海首座《かいすそ》に頼み、二条寺町の二文字屋次郎左衛門の娘お軽を内蔵助のもとへつかはすことにしたのであつた。

お軽は当時京美人の名のある京都の町でも隠れのない評判の美人であつた。

内蔵助は、この由をきいて大いに悦んだことは言ふまでもない。

『豊岡の里へ妻や子を返したのは、あの女を迎へよう為であつたのだ』

と、悪い評判はます〳〵高まり、したがつて、吉良方の警戒の眼もうすらぐ……といふ内蔵助の深謀がそこに働いたのである。

内蔵助はお軽をこよなく愛した。

しかし、間もなく秋のはじめとなつた。内蔵助は、いよ〳〵東に下る決意をし、お軽を生家へ帰した。

内蔵助は、最愛のお軽にと言へども、自分の大望を露ほども洩らさなかつた。しかし、お軽には、内蔵助の深い胸は察しがついてゐたのである。

いよ〳〵東に下る前日の元禄十五年十月十六日に、内蔵助は紫野の瑞光院に詣つて、亡君の墓前に額づき、報讐のことを誓ひ、その足で拾翠菴に海首座をたづね、よもやまの話の末夕方になつて二文字屋を訪ねた。

もう逢えないのかと哀しんでゐたお軽は、内蔵助の訪問をうけて、どのやうに悦んだことであらう。しかし、それも束の間で、いよ〳〵明日は、

『岡山の国家老池田玄蕃殿のお招きにより岡山へ参る』

と、いふ内蔵助のいつはりの言葉をきいて、お軽も二文字屋もがつかりしてしまつたのである。

二文字屋が、せめてもの名残りにと、とゝのひもてなした酒肴を前にして、内蔵助もさすがにものゝふの感慨に胸をあつくしたことであらう。

お軽はうち萎れ乍らも、銚子をとつて内蔵助に別れの酒をすゝめた。

内蔵助は、それを受け乍ら、何を思つたか、

『軽女、当分の別れに、一曲……』

と、琴を所望した。お軽は、この哀しい今の身に、琴など……と思つたのであるが、お別れの一曲と所望されては、それを断りもならず、それでは拙い一手を——と言つて、秘愛の琴をとり出し、松風を十三絃の上に起し、さて、何を弾じようかと思案した末、内蔵助の私《ひそ》かなる壮行を祝して、

(七尺の屛風も躍らばよも踰《こ》えざらん。綾羅の袂も曳かばなどか絶えざらん)

と歌つて、絃の音にそれを托したのである。

その歌は、内蔵助の胸にどう響いたか、内蔵助はにつこりと微笑して、

『さらば……』

と、言つて二文字屋を辞し、翌朝早く東へさして下つて行つたのである。

ある人は言ふ。

(七尺の屛風も躍らばよも踰えざらん)

の一句は、内蔵助には、

(吉良家の屛風高さ幾尺ぞ)

と、響いたことであらう……と。

哀しみを胸に抱き乍ら、七尺の屛風も躍らばよも踰えざらん、と歌ひ弾じたお軽の

奥ゆかしい心根。

それをきいて莞爾とうなづいた内蔵助の雄々しい態度。

かなしみの中にも、それを露はに言はないで琴歌《ことうた》にたくして、その別離の情と、壮行を祝ふ心とを内蔵助に送つたお軽こそ、わたくしの好きな女性の型の一人である。

このお軽の心情を描いたのは明治三十三年である。『花ざかり』『母子』の次に描いたもので、この故事に取材した『軽女惜別』はわたくしにはなつかしい作品の一つである。

税所敦子孝養図

日露戦争が終つてから間もなくのことであつた。

わたくしのあと継ぎの松篁が行つてゐる初音小学校の校長先生が、わたくしの家を訪ねて来られて、

『学校の講堂に飾つて置きたいのですが、ひとつ児童達の教訓になるやうな絵を是非描いて寄贈してほしい』

と、言はれた。

非常に結構な話であり、一枚の絵でもつて何千何万の児童に良い影響をあたへられ

るとすれば画業にたづさはるものとして、この上もない悦ばしい事であるので、わたくしはお引受けしたのであるが、さて教訓的なものとなると、何を描くべきかに迷つて、当座は筆をとらずに、画材について、いろ〳〵と思案をして日を送つてしまつたのである。

その後、校長先生は再三お見えになつて、頼まれるのであつたが、どういふものを描かうかと考へ考へ、なか〳〵にそのおもとめに応じて筆をおろすことが出来なかつた。

ある日、たま〳〵読んでゐた本の中に、次のやうな歌があつたのが、いたくわたくしの心にふれたのである。

朝夕のつらきつとめはみ仏の
　人となれよのめぐみなりけり

まことに、いゝ歌であると思つたわたくしは、その歌の作者が、税所敦子女史であることを知つて、はたと画材をつかんだのである。

近代女流歌人として、税所敦子女史の名はあまりに名高い。が、その名高さは、女史の歌の秀でゝゐることによるのは勿論であるが、女史はまた孝の道に於ても、人の亀鑑《かがみ》となるべき人であつたからである。

はじめ、女史はその歌道を千種有功卿《ちぐさありこと》に学んだが、二十歳の年に縁あつて薩摩の藩士、税所篤之氏に嫁いだのである。

しかし薄幸な女史は八年のちの二十八歳に夫に死別されたのである。

女史は夫篤之氏の没後、薩摩に下つて姑に仕へ、その孝養ぶりは非常なもので、こゝで一々列挙する迄もなく、身をすてゝ、たゞひたすらに姑につかへ、自らをかへりみなかつたのである。

のちに(明治八年)その才を惜しまれて、女史は宮中に出仕する身となり、掌侍に任じられ、夫や姑のなきあとは歌道ひとすぢにその身を置いたのであつた。

わたくしは、税所敦子女史の、この至高至純の美しい心根を画布に写しながら、いく度ひとしれず泪をもよほしたか判らなかつた。夫の没後、わざ〳〵遠い薩摩の国に下つて、姑のために孝養のかぎりをつくした女史の高い徳こそ、次代の人となる幼い学童たちに是非味はせてあげなければならぬと思ひ乍ら、夜もろく〳〵寝まずに描き上げると、わたしは、何とも言へぬ愉しい気持ちで、その絵を初音校へ贈つたのである。

絵の出来たのは明治三十九年、あれからもう三十八年になるが、その間数多くの学童たちが、あの絵をみて、女史の孝養ぶりを頷いてゐてくれてゐることを思ふと、わたくしは今でも、あの絵を完成したときの悦びを味ふことが出来るのである。

簡潔の美

能楽の幽微で高雅な動作、その装束から来る色彩の動き、重なり、線の曲折、声曲から発する豪壮沈痛な諧律、こんなものが一緒になつて、観る人の心を打つのです。その静かで幽かな裡に強い緊張みのある咽び顫ふやうな微妙さをもつのは能楽唯一の境地で、そこは口で説く事も筆で描く事も容易に許されぬところだと思ひます。

私はよく松篁と一緒に拝見に参りますが、その演者や舞台面や道具などを写生するために、特に前の方に置いて貰ふのですが、つい妙技につりこまれて、筆の方がお留守になる事があります。

いつでも思ふ事ですが、傑作の面をみてゐますと、そこに作者の魂をしみ〴〵と感ずる事です。

装束のあの華麗さであり乍ら、しかもそこに沈んだ美しさが漲つてゐて、単なる華麗さでないのが実に好もしい感じがします。

舞台に用ひられる道具、それが船であらうが、輿、車であらうが、如何に小さなものでも、至極簡単であつて要領を得てゐます。

これは物の簡単さを押詰めて〳〵行ける所まで押詰めて簡単にしたものですが、それでゐて立派に物そのものを活かして、ちやんと要領を得させてゐます。

こゝにも至れり尽された馴致と洗練とがあらはれてゐると思ひます。

能楽は大まかですが、又これほど微細に入つたものはないと思ひます。

つまり、道具の調子と同じ似通つたものがあつて、大まかに説明してゐて心持はこまやかに表現されてゐます。

ですから能楽には無駄といふものがありません。無駄がないのですから、緩るやかなうちにキツとした緊張があるのでせう。

能楽ほど沈んだ光沢のある芸術は他に沢山ないと思ひます。

能楽に於ける、この簡潔化された美こそ、画に於ける押詰めた簡潔美の線と合致するものであると思ひます。

簡潔の美は、能楽、絵画の世界だけではなく、あらゆる芸術の世界――否、わたくし達日常生活の上にも、実に尊い美の姿ではなからうかと思ひます。

泥眼

謡曲『葵の上』からヒントを得て、生霊のすがたを描いた『焰』を制作したときのことである。

題名その他のことで金剛巌先生のところへ相談にまいつた折り、嫉妬の女の美しさを出すことのむつかしさを洩らしたところ、金剛先生は、次のやうなことを教へて下さつた。

『能の嫉妬の美人の顔は眼の白眼の所に特に金泥を入れてゐる。これを泥眼と言つてゐるが、金が光る度に異様なかがやき、閃きがある。又涙が溜つてゐる表情にも見える』

なる程、さう教へられて案じ直してみると、泥眼といふものゝ持つ不思議な魅力が了解されるのであつた。

わたくしは、早速、『焰』の女の眼へ――絹の裏から金泥を施してみた。

それで生霊の女の眼が異様に光つて、思はぬ効果を生んでくれたのである。

泥眼といふ文字は、眼で読んでみても、音で聞いてみても、如何にも『泥眼』の感じを摑みとることが出来るのであるが、あゝ言ふ話題の中へ、すぐに泥眼のことを持つて来られる金剛先生の偉さに――流石は名人となる方は、何によらず優れてゐると沁みぐ\思つたことであつた。

砂書きの老人

まだ私が八九歳のころ京都の町々にいろいろな物売りや、もの乞ひがやつて来てゐたがそのなかに五十歳ぐらいのきたならしい爺さんが、絣木棉のぼろを纏つて白の風変りな袴をつけ、皺くちやな顔には半白の鬚など生やして門々を訪れてまはつてゐた。別にものを売るのではない。たゞ腰に砂を入れた袋をさげてゐて、その中に白黒黄藍赤など五色の彩色砂を貯へてゐる。

門前に立つては、もの珍らしげによりたかる私どもにむかつて、

『それそれ鼻たれ、そつちやへどけ、どけ……』

と一応怒鳴り廻してから、砂袋の中から五色の砂を取りまぜて握り出しては門の石だたみの上にそれをさつとはくやうに撒く。

様々な色と形が実に奇妙に、美しく、この哀れな老爺の汚ならしくよごれた右手のなかから次々と生命あるもののごとく形造られてゆく。

私ども鼻たれはこの驚異をまへにそれこそ呆然と突つたつて見惚れてしまつてゐる。

花がびつくりするやうにあざやかな色彩で描き出される。黒一色の書文字も素人放れがしてゐる、と人々は語り合つてもゐる。

『砂書きのオヤツサン！』

これは子供たちの待遠しい娯しみであつた。

大人達は一銭、二銭のほどこしものをしてやる義務を感じる。別に老人が乞ふたわけではない、云はばこの『砂書き老人』の当然の報酬であつたのだらう。

花を描いても天狗を描いても富士山を描いても馬や犬を描いても、それに使はれる色とりどりの砂は一粒も他の色砂と交ることもなく整然と彼の老爺の右の手からこぼれるのである。あたかもすでに形あるものの上をなぞらへるがごとく、極めて淡々と無造作に描きわけてゆく。

どのやうに練習してもあゝはうまくかけるものではない。天稟の技といふのはあゝいふのをさして言ふのであらう。またそれは、あの貧しい老爺だけがのぞき得た至妙至極の芸術の世界であつたのかも知れない。

あの老人は大地へ描きすてゝしまつたからその絵はあとに残ることがなかつたのであるが、あれ程の技がもし絵画のはうへ現はせてゐたら恐らくあの老人は名のある画家のひとりともなつてゐたであらうに。

しかしまた思ふのである。あの『砂書き老人』の砂絵は、すぐに消えて了ふ処に一瞬の芸術境があり、後世に残されなかつたところにあの老人の崇高な精神が美しくひとびとの心に残されたのであると。

その後あのやうな不思議な砂書きはとんと姿をみせなくなつた。あるひはこの世でたつた一人の専売特許的存在であの『砂書き老人』はあつたのかも知れない。

屏風祭

京都と云ふ町ほど祭の多いところも全国ですくないだらう。そのどの祭も絢爛として天下に名を知られたものばかりだ。時代祭、染織祭、祇園祭などが代表的なものとされてゐるが、その祇園の祭を一名屏風祭とも称ぶ——私にとつて、この屏風祭は他のどの祭よりも愉しかつたものである。

祇園祭になると四条通りの祇園界隈では、その家の秘蔵の屏風を表玄関の間に飾つて道ゆくひとに観せるのであるが、私はそれらの屏風を窺いて廻つては、いゝ絵があると、

『一寸ごめんやすしや、屏風拝見させていたゞきます』

さう云つて玄関の間にあがらせてもらひ、屏風の前に坐りこんで縮図帖を拡げてうつさせていたゞくのである。

永徳とか、宗達とか、雪舟とか、蘆雪だとか、元信だとか、或は大雅堂、応挙とか――。とにかく国宝級のものも随分とあつて、それを一枚うつすのにすくなくても二日は見積らなければならないものもあるから、年たつた一度、二日間の祇園祭では一枚の屏風絵を縮図するのにやつとのことが多い。

私は毎年屏風祭が来るたびごとにのこのこ歩き廻つては、随分ながいことかゝつて一枚一枚と他家秘蔵の屏風絵を自分の薬籠に納めてゐるわけである。

絵物語り式の大屏風になると、一曲縮図をとるのに三年もの祇園祭を送り迎へたこともある。

よく昼食を頂いたり、また夕御飯を出してくださつたりしたが、来年の祇園祭まで延ばすのが、何としても惜しくて仕様がない。そこで、厚かましいとは考へながら遠

慮なくそれを頂戴して、また夜おそくまで屏風の前に坐り込んでしまつたことなども
あつて、屏風祭が来ると、私の縮図してゐる姿がどこかにないと淋しい……そんなに
屏風祭の名物扱ひにされた時代もあつた。

永徳は永徳で、大雅堂は大雅堂で、宗達は宗達でそれぞれ実に立派な態度を以て絵
に対してゐるのが、それを縮図しつゝある私によき鞭撻を与へ、また勉強のかて
ともなるので、私は屏風祭が来るたびに、縮図が進むと進むまいとにかゝはらず、
たゞ屏風絵の前に端坐出来たことの幸福を今もつて忘れることが出来ない。

岡本かの子（おかもと　かのこ）

明治二十二年、東京に生まれる。兄の大貫晶川、その友人谷崎潤一郎の感化で文学への眼を開かれ、初めは与謝野晶子に師事して短歌に早熟の才を示した。大正元年に処女歌集「かろきねたみ」を刊行の前後から宗教への関心を深めていくなかで続けられた作歌は、昭和四年の「わが最終歌集」に至る。昭和十一年「鶴は病みき」で小説家としての新たな出立を遂げ、その後「母子叙情」「老妓抄」をはじめとする力作を次々に世に問うて、短時日に文壇に確乎たる地歩を築いた活動は、昭和の文学史上に偉観をなした。昭和十四年に歿するが、豊饒で、大河の滔々と流れるような情感の漂う作風は、遺作の「生々流転」「女体開顕」等に一貫する。

上村松園（うえむら　しょうえん）

明治八年、京都府に生れる。幼少時から絵を好み、十二歳で京都府画学校に入学するとともに四条派の鈴木松年に師事し、その後幸野楳嶺、次いで竹内栖鳳に学んだ。早くから現れた天賦の画才は、明治三十三年の「花ざかり」に華かに開花し、京風俗を写すなかで美人画のジャンルを拓く。大正七年の「焔」、昭和十一年の「序の舞」、同十三年の「砧」等、女性の美に対する理想や憧憬を描き出して端正な彩管は、晩年において円熟の度を加え、「夕暮」あるいは「晩秋」に見る画格の高雅さは、近代日本画の女流作家として他に並ぶものがない。昭和十八年に「青眉抄」（六合書院刊）。同二十三年、女性として初めて文化勲章を受章し、翌二十四年歿。

二〇〇四年三月十二日　第一刷発行
二〇一五年一月三十一日　第二刷発行

近代浪漫派文庫　26　岡本かの子　上村松園

著者　岡本かの子　上村松園／発行者　中川栄次／発行所　株式会社新学社　〒六〇七―八五〇一　京都市山科区東野中井ノ上町一一―三九　TEL〇七五―五八一―六一六三
印刷・製本＝天理時報社／編集協力＝風日舎

ISBN 978-4-7868-0084-9

新学社近代浪漫派文庫（全42冊）

①維新草莽詩文集
②富岡鉄斎／大田垣蓮月
③西郷隆盛／乃木希典
④内村鑑三／岡倉天心
⑤徳富蘇峰／黒岩涙香
⑥幸田露伴
⑦正岡子規／高浜虚子
⑧北村透谷／高山樗牛
⑨宮崎滔天
⑩樋口一葉／一宮操子
⑪島崎藤村
⑫土井晩翠／上田敏
⑬与謝野鉄幹／与謝野晶子
⑭登張竹風／生田長江
⑮蒲原有明／薄田泣菫
⑯柳田国男
⑰伊藤左千夫／佐佐木信綱
⑱山田孝雄／新村出
⑲島木赤彦／斎藤茂吉
⑳北原白秋／吉井勇
㉑萩原朔太郎
㉒前田普羅／原石鼎
㉓大手拓次／佐藤惣之助
㉔折口信夫
㉕宮沢賢治／早川孝太郎
㉖岡本かの子／上村松園
㉗佐藤春夫
㉘河井寛次郎／棟方志功
㉙大木惇夫／蔵原伸二郎
㉚中河与一／横光利一
㉛尾崎士郎／中谷孝雄
㉜川端康成
㉝「日本浪曼派」集
㉞立原道造／津村信夫
㉟蓮田善明／伊東静雄
㊱大東亜戦争詩文集
㊲岡潔／胡蘭成
㊳小林秀雄
㊴前川佐美雄／清水比庵
㊵太宰治／檀一雄
㊶今東光／五味康祐
㊷三島由紀夫